Una brisa suave de dos mares

Por Michael Wright

ISBN: 978-1-7364114-2-1 (sc)

ISBN: 978-1-7364114-3-8 (e)

La portada del libro se diseñó con gráficos proporcionados por www.canva.com

DEDICACIÓN

A mi esposa de 45 años, Dalys, quien es la verdadera Señorita Elena Victoria de la Vega

RECONOCIMIENTO

Con agradecimiento, reconozco las contribuciones de Susana Sánchez, maestra jubilada, quien revisaba y proveía asesoramiento y retroalimentación para la traducción de esta novela del inglés al español.

A la espera de órdenes

El teniente Mark Warner terminaba su desayuno, cuando su amigo, el teniente Frank Gilbert, se acercó para saludarlo, "Oye Mark, ¿Cómo te va?"

"Bastante bien," respondió Mark. "Creo que hoy va a ser un día muy interesante."

Mark y su amigo, Frank, cumplían un año de entrenamiento para convertirse en oficiales de meteorología en la fuerza aérea de los Estados Unidos. Hace poco más de un año, Mark se graduó con honores de la Universidad de Pennsylvania con una licenciatura en meteorología, y estaba orgulloso de ganar su comisión como oficial de la fuerza aérea. Él fue la primera persona en su familia en asistir a la universidad.

Hoy, un día agradable en el mes de mayo de 1987, Mark y Frank van a recibir sus órdenes. Al fin, van a saber en qué parte del planeta la fuerza aérea los va a mandar.

"Bueno, Mark, ¿A dónde quieres ir?"

"Quiero ir al extranjero. Tengo muchas ganas de ver algo de este mundo que no sea el país de mi nacimiento."

"¿Pues prefieres Europa o Asia?"

"Creo que Europa sería fascinante, y creo que Asia sería exótica. De los dos, creo que preferiría Europa. Será mejor que nos vayamos," dijo Mark, "O vamos a llegar tarde."

Al entrar en el salón de clase, el instructor, el mayor Hanson, les entregó a cada uno un sobre grueso.

"¿Son estas las órdenes, señor?" Preguntó el teniente Warner.

El mayor Hanson respondió, "Sí. La fuerza aérea ya no quiere perder el tiempo en ponerlos a trabajar, después de su holgazanería por aquí durante un año."

El teniente Mark Warner se sentó con las manos temblorosas mientras abría el sobre para averiguar cuál sería su destino. Lo que vio no fue Europa, y no fue Asia tampoco, sino la República de Panamá lo que sería su destino. Iría a la base aérea de Howard en el área del canal de Panamá.

En mayo de 1987, además de la base aérea de Howard, había en Panamá numerosas instalaciones militares de Estados Unidos, todas ellas situadas a lo largo del Canal de Panamá, tanto en el lado Atlántico como en el lado Pacífico del istmo de Panamá. La base aérea de Howard estaba en el lado del Pacífico, al oeste del Canal de Panamá. La ciudad de Panamá, la capital del país, estaba justo al este del Canal, una distancia de más o menos 10 kilómetros de la base aérea de Howard. Debido a que el país se orienta geográficamente en forma de la letra 'S', pero una S virada en forma horizontal, el sol se sube en el lado Pacífico del istmo en la ciudad de Panamá y se pone en el lado Atlántico.

¡Panamá! Pensó Mark. América Latina era absolutamente lo más alejado de su mente, así que nunca se le ocurrió que iba a encontrarse en Panamá. Pero ahora que sabía dónde iba, una sensación de emoción se apoderó de él. Mark había crecido en la ciudad de Cantón, Ohio, y nunca había visto el océano, nunca había visto montañas, y nunca había estado fuera del país. Y pronto, en un solo día, vería dos océanos, el Atlántico y el Pacífico. Vería montañas, y estaría viviendo en la República de Panamá – un país que era tan estrecho como 80 kilómetros de ancho entre los océanos Atlántico y Pacífico.

Al llegar para recibir un informe sobre los procedimientos para el viaje a la base aérea de Howard, el sargento Williams le preguntó, "¿Dónde quiere pasar sus 30 días de vacaciones, antes de dirigirse a Panamá?"

Mark respondió, "No quiero tomar ningunas vacaciones. Ya no aguanto las ganas de llegar a Panamá, ahora que sé a dónde voy."

Al sargento se le subieron las cejas y respondió, "Tengo que decirle que será algo difícil organizar el viaje a corto plazo, ya que la mayoría del personal militar opta por tomar unas vacaciones antes de prestar servicio al extranjero."

"Entonces, ¿Qué ocurrirá?" Preguntó el teniente Warner.

"Pues tendremos que ponerlo en estado temporal durante un rato, hasta que podamos hacer los trámites necesarios para el viaje."

El teniente Warner inclinó la cabeza a un lado. "¿Y qué es el estado temporal?"

"Estado temporal significa que tenemos que encontrar algún trabajo temporario que hará mientras hacemos los trámites necesarios para el viaje."

En el caso del teniente Warner, el estado temporal significaba que iba a supervisar el procesamiento rutinario de nuevo personal militar que llegaba a la base aérea de Chanute, en el estado de Illinois. Este nuevo personal venía llegando para comenzar el adiestramiento técnico para la amplia variedad de especialidades de trabajo que requiere la fuerza aérea. Después de realizar este oficio durante una semana, recibió una llamada para reunirse de nuevo con el sargento Williams.

A su llegada para la cita, el sargento Williams explicó, "No se pudo conseguir un vuelo militar para su viaje a Panamá, así que tendrá que viajar en un vuelo comercial al aeropuerto de Tocumen en la ciudad de Panamá. Conviene que se vaya tan pronto, porque el escuadrón meteorológico está corto de personal, por lo que están esperando ansiosamente su llegada."

El teniente Warner sonrió. "¡Estupendo! ¿Cuándo me voy?"

"El miércoles, dos días a partir de ahora. ¿Está listo?"

"Estoy tan listo como posible."

Mark regresó a la barraca, y tomó unos 20 minutos para hacer las maletas.

Después de dos de los días más largos que Mark había experimentado en su vida, el miércoles finalmente llegó. Un taxi llegó para llevarlo al aeropuerto en Champaign-Urbana, donde tomaría un vuelo para Miami. El vuelo despegó a tiempo. Mark no había viajado en avión mucho durante sus 22 años de vida, así que se asomaba a la ventana para observar con fascinación el proceso de despegar y subir a la altitud de crucero.

Poco después, empezó a contemplar su deteriorada relación con Irene Miller. Habían andado juntos durante dos años y medio. Hace unos seis meses Mark le propuso matrimonio, y ella aceptó casarse con él. A partir de ese punto en adelante, sin embargo, Irene parecía cada vez más distante y fría hacia su relación. Mark no estaba seguro de cuál era su problema. Especulando, concluyó que, al formalizar el compromiso para casarse, quizás ella se diera cuenta de que no estaba lista para comprometerse en un matrimonio para toda la vida. Todavía pensaban casarse, pero ambos comenzaban a cuestionar este plan. Mark tenía el corazón roto, y estaba cada vez más desilusionado de su relación con Irene, otra razón por la que ansiaba comenzar su trabajo en Panamá. No llegarían a casarse mientras se encontraba en Panamá, y había buena probabilidad de que no ocurriera ninguna boda. Ahora, dos horas y media más tarde, el avión aterrizaba en el aeropuerto de Miami.

Vestido con su uniforme, se dirigió directamente a la terminal internacional. Mostró sus órdenes y boleto de viaje al agente de la línea aérea, y se sentó en la sala de espera. Su vuelo a Panamá partiría en noventa minutos. Con curiosidad se fijaba en los diversos avisos que proporcionaban información a los pasajeros en inglés y español. Y los sonidos de las conversaciones en inglés y español contribuían a lo que era para él una aventura.

Nuevo amigo; Nueva Aventura

El agente de vuelos comenzó a anunciar los números de los asientos para los pasajeros que iban en el vuelo para la ciudad de Panamá, República de Panamá. Eran más o menos las 6:00 PM. Finalmente, se anunció el rango de números de asiento que indujo a Mark a subir al avión. Tomó su asiento junto a un panameño bien vestido que parecía ser un comerciante. Era de cuerpo atlético, con cabello negro con patillas agrisadas, y llevaba un bigote bien cuidado. Cuando Mark se sentó, el señor Pedro Mendoza estaba revisando algunos documentos en una carpeta de archivos.

Pedro se sorprendió al ver que Mark usaba su uniforme militar, pero también notaba que Mark era joven, recién salido de la universidad, y, obviamente, un nuevo teniente. Así que pasaba por alto lo que Mark pronto aprendería: que se considera tabú eso de usar un uniforme militar de Estados Unidos fuera del área del Canal de Panamá. Pedro Mendoza se presentó a Mark, y Mark estaba contento de conocer a la primera persona de nacionalidad panameña, entre muchos más que llegaría a conocer.

En el curso de la conversación, Mark supo que Pedro estaba en el negocio de importar equipos de construcción, así que viajaba con frecuencia a los Estados Unidos, donde llevaba a cabo una gran cantidad de negocios. Se graduó de la Universidad de Buenos Aires en

Argentina con una licenciatura en ingeniería y una maestría en economía. Mark aprendió rápidamente que Pedro estaba bien involucrado políticamente en Panamá.

Y Pedro aprendió que la familia de Mark estaba en el negocio de transporte camionero. Que Mark y su hermano, Phillip, estaban en la fuerza aérea – Mark era meteorólogo; Phillip era piloto. Mark se graduó de la Universidad de Pennsylvania Suma Cum Laude. Los pensamientos de Pedro fueron, *Mark viene de una buena familia, y no solo es joven y muy inteligente, también es una persona muy amable y alegre.* A él le gustaba Mark.

Dijo Mark, "Quiero hacerle una pregunta. ¿Cuál es la mejor manera de llegar a conocer Panamá?"

"Hay muchas agencias turísticas que le pueden proporcionar la oportunidad de ver los muchos puntos de interés. Aparte del Canal de Panamá, sin duda querrá visitar Panamá Viejo, el sitio donde la ciudad de Panamá fue fundada originalmente en el año 1500 por Pedro Arias Dávila. Fue el primer asentamiento europeo permanente en la costa del Pacífico de América. En 1670 el pirata Henry Morgan, atacó a los 10.000 habitantes de la ciudad, y destruyó la ciudad. Las ruinas de esta primera ubicación de la ciudad de Panamá todavía existen. Estoy seguro de que hallará esta historia muy fascinante."

"Absolutamente," respondió Mark, "Me encanta la historia. Así que esto de Panamá Viejo, sin duda, será entre los primeros lugares que querré visitar. Pero ¿Cuál es la mejor manera para aprender español y para conocer a algunos amigos panameños?"

A Pedro le impresionaba esta pregunta. "En cuanto al aprendizaje del español, estoy seguro de que encontrará muchas opciones para tomar cursos de español. Con respecto a su pregunta acerca de conocer amigos panameños, hay una cena y baile que ocurrirá este viernes por la noche en el Hotel Panamá. ¿Le interesa ser mi invitado para este evento?"

La cara de Mark reflejaba su asombro por esta invitación tan cordial. "¡Sería para mí un honor ser su huésped! Nada más tengo que confirmar que voy a estar libre durante la noche del viernes. ¿Quiere darme su número de teléfono, para que yo pueda confirmar con usted?"

"Por supuesto. Aquí está mi tarjeta de negocios. La cena comenzará a las 7:00 PM."

El capitán del vuelo anunció que pronto aterrizarían en la ciudad de Panamá. Ya que llegaba tantas semanas adelantadas, Mark no estaba seguro de si alguien de la base estaría en el aeropuerto para llevarlo a la base, así que le preguntó, "Señor Mendoza, tengo que ir a la base aérea de Howard. ¿Cuál es la mejor manera para llegar ahí?"

"Por favor, llámame Pedro. No tienes por qué preocuparte por llegar a la base. Después de recibir el equipaje y pasarnos por aduanas, te ayudaré a conseguir un taxi."

Mark se asomó a la ventana. Ya se había oscurecido, así que no había mucho que ver en la tierra en ese momento. Pero el cielo estaba encendido continuamente debido a las numerosas tormentas eléctricas nocturnas. Los rayos se producían con tanta frecuencia que el cielo parecía una luz estroboscópica. Ahora se acercaban a la costa del Pacífico, y Mark ya podía ver las luces de la ciudad de Panamá, y logró ver por primera vez el Puente de las Américas que cruza el Canal de Panamá. En su mente pensó, *Ahora si comienza la aventura.*

El avión ahora se aterrizaba en el aeropuerto de Tocumen. Después de que el avión se detuvo y la escalera se puso en su lugar, una azafata atractiva panameña anunció que los pasajeros podían desembarcar, y les avisó que llevaran todas sus pertenencias. Cuando salió Mark del avión y respiraba por primera vez el aire de la noche, tuvo que toser, ya que nunca había experimentado la pesada humedad de los trópicos. También empezó a sudar profusamente.

Pedro y Mark ahora entraban en el terminal. Cuando llegaron a una serie de cabinas con ventanas, Pedro explicó que tenía que pasar por las cabinas designadas para ciudadanos panameños, mientras que Mark tendría que pasar por una de las otras cabinas para comprobar su pasaporte. Mark no tenía ningún pasaporte, pero presentó sus órdenes militares, como lo habían instruido. Pedro salió de las cabinas mucho antes que Mark, así que Mark perdió la vista de él. Después de concluir los trámites en la cabina, fue a reclamar su equipaje, y pasó por aduanas.

Cuando salió del aeropuerto, se encontró entre una muchedumbre de personas, y todas andaban con prisa. Muchos trataban de conseguir un taxi. Varios porteros de equipaje trataron de ayudar a Mark con su equipaje, pero Mark no sabía en ese momento dónde llevar el equipaje. Un niño se le acercó y quería limpiar sus zapatos. Pero Mark tenía muchas otras cosas en la cabeza en ese momento para pensar en limpiar los zapatos, que ya estaban muy pulidos. Estaba un poco preocupado, porque nadie de la base estaba allí para recibirlo. Allí estaba de pie en su uniforme de la fuerza aérea, no pudo encontrar a nadie que hablaba inglés, le resultaba difícil respirar debido a la humedad tropical, estaba empapado en sudor, no vio a Pedro en ningún lugar, y no tenía ninguna idea qué debe de hacer.

De repente, apareció Pedro y le dijo, "Sígueme. Tengo un taxi que te espera."

El taxista tomó su equipaje y Mark subió a un pequeño taxi de marca Toyota Corola, que ya tenía otros dos ocupantes en el interior. Mientras que el taxista aseguró el equipaje, que se apilaba precariamente en el techo, Pedro recordó a Mark que le llamara acerca de la cena y baile del viernes. Cuando el taxista subió, le preguntó a Mark, "¿Dónde?" A lo que respondió Mark en inglés, "La base aérea de Howard."

El taxista aceleró, y zigzagueaba entre el tráfico. Con tanta carga apilada en el techo, Mark temía que el taxi pudiera volcarse. El taxi no tenía aire acondicionado, así que Mark se sentaba con su brazo apoyado en la base de la ventana abierta. Al acercarse el taxi con rapidez a dos autobuses grandes, uno en cada lado del taxi, Mark rápidamente retiró su brazo de la ventana, preguntándose si el taxi cabría entre los dos autobuses. A partir de ese momento mantuvo su brazo en el interior del taxi. El aire que entraba en el taxi era refrescante, pero Mark todavía estaba bañado en sudor. Al menos empezaba a respirar con mayor facilidad.

Las calles de la ciudad de Panamá estaban llenas de gente. Vio muchos negocios que reconocía. Había restaurantes como McDonalds y gasolineras como Texaco. Vio un restaurante que le resultaba familiar, pero la señal decía, *Pollo Frito Kentucky*. Él correctamente supuso que se trataba de un restaurante *Kentucky Fried Chicken.*

El taxista conversaba tranquilamente en español con los otros dos ocupantes con gestos animados, mientras continuaba lo que le parecía a Mark una trayectoria peligrosa e imprudente de tejer dentro y fuera del tráfico. Mark vio muy pocos semáforos, y parecía que el taxista nunca se detenía para las señales de alto. El taxista dejó a los otros dos ocupantes en sus respectivos hogares, y luego se marchaba a toda velocidad con rumbo a la base aérea de Howard. Así que Mark tenía una introducción muy memorable de la ciudad de Panamá durante su primera noche en el país.

Al salir del centro de la ciudad, Mark pudo ver que se acercaban al magnífico Puente de las Américas. Al cruzar el puente vio varios barcos que transitaban por el Canal. Hubo numerosos barcos anclados en la Bahía de Panamá, y sus luces iluminaron el cielo. Si no reconociera que eran barcos, fácilmente podría concluir que veía otra gran ciudad. Al otro lado del puente, siguieron un camino oscuro, y finalmente doblaron a la izquierda. Luego se acercaron a la garita de seguridad de la base aérea de Howard. El guardia solicitaba una copia de las órdenes de Mark, y luego le dio un saludo militar. Mark respondió con un saludo militar también. Después de unos diez minutos más, llegaron al alojamiento de oficiales solteros (Bachelor Officer Quarters en inglés, o BOQ). Después de pagar, el taxista le ayudó a Mark a entrar su equipaje en el BOQ.

El sargento de la recepción del BOQ pidió a Mark una copia de sus órdenes, y le preguntó. "¿No había nadie en el aeropuerto para recibirlo?"

"No," respondió Mark, "Creo que no sabían que iba a llegar tan temprano."

El sargento examinaba las órdenes de Mark e hizo una llamada telefónica.

Luego el sargento le dio la llave para su habitación y explicó, "Señor, un teniente Jim Davis viene en camino, así que, por favor, espere aquí hasta que llegue. Su habitación esta noche es alojamiento temporal. Venga a ver a uno de nosotros en su próxima oportunidad, y se le asignará su alojamiento permanente."

Unos 20 minutos después, el teniente Jim Davis llegó.

El teniente Davis le dio la mano, y exclamó, "Tu llegada hoy sí nos sorprendió. Para nosotros faltaba todavía un par de semanas antes de anticipar tu llegada. Soy tu patrocinador, así que te ayudaré para eso de acomodarte y orientarte."

Jim tomó la llave de la habitación y ayudó a Mark a llevar su equipaje hasta el segundo piso del alojamiento de oficiales solteros. Cada piso tenía un largo pasillo, sin ventanas, que se exponía al aire de afuera, así que el esfuerzo de llevar su equipaje a su habitación contribuyó aún más sudor a su uniforme empapado. Cuando abrieron la puerta de su habitación, el aire frío del aire acondicionado le hizo tiritar a Mark, así que, aunque hace segundos le ahogaba el calor, ahora tenía frío.

Jim explicó que vendría a las 07:00 horas (7:00 AM) para llevarlo a desayunar, y después irían juntos para conocer al coronel Stone, el comandante del escuadrón de meteorología.

Después de que Jim se apartó, Mark se dio una ducha que apreciaba mucho, sacó un uniforme limpio y planchado, puso el despertador para las 5:00 AM, y se acostó a dormir algo después de las 23:00 horas. (11:00 PM) Estaba agotado, pero estaba tan emocionado de estar en Panamá, que le costó tiempo para conciliar el sueño.

El primer día en Panamá

El despertador se activó a las 5:00 de la mañana el jueves, pero Mark ya estaba despierto. En poco tiempo se alistaba para su primer día en Panamá. Después de vestirse con su uniforme, notaba que eran las 05:45, muy temprano todavía. Jim no lo recogería hasta las 7:00. Así que sacó una radio portátil de su equipaje, con curiosidad de saber lo que podría oír. Escogió una emisora que transmitía en español, y aunque no entendía nada; sin embargo, le fascinaba oír lo que más tarde aprendería que era música salsa, que escuchaba por primera vez. Como flautista, estaba especialmente entretenido por selecciones de salsa que incluían el acompañamiento de la flauta. A las 6:55, Mark todavía no había oído lo suficiente del programa de radio, pero era hora de que se fuera abajo para esperar a Jim.

Jim llegó a las 7:00 en punto, que estaba bien para Mark porque estaba muerto de hambre. Mientras se dirigían al comedor militar, Mark vio a una mujer vestida con ropa muy colorida y con un anillo en la nariz. Jim explicó que era miembro de la tribu indígena Kuna. Mark aprendió que muchos miembros de la tribu Kuna trabajaban en la base. La blusa de la mujer tenía una imagen muy bonita de dos tucanes con un fondo multicolor. Mark llegaría a saber que la imagen era un tipo de obra de arte que las mujeres de esta tribu creaban y que se llaman molas, y que muchos estadounidenses compraban las molas, mandaban a ponerlas en marcos, y las colgaban como obras de arte en las paredes de sus hogares. Cuando llegaron a la cafetería, Mark notaba que gran parte de los cuadros que estaban en las paredes eran molas que se habían enmarcado. Las molas eran muy coloridas, y Mark notaba que se confeccionaban con capas de tela en diferentes colores, haciéndolas muy únicas y atractivas. Teniendo mucha hambre, Mark consumió un desayuno muy fuerte y ahora se sentía mejor preparado para conocer a su nuevo comandante.

Llegaron al escuadrón de meteorología a las 8:00 AM. El teniente Jim Davis tocó dos veces la puerta del comandante. Al oír la palabra, "Entre," los dos entraron. Ambos le dieron un saludo militar, y el teniente Davis le anunció al comandante, "Señor, los tenientes Davis y Warner nos presentamos de acuerdo con sus órdenes." El comandante les devolvió el saludo, y el teniente Davis presentó al teniente Warner al coronel Stone.

Después de invitarlos a tomar asientos, el coronel Stone dijo, "Bienvenido a Panamá, teniente Warner. Supongo que sabes que nos sorprendió tu llegada temprana e inesperada, y quiero que sepas que estamos contentos de verte. Actualmente, estamos experimentando una falta de personal, que subraya aún más lo contento que estamos por tu llegada temprana."

El teniente Warner llegaría a saber muy pronto que el coronel Stone era un profesional de primer nivel que exigía lealtad y un alto nivel de competencia de sus oficiales. "No aguanto las ganas de comenzar mis labores, mi coronel," respondió el teniente Warner.

"Y sin duda tendrás esa oportunidad, pero no hasta el lunes. Hoy se te programarán numerosas citas de procesamiento y orientación para recién llegados, que habitualmente ocurren los lunes. Tendrás que presentarte al teatro de la base a las 07:30 horas (7:30 AM) el lunes por la mañana para tu primera cita."

"No sé lo que el teniente Davis te ha dicho acerca de tu trabajo, pero debes saber que trabajarás principalmente con el ejército durante tu servicio en Panamá, y tendrás que desplegarte con frecuencia fuera de Panamá. Trabajarás bajo el mando del coronel Johnson, el director de inteligencia militar de la brigada de infantería número 193 en el fuerte Clayton. Ya hablaremos más de eso más tarde. Mientras tanto voy a darte un fin de semana largo, así que puedes llegar a conocer un poco mejor a Panamá. Nada más asegúrate de tener cuidado."

"Sí señor," respondió el teniente Warner, "Y gracias." Los tenientes Davis y Warner le saludaron, el coronel Stone devolvió el saludo, y Davis y Warner salieron de la oficina del comandante.

El teniente Jim Davis dejó al teniente Warner en el alojamiento de oficiales. Fue más o menos las 10:00 horas (10:00 AM), así que el teniente Warner fue directamente a la recepción en el alojamiento de oficiales. "Disculpe, sargento, ¿Me puede asignar mi habitación permanente?"

"Sí, señor teniente." Después de pedir otra copia de sus órdenes, el sargento respondió, "Venga a verme después del almuerzo, y estará disponible su habitación."

Mark subió a su habitación temporaria, cambió su uniforme por ropa civil, y se aventuró a familiarizarse con la base aérea de Howard. Mirando a través de un campo grande enfrente del alojamiento de oficiales, podía ver el almacén militar o BX (siglas que significan Base Exchange en inglés), el equivalente de un almacén de mercancía; y había una cafetería a la izquierda del BX. Se dirigió primero a la cafetería.

Mientras que el comedor militar solo estaba disponible para el personal militar, y estaba abierto solo para el desayuno, almuerzo, cena, y una comida servida por la noche para los militares que trabajan de noche; esta cafetería estaba abierta durante horas más típicas de un restaurante comercial. Así que estaba abierta de la mañana hasta la noche, y servía no solamente a militares, sino también a civiles que tenían acceso a la base.

Dentro de la cafetería, Mark veía más molas–que eran las decoraciones principales que se exhibían en las paredes. Más interesante para Mark, había también numerosos panameños, incluso miembros femeninas de la tribu Kuna.

Las mujeres Kuna eran fáciles de reconocer por su atuendo extravagante único. Por lo general llevaban una falda muy colorida, una blusa que incluía una mola artística muy detallada que cubría toda la parte delantera de la blusa, y una bufanda de color rojo brillante en la cabeza, típicamente con diseños de color amarillo brillante en ella. Las molas incluían imágenes de aves, peces, tortugas, ranas, gatos, perros, mapas, máscaras ceremoniales, y aun diseños abstractos. Y las molas incluían una amplia variedad de colores brillantes: rojo, azul, verde, naranja, amarillo, púrpura-sin ningún color pastel. Su vestimenta distintiva también incluía abalorios con diseños intrincados, también muy coloridos, que cubrían la mayor parte de sus antebrazos y pantorrillas. En sus pies llevaban sandalias.

Además de admirar su colorido atuendo llamativo y atractivo, también notaba que llevaban una gran cantidad de oro, en su mayoría collares, y, en el caso de las mujeres casadas, un anillo de oro en la nariz. Muchas de ellas también pintaban una línea estrecha, recta, y negra que se extendía desde la punta de la nariz hasta el nivel de las cejas.

Cuando Mark se puso en la fila para conseguir un emparedado y una taza de café, un hombre detrás de él comentó en inglés con un acento muy fuerte, "Usted debe ser muy nuevo aquí."

"Supongo que debe ser bastante obvio. Mi nombre es Mark Warner."

"Me llamo Bob Williams."

Con una expresión de sorpresa en la cara, Mark inclinaba la cabeza a un lado. "Bob Williams no me parece como un nombre latino."

"Soy miembro de la tribu indígena Kuna," respondió Bob, "Mi padre me nombró por un amigo americano suyo. Es nuestra costumbre nombrar a nuestros hijos por amigos íntimos de la familia, y esa es la historia detrás del nombre mío."

Aunque la ropa de las mujeres Kuna era muy adornada y colorida, Mark notaba que la ropa de los hombres Kuna era más simple.

Mientras pagaban su comida, Mark volvió a Bob, "¿Le importa si nos sentamos juntos?"

Bob bromeaba, "Supongo que desee que yo nombre un hijo mío por usted."

Mark se rio y respondió, "Eso sería sin duda un honor. En realidad, nada más estaría contento de conocerlo un poco mejor. El hecho es que el único panameño que he conocido antes de usted es un señor que se llama Pedro Mendoza."

"¡Pedro Mendoza! ¿Cómo logró conocerlo?"

"Me senté a su lado en mi vuelo de anoche que partió de Miami para la ciudad de Panamá."

"Bueno, déjeme decirle que el señor Pedro Mendoza es bien conocido y muy respetado en Panamá. Considérese afortunado si llegue a conocerlo como un amigo."

La conversación continuó, hasta que Bob tuvo que despedirse. Resultaría que Bob Williams y Mark se convertirían en buenos amigos, hasta el punto de que algún día en el futuro, de hecho, Bob tendría un hijo llamado Mark Warner.

La siguiente parada de Mark era el BX (almacén militar), que estaba justo al lado de la cafetería. Su interés principal era de ver el surtido de mercancía que se vendía. Una de las áreas que le llamó la atención fue la sección que vendía libros y revistas. Allí compró dos diccionarios inglés-español, uno grande y una pequeña versión de bolsillo. También compró dos paquetes de tarjetas en blanco y un libro titulado, El español para principiantes. Mark esperaba tomar clases de español, pero no sabía cuándo o dónde podría hacer eso todavía. Y, por lo que dijo su nuevo comandante acerca de los despliegues frecuentes, no estaba tan seguro si su horario de trabajo permitiría la opción de tomar clases. Sin embargo, ahora tenía algunos recursos básicos disponibles para aprender algo de español.

Al salir del BX, vio a algunas personas de pie en lo que parecía una parada de autobús. Pensaba, *Quizás puedo coger un autobús allí para que me lleve a la ciudad de Panamá.* A medida que se acercaba a la parada de autobús, notaba que había dos estadounidenses y algunos panameños que esperaban el siguiente autobús.

Al llegar a la parada, se dirigió a uno de los estadounidenses, y le preguntó, "¿Qué necesito saber sobre el itinerario de los autobuses aquí?"

El hombre con quien habló era un soldado del ejército estadounidense, y respondió, "Los autobuses vienen más o menos cada treinta minutos. Hacen varias paradas, y el destino final es una terminal de autobuses en la ciudad de Panamá. Debe saber que no se permite usar su uniforme si va a tomar estos autobuses."

"Este es mi primer día aquí. ¿Dónde puedo obtener efectivo panameño?"

"Nada más sacarlo de su bolsillo. Los panameños utilizan la moneda estadounidense. Se usan nuestros billetes de papel, solo que nuestros dólares se llaman balboas. Tienen sus propias monedas, pero sus monedas son completamente intercambiables con las nuestras."

"Bueno, eso si es fácil. Una vez que llegue a la terminal de autobuses, ¿Cuáles son mis opciones?"

"La terminal de autobuses está muy cerca de la Avenida Central. También se puede tomar autobuses que lo llevarán a otras instalaciones militares de Estados Unidos y otras áreas a lo largo del Canal de Panamá, como Balboa, Pedro Miguel, y Quarry Heights. Balboa tiene una buena YMCA que tiene varias actividades que se adaptan a la comunidad militar. Usted definitivamente querrá enterarse de lo que ofrece la YMCA." (La YMCA son las siglas para la *Young Men's Christian Association* o Asociación de hombres cristianas y jóvenes en español.)

"¿Ofrecen clases de español allí?"

"Claro, si eso es lo que quiere hacer."

"Gracias."

Mirando su reloj, notaba que era algo después de las 13:00 horas (1:00 PM), así que se dirigió de nuevo al alojamiento de oficiales. Encontró al sargento allí, viendo la televisión. La única estación de televisión en inglés en Panamá estaba disponible por medio del *Servicio de Radio y Televisión para las Fuerzas Armadas,* comúnmente conocida como AFRTS con sus siglas en inglés.

"¿Qué es bueno para ver en AFRTS?" Preguntó Mark.

"La mayor parte de los programas son viejos," respondió el sargento. "Las grandes redes de televisión estadounidenses no permiten que AFRTS presente los programas corrientes. Sin embargo, se pueden ver las noticias de CNN."

El sargento le dio la llave a Mark para su alojamiento permanente, y Mark procedió a mover sus pocas pertenencias a su nuevo hogar. Su alojamiento consistía en una sola habitación bastante sencilla y un baño comunitario que usaban todos los oficiales que vivían en el mismo piso.

Había un teléfono público en el pasillo, así que Mark llamó a Pedro Mendoza.

"Señor Mendoza, le habla Mark Warner. ¿Cómo está usted?"

"Estoy bien, Mark. Por favor, que me llames Pedro."

"No tengo deberes hasta el lunes, así que estoy libre para aceptar tu invitación para la cena y baile mañana por la noche. ¿Cómo llego allí?"

"Puedes tomar un autobús desde la base aérea de Howard hasta la terminal de autobuses en la ciudad de Panamá. Debes de llegar antes de las 6:30 de la tarde, y te recogeré."

"¡Perfecto! No aguanto las ganas de verte mañana."

"Muy bien. Te veré mañana entonces. Buenas tardes."

Mark trataba de encontrar a alguien que pudiera ir con él a la ciudad de Panamá para el día viernes en la mañana. Así que llamó al teniente Jim Davis con la esperanza de que él fuera libre. No hubo respuesta. Decidió dirigirse al Club de Oficiales para ver si podía conocer a un nuevo amigo que tuviere el día libre el viernes. Había un montón de gente amable allí, pero ninguno de ellos estaba disponible para el viernes.

Aventurarse en la ciudad de Panamá

Mark despertó en la mañana el viernes, y se limitó a tomar una taza de café. Todo el mundo con quien hablaba estaba ocupado. Nadie estaba libre para acompañarle a la ciudad de Panamá.

Pensó. *Bien, No voy a quedarme aburrido en la base durante todo el día. De una forma u otra voy a la ciudad de Panamá.*

Mark consiguió su nuevo diccionario de bolsillo español-inglés y se dirigió a la parada de autobús. Mirando su reloj, notó que eran las 8:45. De acuerdo con el itinerario fijado en la parada, el siguiente autobús llegaría a las 9:00. No había nadie más en la parada.

Después de lo que pareció un largo plazo de 15 minutos, el autobús finalmente se detuvo, y Mark subió.

El autobús era de tipo escolar fabricado por Blue Bird Corporation, con su sede en Fort Valley, Georgia. Mark llegaría a descubrir que la mayoría de los autobuses a lo largo de Panamá eran autobuses de la marca Blue Bird, en muchos casos de segunda mano.

Aparte de Mark, había una docena de personas en el autobús, todos panameños. Cuando se acercaba a otras paradas de autobús, las personas que querían bajarse gritaban "parada" para que el autobús se detuviera. Mark buscó la palabra en su diccionario y aprendió que es un sustantivo que significa genéricamente "stop," pero en este caso se refiere a la próxima parada de autobús. Mark apuntó esta información en el pequeño libro de apuntes que llevaba.

Al salir de la base aérea de Howard, el conductor continuaba en la carretera panamericana, que se extiende desde Alaska hasta el punto más al sur en Argentina. Mark llegaría a saber que el único lugar en todo el hemisferio occidental, donde no se ha completado la carretera panamericana, es en la provincia de Darién de Panamá, debido a la extensa área pantanosa, montañosa, e inhóspita que existe allí. La provincia de Darién comparte la frontera con la República de Colombia.

Unos cinco minutos más tarde, el Puente de las Américas quedó a la vista. Mark recordó que había cruzado este puente cuando el taxi lo traía el miércoles desde el aeropuerto de Tocumen en la ciudad de Panamá a la base aérea de Howard. En ese momento, sin embargo, ya era de noche. Ahora, en este soleado viernes por la mañana, el panorama era absolutamente impresionante. A la izquierda se podía ver un barco que salía de las esclusas de Miraflores en la última etapa de su paso por el Canal de Panamá, antes de continuar su viaje por el vasto océano Pacífico, que Mark veía a la derecha. Mirando hacia la costa a la izquierda, Mark podía ver extensos muelles con grúas enormes para descargar barcos. Por ahí también se encontraba la ciudad de Balboa. A lo largo de la costa, hacia la derecha, se veía la calzada de Amador que conecta tres islas cercanas. Hubo numerosos yates anclados a lo largo de la calzada de Amador.

Al llegar al otro lado del puente, el autobús pasó por Chorrillo a la derecha, una muy pobre y deteriorado barrio de la ciudad de Panamá, y el Cerro Ancón a la izquierda, que estaba dominada por las fuerzas militares de Estados Unidos. Ahora viajaban a lo largo de la Avenida Cuatro de Julio. Pronto el autobús doblaba a la derecha y se detuvo en la terminal de autobuses del área del Canal de Panamá.

Al bajarse del autobús, Mark fue acosado por mendigos que oscilaban en edades desde los más jóvenes hasta los adultos de edad avanzada. Les era obvio que Mark era un recién llegado, y por eso los mendigos se le acercaban como si el fuera un imán. Mark sospechaba que si él daba algo a alguno de ellos, sus esfuerzos para evadir a los demás se le harían más difíciles.

Aunque todavía era temprano, ya aumentaba rápidamente el calor, y hacía mucha humedad. Mark claramente tendría que acostumbrarse al clima de Panamá. Las nubes bajas ya se estaban desarrollando en lo que sin duda producirían chubascos y tormentas durante las horas de la tarde. Mark salió de la terminal de autobuses, y caminaba a paso lento en un esfuerzo de no sudar tanto. Sus esfuerzos eran inútiles. Rápidamente se quedó empapado en sudor.

Prestando atención a puntos de referencia que necesitaría con el fin de encontrar su camino de regreso a la terminal de autobuses, Mark se aventuró en la Avenida Central. La avenida estaba llena de gente, carros, taxis y autobuses.

Además de los almacenes, tiendas, y restaurantes, había una fila continua de quioscos que se extendían a lo largo de la acera hasta donde Mark alcanzaba a ver. Esto dejó un camino estrecho para los peatones entre los quioscos y los edificios comerciales. Para reducir aún más el espacio para los peatones, había numerosos mendigos sentados frente a los edificios con las manos extendidas, y con la esperanza de recibir limosnas de los peatones. Mark era como un imán para estos mendigos también. Además, había gente de pie alrededor de numerosas mesas donde vendían billetes de lotería.

Los peatones que cruzaban la avenida tenían que esquivar precariamente el tráfico vehicular para llegar al otro lado. En consecuencia, todo el tráfico a lo largo de la Avenida Central se serpenteaba lentamente y de forma caótica, tanto para los peatones como para los vehículos.

Debido a la circulación vehicular tan pesada, había un incesante ruido estridente de bocinas. Muchas tiendas tenían altavoces que emitían música de salsa o merengue, la bulla de la cual competía con las bocinas de los carros para producir una orquesta al azar que chocaba en forma atormentadora. Vendedores ambulantes y empleados de varios almacenes gritaban ofertas a los peatones que pasaban por enfrente.

Todos los vendedores le acosaban a Mark, el estadounidense que supuestamente tenía mucho dinero para gastar. Su objetivo agresivo era persuadir a los peatones a entrar en sus respectivos almacenes, y sus voces contribuían a toda la bulla, con ninguna armonía en absoluto, para producir un coro y orquesta tumultuoso y ensordecedor. Muchos de los vendedores ambulantes en los quioscos ofrecían un surtido variado de alimentos, así que el aire se llenó con aromas de carnes asadas y otros alimentos.

Mientras que continuaba aventurándose en este bazar caótico, Mark llegó a una acogedora cafetería. A propósito omitía el desayuno en el comedor militar, porque quería comer el desayuno en la ciudad de Panamá. Así que esta cafetería, que estaba llena de gente, proporcionaría su primera comida en la ciudad de Panamá.

Mark se sentó a una mesa donde podía observar a los peatones que pasaban en frente de la cafetería. No había aire acondicionado, pero había un ventilador que mitigaba el calor un poco. A pesar de su piel blanca, nadie en el restaurante parecía prestarle atención, pero Mark estaba muy consciente del hecho de que era una minoría de una sola persona.

El menú estaba pintado en una pared por encima de la caja registradora, todo en español, por supuesto. Había tres opciones identificadas como: Desayuno 1, 2, y 3. Su diccionario de bolsillo le reveló que significaba la palabra *desayuno*, así que escribió "Desayuno 1" en su libro de apuntes. Una mesera joven y atractiva se le acercó para tomar su orden, y Mark le mostró lo que escribió en su libro de apuntes. Era obvio que la mesera hallaba gracioso esta forma de hacer su pedido. Así que le sonrió, y anotó la orden. Pronto regresó con un plato que incluía dos huevos, salchichas, patacones (tajadas de plátano frito), y dos tortillas. También le trajo una taza de café expreso.

Mark había comido tortillas mexicanas antes, pero las tortillas panameñas eran muy diferentes. Se hacían de maíz, como las tortillas mexicanas, pero las tortillas panameñas eran del tamaño de un trozo de carne molida que se incluye en una hamburguesa, tanto en diámetro como en espesor. Su sabor le indicaba a Mark que también contenían queso. Eran perfectas para mojarse en las yemas de los huevos. El café expreso era fuerte de sabor y vino con leche. El azúcar estaba disponible en la mesa, pero Mark no bebía su café con azúcar. Y mientras que el café expreso era muy fuerte y lleno de sabor, no era amargo. A Mark le gustaba.

Mientras disfrutaba de su desayuno, Mark observó con curiosidad a la gente que caminaba por en frente de la cafetería. Por lo general, estaban bien vestidos, y todos parecían estar en un apuro. Observaba que muchas de las mujeres jóvenes eran muy atractivas, y empezó a pensar en su compromiso con Irene.

Reflexionaba, *¿Cómo será este baile esta noche?* De repente se sentía solo, pero no porque le hacía falta Irene. Viendo las atractivas mujeres latinas que pasaban por enfrente de él, le despertó una fuerte gana de disfrutar la compañía femenina. Suspiró y se comentó a sí mismo *¡Si tengo ganas de asistir a este baile esta noche!*

Mientras terminaba su desayuno, se le ocurrió a Mark que no sabía cómo debía vestirse para la cena y baile. Y mientras que estaba en buenas condiciones físicas, le costaba lidiar con las condiciones tan bochornosas de este mundo tropical. Así que decidió regresar a la base aérea de Howard. Veía que podía llegar a tiempo para comer un almuerzo ligero en el comedor militar, tomar una ducha, y recuperarse del calor y la humedad en su habitación con aire acondicionado, antes de alistarse para la cena y baile.

Ya de vuelta en la terminal de autobuses, notaba que en cada puesto de estacionamiento para los autobuses había letreros que indicaban para cada autobús sus diferentes destinos en el área del Canal de Panamá. Además de la base aérea de Howard y el fuerte Kobbe, otros destinos incluían la estación naval Rodman, el fuerte Clayton, Balboa, Pedro Miguel, Miraflores, entre otros. Cuando se sentó a la espera de su autobús, más mendigos se acercaron a él para pedir limosnas. Se dio cuenta de que había otros americanos a la espera de los autobuses, pero los mendigos parecían dejarlos en paz.

Se volvió hacia un hombre americano que estaba sentado a su lado y le preguntó, "¿Por qué estos mendigos me acosan a mí, pero no a los demás?"

"Después que tengas más tiempo de estar aquí, llegarán a reconocerlo, y así te dejarán en paz también," Respondió.

"¿Cuánto tiempo llevas aquí?"

"Más o menos dos años."

"¿Vas a la base aérea de Howard?"

"No. Voy para el fuerte Clayton."

"Entonces, ¿Cómo te gusta Panamá?"

"Panamá es un buen lugar. Se puede hacer casi cualquier cosa que le guste a uno, a excepción de hacer el esquí en nieve. En cuanto a mí, me gusta pescar. Si te gusta la pesca, hay pocos lugares en el planeta donde la pesca es tan buena como aquí en Panamá, tanto la pesca en agua dulce como salada. También es muy popular el buceo aquí. Los arrecifes de coral que se encuentran en las aguas costeras de Panamá son increíbles. Panamá tiene buenos restaurantes, muchos lugares para bailar, y mucha vida nocturna. La prostitución es legal en Panamá. Seguramente has notado que abundan atractivas mujeres latinoamericanas aquí. Tampoco no hay escasez de mujeres a quienes les encantaría casarse con un soldado americano, para que puedan ir a vivir en los Estados Unidos. Así que si quieres una mujer nada más por la noche, tales mujeres son fáciles de encontrar. Pero la mayoría de las mujeres son decentes, tales que podrías llevarlas con orgullo para conocer a tu mamá, si eso es lo que buscas. Pues, ¿Qué más se puede pedir?"

"Me he dado cuenta de que no sudas nada como yo. Supongo que poco a poco uno se acostumbra al clima aquí."

"Sí. Eso te tomará unos meses."

"Fue bueno conversar contigo. Este es mi autobús que viene llegando. Que te vaya bien."

"Buena suerte."

Al subir al autobús, Mark notaba que estaba mucho más lleno que el autobús que tomaba antes. El único asiento disponible era al lado de una joven y atractiva mujer panameña, y con gusto se sentó con ella.

Ya saliendo de la terminal de autobuses, Mark buscaba la manera de conversar con ella. Sacó su diccionario y encontró lo que esperaba ser las palabras apropiadas para averiguar si ella iba a la base aérea de Howard.

Después de hacer la pregunta con un español muy pobre, ella respondió en inglés, "No, voy al fuerte Kobbe." Ella tenía un fuerte acento español, pero parecía dominar el inglés bastante bien.

"Tú hablas muy bien el inglés. Creo que puedo guardar mi diccionario."

"Gracias. ¿Eres nuevo aquí?"

"Creo que se puede decir que sí. He estado en Panamá durante dos días enteros ahora."

Riéndose, le preguntó, "¿Estás estacionado en la base aérea de Howard?"

"Sí. Mi nombre es Mark. ¿Cuál es el tuyo?"

"Me llamo Adriana."

"¿Qué haces en el fuerte Kobbe?"

"Soy una empleada doméstica para una familia allí. Muchas de las casas para las familias militares tienen una habitación aparte para una empleada doméstica, así que vivo en el fuerte Kobbe."

"Percibo que tu trabajo como empleada doméstica no es lo que aspiras hacer para tu carrera en el futuro."

A Adriana le agradaba el comentario de Mark, y le sonrió. "Claro que no. También soy estudiante en la universidad del Canal de Panamá que se ubica en Balboa."

"¿Qué estudias?"

"Estoy en mi segundo año, así que no he decidido sobre una carrera específica todavía. La universidad del Canal de Panamá nada más ofrece cursos para los primeros dos años. Después de este año, espero ganar una beca para estudiar en el extranjero. Si eso no sucede, probablemente asistiré a la Universidad de Panamá."

El autobús ya cruzaba el Puente de las Américas. Cuando llegaron al otro lado del puente, Mark notaba que había varias indias Kunas con un surtido variado de molas que tenían a la venta.

Mark comentó, "Sí que hacen algunas obras impresionantes de arte colorido, ¿Verdad?"

"Sí. La familia para la que trabajo ha comprado muchas molas. Las llevan a un taller en el que las enmarcan, y luego las cuelgan en las paredes de su hogar."

"¿La familia tuya vive en la ciudad de Panamá?"

"No. Mi familia reside en Las Tablas, una pequeña ciudad en la provincia de Los Santos."

"¿Está lejos de aquí?"

"Queda aproximadamente cuatro horas y media de aquí en autobús."

"Muy fascinante. Si tuviera la oportunidad de visitarte a ti y a tu familia en Las Tablas, ¿Qué hallaría interesante?"

Contenta con la pregunta de Mark, ella respondió, "Tenemos una gran playa muy bonita. La Provincia de Los Santos se encuentra en la península de Azuero, que es conocida por el desierto de Sarigua. También tenemos parques y museos."

"Nunca se me ocurrió que habría un desierto en Panamá. ¿Qué es bueno para comer?"

"Mis dos restaurantes favoritos son Los Faroles y El Caserón. Ambos sirven comida típica de Panamá. Arroz con pollo, ceviche, buen pescado. Si te gusta la pizza, el mejor restaurante para la pizza en Las Tablas es El Caserón."

"Parece que estamos llegando a mi parada de autobús. Disfruté hablando contigo, Adriana. ¿Cuál es la palabra para detener el autobús?"

"Yo te la diré." Adriana alzó la voz y gritó, "parada" y el autobús se detuvo.

"Que te vaya bien, Adriana. Tal vez nos volvamos a ver en otra ocasión."

Mark se detuvo en el comedor militar para un almuerzo ligero y luego regresó a su habitación. Reflexionaba. *Nunca pensé que apreciaría el aire acondicionado tanto.*

Después de bañarse, llamó a Pedro Mendoza.

"Mark. Hola. ¿Cómo estás?"

"Muy bien. Acabo de regresar de la ciudad de Panamá. Fue toda una aventura. Quería preguntarte sobre cómo debería vestirme para la cena y baile esta noche."

"¿Tienes saco y corbata?"

"Claro."

"Esa sería la ropa apropiada. Así que te recogeré en la terminal de autobuses a las 6:30 esta tarde. Supongo que ahora sabes dónde queda la terminal de autobuses, ya que acabas de volver de la ciudad de Panamá."

"Sí. Sé. Pues te esperaré allí, Pedro. Gracias de nuevo por invitarme. Estoy con muchas ganas de verte esta noche."

"De nada. Estoy seguro de que tendrás un buen tiempo."

Mark bajó a una sala grande, que era un lugar cómodo para el beneficio de los residentes que vivían en el alojamiento de oficiales. Se sentó a ver la televisión. El Servicio de Radio y Televisión para las Fuerzas Armadas (AFRTS por sus siglas en inglés) transmitía las noticias de CNN.

La noticia que llamó la atención de Mark era sobre el dictador de Panamá, el general Manuel Noriega. El gobierno de los Estados Unidos se refería a él como el problema Noriega, citando un informe de inteligencia reciente, que les culpaba al general y al Estado Mayor de la Fuerza de Defensa de Panamá por el asesinato el septiembre pasado del doctor Hugo Spadafora, quien era uno de los miembros de la oposición más vocal que criticaba al régimen de Noriega. También comentaron, según un informe del periódico, The New York Times, que se descubrió el cadáver decapitado del doctor Spadafora, que se había depositado en un saco de correos de los Estados Unidos y que se encontraba tirado al otro lado de la frontera entre Panamá y Costa Rica. El asesinato ocurrió en Concepción, Provincia de Chiriquí, Panamá, solo unas semanas antes de que el general Noriega expulsó al presidente civil, Nicolás Ardito Barletta, que estaba a punto de nombrar una comisión para reunir pruebas en contra del general Noriega.

Dado que Mark iba a estar trabajando en la inteligencia militar, pensó para sí, *Será interesante saber como estos acontecimientos se encajan en el trabajo que voy a hacer.*

La Señorita Elena Victoria de la Vega

Vestido con su saco y corbata, Mark se dirigió a la parada de autobús. El momento en que llegó allí, ya se había aflojado la corbata, y llevaba el saco en la mano. Una tormenta eléctrica por la tarde había terminado recientemente, y la humedad era aún peor que la que él había experimentado antes durante el día. Fue bueno que se quitara el saco, porque absolutamente nadie en el autobús llevaba saco; nadie llevaba corbata tampoco.

Poco después de llegar a la terminal de autobuses, un Mercedes-Benz se detuvo en frente. Cuando se bajó la ventana, Mark reconoció a su amigo, Pedro, y subió al carro. Una vez más estaba agradecido por el aire acondicionado del carro.

"Quisiera saber, ¿Cuál es el propósito de esta cena y el baile?" Preguntó Mark.

"La cena y el baile es un evento anual, organizado por la Cámara de Comercio, Industrias y Agricultura de Panamá."

Al escuchar el nombre de la organización en español, Mark comentaba, "Creo que eso sería la *chamber of commerce.*"

"Exactamente. El propósito del evento es recaudar fondos para una organización benéfica local que proporciona atención médica a los niños pobres. Mi esposa, Esperanza, está a cargo de la organización benéfica. Ella ya está en la sede del evento, y está ayudando a cumplir todas las últimas preparaciones."

"¿Cómo se puede contribuir a la caridad?"

"La cámara de comercio conduce una subasta silenciosa. Hay un formulario en frente de cada artículo que está en venta donde los participantes pueden apuntar sus nombres y lo que quieren pagar. Más tarde se anunciará la oferta más alta por cada artículo, y el nombre de la persona ganadora."

"Supongo que uno no necesita ser miembro de la cámara de comercio para participar en la subasta."

"Claro que no. Pero la mayoría de la gente en asistencia son miembros de la cámara."

"Me preocupa que no hablo español."

"No tienes por qué preocuparte. Obviamente, sería mejor si pudieras hablar español. Habrá gente ahí que no habla inglés. Pero, dado que la mayoría de la gente en asistencia son comerciantes, te darás cuenta de que muchos de ellos hablan muy bien el inglés."

"Me alegra saberlo. Cuénteme acerca del Hotel Panamá."

"Es uno de los mejores y más elegantes hoteles en el país. Construido a finales del siglo diecinueve, fue el primer hotel en todo el país. Entre los muchos invitados famosos que se han alojado en el hotel, se incluyen el conde Ferdinand de Lesseps, el ingeniero francés que inició la construcción del Canal de Panamá, y el presidente Theodore Roosevelt."

"¡Muy impresionante!"

Se detuvieron enfrente al hotel, y Pedro y Mark se bajaron del carro para dejarlo con el encargado de estacionar los carros.

Mark exclamó, "¡Caramba! Esto tiene que ser el edificio más increíble que he visto. Creo que nadie construiría un magnífico edificio así como este en la actualidad."

Mark veía que todas las habitaciones tenían balcones ornamentados que dan a las pintorescas calles estrechas de la zona Casco Viejo en la ciudad de Panamá. Al entrar en el vestíbulo del hotel, Mark notaba que el cielo raso abovedado alcanzaba varios pisos de altura, y una gran escalera adornaba el gran vestíbulo, una escalera que nunca se ve en los hoteles más modernos.

Pedro llevó a Mark al comedor y encontró a su esposa.

"Esperanza, este es mi nuevo amigo americano, Mark Warner. Mark, esta es mi esposa Esperanza."

Esperanza respondió en inglés con un acento latino muy fuerte, "Mark, es un placer de conocerlo."

"Estoy encantado de conocerla a usted también," Mark replicó en inglés. "Entiendo que está bastante ocupada con los últimos preparativos de este evento."

"Sí. Pero es un evento muy importante, y me agrada tener una pequeña parte en él."

Esperanza tenía que resumir sus labores, así que Pedro le mostró a Mark el salón donde ocurriría el baile.

"Después de la cena y la subasta silenciosa, verás que los sacos y corbatas se quitarán, y todos nos pondremos más informales y festivos durante el baile."

Luego procedieron a una sala que quedaba enfrente del salón de baile.

"Mark, por favor, ponte cómodo aquí por un rato. Tengo algunas cosas que hacer."

Mark se sentó en un asiento cómodo. Había una mesa grande y redonda frente de su asiento con numerosos asientos iguales alrededor de la mesa.

Mark hallaba que Pedro y Esperanza eran una pareja madura, sofisticada, y de buenos modales, elegantemente vestidos para la cena y el baile de la noche. La imagen que presentaban por su apariencia y su comportamiento fue claramente la de dos personas bien acomodadas. Sin embargo, eran muy con los pies en la tierra, no arrogantes de ninguna manera, amables, y accesibles. Mark se sentía muy a gusto de estar en su compañía.

Fue justo antes de las 7:00 PM, y la gente empezaba a llegar. Una mujer panameña joven tomó asiento al otro lado de la mesa redonda donde se sentaba Mark. De inmediato ella le llamó la atención. Mark supuso que era probablemente un año o dos más joven que él, y le encantaba su belleza. En cuanto a lo que podía observar, ella no lo había notado a él en absoluto, a pesar de que su piel blanca una vez más manifestaba que era una minoría de uno.

Ella tenía el pelo largo y negro, no era totalmente liso, pero no muy rizado tampoco. Su piel era de un color canela clara, y sus ojos eran negros de carbón. Tenía una figura esbelta sin ser demasiado delgada.

Mark no podía apartar los ojos de ella, a pesar de sus esfuerzos de ser lo más discreto posible.

Pronto otras mujeres jóvenes se acercaron, y ella se animaba y empezaba a conversar con ellas sin cesar. Mark gozaba de escuchar cómo pintaba el aire con sus palabras. Su sonrisa, mientras charlaba con entusiasmo, la hacía aún más atractivamente radiante, y había un brillo en sus ojos que mostraba que era una mujer encantadora e inteligente. Mark la hallaba increíble. Era muy alegre, el centro de atención entre sus amigas, con buena gracia, no arrogante, muy amable, y sobresaliente. Se reía libremente y con gusto. Ella estaba muy cómoda de estar con sus amigas, y sus amigas estaban muy cómodas de estar en su compañía.

Llevaba un vestido elegante, de color rojo, con un cinturón negro que enfatizaban bien su figura muy femenina. El vestido le daba un aspecto muy latino. Lucía zapatos negros de tacones altos que adornaron sus pies delicados.

Para Mark, era una visión celestial para contemplar. Su belleza era fenomenal, pero más impresionante aún, su cálida cordialidad tocó su alma como la música de un coro angelical. Se preguntó *¿Qué tendría que hacer para llegar a conocerla?*

Mark comenzó a percibir que las mujeres hablaban de él, porque estaban mirando en su dirección mientras charlaban. Él tenía razón. Ellas comentaban que era atractivo, y se preguntaban quién era y con quién estaba. Era obvio para ellas que había llegado recientemente a Panamá. También discutían en broma sobre quién llegaría a conocerlo primero, y que esperaban que asistiera al baile después de la cena.

Mark se sentía un poco incómodo, porque miraban cada vez más en su dirección mientras charlaban alegremente. No tenía ni idea de si sus comentarios eran positivos o negativos. Al mismo tiempo estaba contento de que enfocaran su atención en él, especialmente la mujer con el vestido rojo.

Tenía una gana cada vez más intensa de conocerla. Sin embargo, comenzaba a preocuparse porque sabía que la probabilidad de conocerla era bastante baja. Y aunque llegara a conocerla, en su mente pensaba, *¿Por qué tendría ella interés en mí?*

Mark decidió que, de una manera u otra, ella llegaría a saber quién era él.

Mientras estaban sentados allí, Mark vio entrar a otro estadounidense. Se dirigía en su dirección.

Otra preocupación empezó a apoderarse de Mark y reflexionaba, *¿Es posible que este tipo venga a ver a la mujer con el vestido rojo?*

No solo era posible, de hecho, se pavoneó hacia ella y la llamó, "¡Elena!"

De inmediato ella se puso de pie, y se abrazaron.

Mark de repente deseaba no haber venido a esta cena y baile. La encantadora visión que se le había pintado ahora se alejaba de colores alegres de primavera a los colores de otoño, y procedió a convertirse en colores de invierno frío. Su poca esperanza ya se le precipitó a la desesperación.

El estadounidense era el capitán Jack Peterson. Tenía el típico corte de pelo alto y estrecho, con su cabeza media pelada. Era obviamente un infante de marina de Estados Unidos. No se había vestido para la cena, pues no usaba saco y corbata. De hecho, se contrastaba crudamente con el aspecto elegante de Elena, como un peón en la presencia de una princesa. Medía casi dos metros de alto. Elena apenas medía 1,5 metros de alto, así que era todo un hombrón alto al lado de ella. Tenía una actitud arrogante, estereotipada de los infantes de marina de Estados Unidos, la antítesis de la actitud graciosa de Elena. Parecía que estaba medio ebrio. Elena se daba cuenta de esto de inmediato, y era obvio que ella no estaba nada contenta de verlo así.

Mark notaba que Elena (pues ahora sabía su nombre) y este hombrón no podían conversar libremente debido a sus limitaciones de idioma. Se preguntó, *¿Qué es lo que Elena ve en este hombrón?*

Mark reflexionó, *¿Es posible que haya alguna esperanza después de todo?*

Pedro ahora apareció y le preguntó a Mark, "¿Tienes hambre?"

"Sí. Tengo." Respondió Mark.

Mark notaba que Pedro miraba a Elena. Parecía que no solo miraba en su dirección, sino que específicamente la miraba a ella.

Mientras se alejaban, preguntó Mark, "¿Conoces tú a la mujer del vestido rojo?"

"O sí. Su nombre es Señorita Elena Victoria de la Vega. Conozco bien a su padre, que se llama Arturo de la Vega. Es dueño de una hacienda cerca de Concepción, en un lugar llamado Volcán en la Provincia de Chiriquí. Él y su familia crían ganado y caballos."

Mark hallaba esa información importante, y la recordaría para el futuro. No le hizo más preguntas a Pedro por el momento acerca de Elena.

Al entrar en el comedor, Pedro presentó a Mark a varios de sus amigos – entre ellos estaba el señor Guillermo Endara y el señor Guillermo Ford. Pedro después susurró a Mark, "Estamos con la esperanza de que uno de estos dos hombres vaya a ganar la elección presidencial para tomar el puesto del general Noriega."

La forma en que le dijo esto a Mark le hizo comprender que Pedro esperaba mantener confidencial este comentario. Era obvio para Mark que Pedro era uno de los hombres de negocios más exitosos, ricos, e influyentes en Panamá. Y se sorprendió de que Pedro le invitara a una reunión de esta categoría, cuando apenas se conocían.

Encontraron su mesa y se sentaron. Mark de inmediato se fijó para ver si Elena estaba cerca. Vio que se sentaba a dos mesas de distancia de la suya.

Pedro presentó a Mark a sus amigos que estaban sentados a la mesa, y comentó, "El padre de Mark está en el negocio de camiones de transporte en el estado de Ohio." Luego a Mark le preguntó, "¿Cuál es el nombre de tu padre?"

"Robert Warner."

Pablo, que se sentaba al lado de Mark, le preguntó, "¿Va a continuar en el negocio de su padre?"

Mark, bien impresionado que todos que estaban sentados a la mesa parecían hablar bien el inglés, respondió, "El negocio está creciendo bien, mi padre tiene una flotilla de 30 camiones con sus remolques. Mi padre está contento de que tanto mi hermano como yo estamos sirviendo en las fuerzas armadas de nuestro país. Los dos estamos en la fuerza aérea. Pero su sueño es que algún día volvamos para llevar su empresa al siguiente nivel, después de haber completado nuestros compromisos con la fuerza aérea. Mi hermano es piloto, y le encanta volar. Así que no estoy seguro acerca de sus planes con respecto a la empresa. Yo, por mi parte, tengo toda la intención de integrarme en la empresa de mi padre después de cumplir mi servicio militar."

La respuesta de Mark fue fortuita, ya que las personas sentadas a la mesa parecían ser más cómodas de tenerlo en su compañía. Entendieron que provenía de una familia de calidad.

Mark comentó, "Quiero que sepan que espero con ganas que llegue el día en que pueda yo conversar con ustedes en español."

Esperanza preguntó, "¿Has estudiado el español?"

"Por desgracia, no. Estudiaba el latín, pensando que me convenía, porque inicialmente quería ser médico. Pero terminé siendo meteorólogo, y ahora, con mi oportunidad de trabajar en Panamá, veo que habría tenido más sentido estudiar el español. Tengo la esperanza de tomar algunas clases aquí. No he estado aquí ni una semana, así que tengo que averiguar cuáles son mis opciones. Por el momento, me compré dos diccionarios inglés-español, uno que es portátil, que llevo conmigo. También compré un libro de autoaprendizaje sobre el idioma español. Así que si ustedes tienen algunos consejos sobre cómo puedo aprender rápidamente, por favor, quiero que sepan que aceptaría sus consejos con gusto."

Con una sonrisa traviesa, Pablo comentó, "Aprendí inglés cuando estudiaba en los Estados Unidos. Un factor importante que me ayudaba a mí era una rubia americana que me aumentó mucho el deseo de aprenderlo para poder conversar con ella."

"Eso me parece como un buen consejo. He notado que no hay ninguna escasez de atractivas mujeres latinoamericanas aquí. Tal vez haya una que tenga la paciencia de escucharme hablar como Tarzán hasta que me pueda perfeccionar mejor."

Riéndose todos, hallaron su comentario chistoso.

Cambiando de tema, Mark comentó, "Tengo entendido que Panamá es uno de los mejores lugares en el mundo para pescar, tanto en agua dulce como salada."

"Te sorprendería lo bueno que es la pesca aquí," comentó Pedro. "¿Te gusta pescar?"

"¡Por supuesto! Me encanta. Antes de que mi abuelo falleció, él tenía un pequeño yate que atracó en el lago Erie. Solíamos ir a pescar todo el tiempo."

"Bueno, tendremos que ir a pescar pronto."

Los meseros ahora traían la comida. Comenzaron con ceviche.

Mirando el ceviche, preguntó Mark, "¿Qué es esto?"

Esperanza explicó, "Ceviche comienza con pescado crudo blanco. También se puede hacer con camarones u otros mariscos. Otros ingredientes varían según la receta, pero los dos ingredientes cruciales son el jugo de limón y la cebolla. El jugo de limón y la cebolla cocinan químicamente el pescado. Por favor, pruébelo, estoy seguro de que te guste."

Probándolo, Mark exclamó, "¡Esto es muy sabroso! Es refrescante, y me gusta la forma en que los diversos ingredientes se combinan para producir un sabor único y rico. Puedo ver que voy a comer una gran cantidad de ceviche de ahora en adelante."

El resto de la comida consistía en langosta, espárragos, arroz pilaf, y una ensalada mixta. El vino era un Chardonnay. Para el postre sirvieron flan con café expreso.

Justo antes de terminar la cena, Mark se acercó para ver el surtido de cosas que se ofrecían para la subasta silenciosa. Notaba la lista de ofertas en hojas de papel que se pegaban en cada artículo que estaba a la venta. Mark vio una mola muy decorativa que había sido enmarcada. La oferta máxima hasta el momento era de 45 balboas (dólares). Mark sometió una oferta de 50 balboas.

Otros artículos para la subasta incluían varias botellas de bebidas alcohólicas, especialmente rones, incluyendo Carta Vieja Golden Cask Solera 18 (el ron de mejor calidad de la marca Carta Vieja), producido con orgullo en Chiriquí, la provincia que comparte la frontera con Costa Rica. También hubo numerosos vinos de Francia, España, Argentina, y Chile. Además de varias molas, había un surtido de otras obras de arte, producidas por artistas locales. Era notable para Mark las varias botellas antiguas que se ofrecían y que databan de la época de la construcción del Canal de Panamá. Y había otras antigüedades variadas que también estaban disponibles para la subasta.

Al regresar a su mesa, preguntó Mark, "¿Cuándo anunciarán los ganadores?"

"Se anunciarán dentro de poco, cuando todos se acomoden en el salón de baile, justo antes de comenzar el baile," respondió Esperanza, la esposa de Pedro.

La comida terminó a las 8:30 de la noche, y la gente comenzó a congregarse en el salón de baile. Cuando Mark entró con Pedro y Esperanza, trataba de encontrar a Elena entre la muchedumbre. Una vez más, comenzó a preocuparse de que no iba a tener la oportunidad de conocerla.

El conjunto estaba haciendo los preparativos finales antes de que empezara el baile. Curioso, al ver los diversos instrumentos del conjunto, Mark le pidió a Pedro, "Explíqueme lo que son algunos de estos instrumentos. Reconozco muchos de ellos: los bongos, las trompetas y las maracas. Pero hay algunos que nunca he visto."

"El tambor más grande es una conga que es esencial para la música latina. El güiro es un instrumento de percusión formado por una calabaza hueca de forma alargada y con estrías horizontales que se toca rascándose verticalmente con un palo pequeño. Las claves constan de dos pedazos de madera dura. Cuando el músico pega el uno contra el otro, se produce un sonido agudo que se escucha muy por encima del resto de los instrumentos. Se podría suponer que son bastante fáciles de tocar, pero el tocarlos bien se considera un verdadero arte, ya que son la base para todos los ritmos latinos bailables. La mayoría de estos instrumentos se utilizan tanto para la salsa como para el merengue. ¿Conoces la música de Latinoamérica?"

"Nada más he escuchado música latinoamericana grabada."

"Entonces te vas a sorprender al escuchar la música latinoamericana en vivo. La música latinoamericana grabada no tiene comparación con la música en vivo. Ya verás."

Esperanza anunció, "Por favor, que hagan sus ofertas finales, pues daremos a conocer a los ganadores en 15 minutos."

Después de pedirle a Pedro que tradujera lo que Esperanza había dicho, Mark procedió a comprobar la oferta que hizo para la mola enmarcada. Mientras se acercaba, se dio cuenta de que Elena también estaba examinando los artículos que estaban disponibles para la subasta.

Alguien había hecho una oferta más alta que la de Mark, así que Mark sometió una nueva oferta de 75 balboas. Al darse media vuelta para volver al salón de baile, notaba que Elena lo observaba. También vio al infante de la marina, que estaba solo y de pie a un lado.

Esperanza comenzó a anunciar los nombres de los que tenían las ofertas ganadoras. Mark le pidió a Pedro, "Por favor, dígame quién gana la mola enmarcada."

Luego la Mola enmarcada llegaba a ser el artículo que Esperanza anunciaba, y la oferta ganadora era la de Mark por 75 balboas.

Mark escuchó su nombre, y se volvió a Pedro, quien confirmó lo que Mark sospechaba, "Tú tienes la oferta ganadora."

Pedro lo llevó a la cajera, y Mark pagó con su tarjeta de crédito. El cajero le dio a Mark un recibo que contenía un número, y Pedro explicó, "Cuando salgamos del baile, nada más tienes que llevar tu recibo de vuelta a esta mesa para recibir tu compra."

A las 9:00 de la noche, Esperanza había terminado de anunciar las ofertas ganadoras, y volvió a unirse con Pedro y Mark, y le dijo a Mark, "Gracias por participar en nuestra subasta."

"De nada. Estoy muy contento. Ahora soy el propietario orgulloso de mi primera mola."

De repente, las luces se bajaron de intensidad, y se anunció el nombre del conjunto.

Mark comentó, "Veo que también hay uno que toca música grabada."

Pedro replicó, "Él está aquí para poner a tocar música no latina, para aquellos que les guste el rock and roll por ejemplo. Es posible que te gusten más las selecciones grabadas, ya que quizás sean más bailables para ti, ya que todavía no tienes experiencia de bailar la música latina."

El baile comenzó cuando el conjunto tocaba un número de salsa. Mark recordó haber oído música parecida, cuando encendió la radio la primera mañana que estaba en Panamá. *Pedro tenía razón,* pensó, *la música salsa en vivo es mucho más vibrante que la que había oído en la radio.* A él, si le gustaba el sonido del conjunto.

Notaba que las personas no eran tímidas a la hora de bailar. La música era altamente sincopada, y el tempo de los bailes era más rápido que los bailes que él conocía. También notaba que los bailes eran más sensuales y con más expresión rítmica. Para él los bailes latinos parecían muy divertidos, y a veces hasta espectaculares.

Mirando a su alrededor, vio a Elena, sentándose con el infante de la marina. Parecía que no se llevaban muy bien. El hombre parecía muy ebrio, y Elena se veía visiblemente molesta, a pesar de sus esfuerzos por disimular que gozaba de las festividades.

Mark sacó su diccionario de bolsillo para encontrar las palabras en español con que pensaba pedirle a Elena que bailara con él. En su libro de apuntes, escribió las palabras, *Bailar conmigo, por favor.* Ahí también, con la ayuda de Esperanza, dibujó un círculo, y dentro del círculo escribió la palabra "ojo." Luego dibujó una sonrisa debajo de la letra "j."

El conjunto tocó dos números más – una salsa y un merengue. Al terminar estos números, Mark vio que el infante de la marina salió del salón de baile, al parecer para ir al baño.

Entonces se puso a tocar una grabación de rock and roll. ¡Mark vio esto como su oportunidad!

Se acercó a la mesa de Elena. Elena lo veía llegar, y se movía en su silla, de modo que la parte inferior de su cuerpo daba a un lado de él, pero la parte superior de su cuerpo se volvió ligeramente hacia él. Se cruzó de brazos, no apretados, como un gesto para decirle, "Que no me molestes," sino medio abiertos, el antebrazo en el antebrazo, con las manos abiertas, colgándose de forma atractiva hacia abajo en la dirección de Mark.

Para Mark, Elena parecía como si estuviera posando para una foto en un jardín de flores, un jardín en el que ella era la flor más linda. Mark se puso de una rodilla al nivel de los ojos de ella, y ella apenas volvió la cabeza hacia él. Lo miraba por el rabillo del ojo, fingiendo ser desinteresada, aunque en realidad ella estaba verdaderamente interesada. Mark le mostró a Elena lo que había escrito en su libro de apuntes, y mal pronunció algunas de sus primeras palabras en español, "Bailar conmigo, por favor."

Elena leyó lo que había escrito en su libro de apuntes. Hallaba gracioso lo que había escrito, junto con el dibujo, pero alejaba su vista, y respondió en inglés, con un acento muy fuerte, "Estoy con mi amigo."

La cara de Mark reflejaba su desilusión, y no sabía muy bien qué hacer en ese momento, así que murmuró en inglés, "¿En otra ocasión, tal vez?"

Elena, cuyo inglés fue obviamente muy limitado, respondió de nuevo, "Yo estoy con mi amigo."

Cuando Mark volvió a su asiento, Pedro comentó, "Te ves como si alguien robó tu cachorro."

Mark trataba de lidiar con su desilusión. "Te digo, Pedro, cuando yo estaba sentado a la mesa redonda, antes de entrar en el comedor, no podía apartar los ojos de Elena cuando se sentó frente a mí. La encontraba increíblemente bella. Y cuando vi lo extrovertida y jovial que estaba ella con sus amigas, concluía que tenía que llegar a conocerla."

Pedro puso su mano en el hombro de Mark. "Bueno, como te mencioné antes, conozco bien a su familia, así que la conozco a ella también. Probablemente, no te puedo ayudar mucho, pero es probable que pueda obtener alguna información que te ayude a saber dónde puedes verla de nuevo. Como dices: ella es muy saliente, y sale a bailar a menudo."

Con una ligera mirada de esperanza en sus ojos, Mark decía, "Yo estaría muy agradecido, Pedro."

En ese momento, el hombre que acompañaba a Elena regresó. Ellos no bailaban. Elena parecía aburrida y molesta por la ebriedad de su compañero, Jack Peterson. De repente, Mark notó que ella lo miraba por el rabillo del ojo, y había una sonrisa casi imperceptible en su cara. Ella hacía un esfuerzo para no ser obvia, pero Mark podía ver muy claramente que lo miraba. Y mientras su sonrisa era sutil, Mark notaba que, de hecho, le sonreía a él.

Cuando Mark miró directamente hacia ella, rápidamente esquivó su mirada. En sus pensamientos, Mark decidió, *Debo intentar con ella de nuevo.*

A medida que avanzaba la noche, casi toda la música que se tocaba era salsas y merengues. De vez en cuando, se ponía a tocar algunos números de rock and roll. Una de las mujeres, que antes hablaban con Elena, se le acercó a Mark, y coqueteando, le pidió, "Por favor, que baile conmigo."

Mientras que Elena era la única mujer en su mente, Mark sonrió, la tomó de la mano, y la condujo a la pista de baile. Cuando empezaron a bailar, él, con una sonrisa cordial, se señaló a sí mismo, y le dijo, "Mark."

Ella le devolvió la sonrisa, se señaló a sí misma también, y respondió, "Leticia."

Mientras bailaban, Mark miraba discretamente hacia Elena. Ella no estaba bailando. Sí, estaba aburrida. ¡Y claramente le observaba a Mark!

El baile terminó poco después de la 1:00 AM, y Mark recogió su mola.

Pedro dijo, "Te sugiero que pases la noche en nuestra casa. Mañana, te llevaré de vuelta a la base aérea de Howard."

Al irse, Mark trató una vez más de localizar a Elena, pero no pudo encontrarla. No podía sacarla de su mente. A medida que se marchaban en silencio con rumbo a la casa de Pedro y Esperanza, Irene de repente le vino a la mente de Mark. Sus únicos pensamientos fueron, *Tendré que romper con Irene. Simplemente, no hay forma en que nuestro compromiso puede continuar.*

A pesar de que no logró nada con Elena, Mark tenía un tiempo estupendo. Y mientras se dirigían a su casa, Pedro le preguntó, "¿Qué tal te pareció nuestra cena y baile, Mark?"

"Quiero que sepan que yo sí lo disfruté. Muchas gracias por invitarme. No solo me puse a bailar con una mujer muy atractiva, ahora soy el propietario orgulloso de mi primera mola."

Esperanza comentó, "Me sorprende que no bailabas más."

Los ojos de Mark reflejaban tristeza. "Bueno, la verdad es que la única mujer con quien quería bailar era Elena Victoria de la Vega. Quizás notabas que la invite a bailar, pero ella no aceptó."

"Me di cuenta. Debes saber que ella es una mujer decente y bien educada que viene de una familia honrada."

"Mi primera impresión es que ella es, como dices, una buena mujer. No puedo sacarla de mi mente."

Ahora entraron en un barrio muy distinguido. Las casas eran grandes y lujosas. Todas parecían como pequeñas fortalezas, con altas murallas de varilla de hierro alrededor de cada una. Verjas decorativas también protegían todas las ventanas y puertas de entrada. Y la mayoría de las casas tenían guardias de seguridad que las vigilaban.

Mark comentó, "Estas son casas muy hermosas, pero debo decir que nunca he visto este tipo de medidas de seguridad pesada para viviendas particulares."

Pedro explicó, "Pronto te darás cuenta de que hay mucha delincuencia en Panamá, y las personas exitosas son los principales blancos de este tipo de delincuencia. Hay muy pocos crímenes violentos. La mayor parte de los delitos cometidos se tratan de robo menor, y las casas sin seguridad adecuada son blancos fáciles de tales crímenes."

Ahora llegaban a la entrada de la casa de Pedro y Esperanza. Pedro presionaba un botón en un mando de control remoto, y el portón de verjas se abrió para permitir la entrada de su vehículo. La guardia de seguridad les dio la bienvenida cuando se detuvieron. Al ver la casa de Pedro y Esperanza, Mark notaba que era la casa más lujosa de toda la vecindad.

Una vez dentro de la casa, Mark se sorprendió con lo elegante que era el interior de la casa. La casa era tan limpia y ordenada que se parecía más a un modelo de casa donde nadie había vivido. Había un gran candelabro colgando del techo abovedado en la sala. En otra sala contigua, Mark notaba que había una mesa de billar. Una empleada le mostró a Mark su habitación (una de las seis de la casa) y se aseguró de que había toallas limpias en el baño de la habitación.

A la mañana siguiente, sábado, la misma empleada tocaba la puerta de la habitación de Mark. Cuando abrió la puerta, ella dijo la palabra, "desayuno." Mark estaba contento de que se acordó que la palabra "desayuno" significaba *breakfast.* Con una combinación de gestos con las manos, el español, y el inglés, le informó a Mark que el desayuno se serviría en cuarenta y cinco minutos.

Mark se duchó y se presentó para el desayuno sin afeitarse.

"Buenos días," dijo Esperanza, en español y luego le dijo en inglés, "Pedro saldrá pronto. Tome asiento."

Respondió Mark, "Buenos días."

Otra empleada le trajo a Mark un vaso de jugo de naranja recién exprimido y una taza de café.

Mark respondió, "Gracias."

El jugo de naranja era tan fresco que desprendía un aroma fragante. El café, al igual que en el restaurante en la avenida central, era fuerte, lleno de sabor, pero no amargo – perfectamente preparado.

Pedro entró en el comedor, se sentó a la mesa, y saludó a Mark, "Buenos días. Espero que hayas dormido bien."

Mark puso su taza de café sobre la mesa. "Buenos días. Sí. Me dormí bien, pero no hasta después de quedarme despierto durante aproximadamente una hora, pensando en el gran tiempo que tenía. Noto que tienes una mesa de billar. Me encanta jugar al billar."

"Bueno, sin duda tendremos que jugar algunos partidos en otra ocasión. Después del desayuno, te llevaré a la base aérea de Howard, pero tengo que hacer una parada en el camino. Espero que no te importe."

"No, en absoluto. Yo de nuevo les doy las gracias a ambos por ser tan amables conmigo."

"Ha sido un placer," respondió Esperanza.

El desayuno consistía en panqueques, tocino, un plato de fruta fresca que incluía papaya, guineo, moras negras, y rodajas de naranjas y toronjas, además del café y el jugo de naranja servido anteriormente.

La guardia trajo el Mercedes-Benz de Pedro hasta la puerta principal, y Pedro y Mark subieron. Al salir de la comunidad residencial, continuaban en la Vía Porras, hasta la Vía España, donde doblaron a la izquierda. La Vía Porras y Vía España contrastaban significativamente con la Avenida Central. A lo largo de la Vía Porras había edificios de apartamentos, unos restaurantes y otros edificios comerciales.

Pedro se refirió a un restaurante llamado Sorrento y comentó. "Sin duda tendrás que probar el restaurante Sorrento algún día, suponiendo que te gusta la pizza y la comida italiana. Es un restaurante sin igual en toda la capital. Su secreto es el horno de piedra en el que se hornean las pizzas. La leña que utilizan para alimentar el fuego añade un sabor único para sus pizzas que es simplemente inolvidable. Después de tu primera visita, seguramente te convertirás en un cliente habitual."

"Me parece muy bien. Estoy seguro de que hay muchos buenos restaurantes en la ciudad."

"¡Oh, sí!"

Al doblar en la Vía España, Mark se dio cuenta de que esta avenida era probablemente una de las mejores partes de la ciudad. Vía España estaba llena de edificios nuevos, la mayoría de los cuales eran edificios profesionales y almacenes, aunque también había varios hoteles de lujo, restaurantes, y una magnífica catedral que, obviamente, databa en una época anterior.

En contraste con la modernidad de Vía Porras y Vía España, la Avenida Central tenía un aspecto más deteriorado, con ambiente de chabola. Una cosa que tenían en común era la congestión significativa del tráfico.

"¿Cómo se maneja en esta ciudad?" Preguntó Mark.

"El secreto es la resignación agresiva. Conducir en Panamá no es nada cómo conducir en los Estados Unidos, donde el tráfico normalmente circula en forma muy ordenada. Aquí, cuando hay que hacer un giro o cruzar una intersección, uno tiene que meter una esquina delantera del carro enfrente del carro que se aproxima desde la calle adyacente – que es la parte agresiva. Una vez que se logra meter la esquina del carro, el otro conductor tiene que dejarlo proceder – que es la parte de resignación. Todo el mundo entiende naturalmente esta manera de conducir, y nadie puede ir muy rápido cuando se conduce así. De lo contrario, la resignación agresiva simplemente no funcionaría."

"Veo que tendré que aprender a conducir de nuevo, si adquiero un carro aquí."

Pedro se detuvo en un garage de estacionamiento en la Vía España, donde aparcó su Mercedes-Benz e invitó a Mark a acompañarlo. Entraron en un edificio de oficinas, subieron en el ascensor hasta el tercer piso, y entraron en la suite de negocios, donde Pedro tenía su oficina.

Pedro fue primero a la oficina de su socio, y se lo presentó a Mark, "Edwin, esto es Mark; es el recién llegado de los Estados Unidos del que te mencioné."

"Buenos días, Mark," respondió Edwin en inglés con acento mínimo, "Pedro me habló de ti antes. Parece que ustedes dos han congeniado muy bien."

"Es un placer de conocerlo, Edwin. Nada más he estado en Panamá por unos días, pero Pedro se ha ocupado de ayudarme con mis esfuerzos de conocer a algunos buenos amigos."

"Creo que Mark tuvo un buen tiempo en el baile y la cena anoche," Pedro comentó.

Con una sonrisa traviesa, Edwin respondió, "Estoy seguro de que Mark fue muy popular entre las mujeres jóvenes que asistieron al baile."

"Estás en lo cierto, aunque se desilusionó un poco, porque Elena de la Vega lo rechazó para un baile."

La cara de Mark reflejaba cierta tristeza. "Y ella era la mujer con quien más quería bailar."

"No dejes que eso te desilusione, Mark. Sé que ella anda con otro estadounidense desde hace algún tiempo. No sé qué tan importante es su relación. Pero si fuera tú, no me tomaría un 'no' por respuesta final."

"No pienso hacerlo."

Después que Pedro puso algunas carpetas de archivos en su maletín, él y Mark se fueron. Continuaron en la Vía España, que pronto se convirtió en la Avenida Central. A partir de ahí se dirigieron a la Avenida Cuatro de Julio, llamada así en honor de la independencia de los Estados Unidos de Inglaterra. Pronto se dirigieron hacia el Puente de las Américas para cruzar el Canal de Panamá. Llegaron al camino que llega a la base aérea de Howard, y se detuvieron en la garita de seguridad de la base. Mark le mostró su identificación militar al policía de seguridad. El policía le hizo su saludo militar, Mark devolvió el saludo, procedieron a la BOQ, y Mark se bajó del carro.

"Que tengas un buen día, Mark. Te llamaré en un par de días."

"Te deseo lo mismo, Pedro. Gracias de nuevo por el buen tiempo que tuve."

"De nada," respondió Pedro.

Aprendizaje del español

Al llegar a su alojamiento, Mark pensaba, *Tengo todo el día de hoy y todo el domingo disponibles. Voy a sacar el libro de autoaprendizaje que compré para ver si puedo aprender algunas palabras en español.*

Pero primero escribió a mano una nota de agradecimiento a Pedro y Esperanza Mendoza por el buen tiempo del viernes, y la puso en el correo de inmediato.

Luego abrió el libro que compró titulado El español para principiantes, por Charles Duff. Comenzó con la introducción y leyó, "Este es un curso completo para aprender español. Ha sido preparado con principios modernos, evolucionados a partir de una larga experiencia y la práctica, y está diseñado de manera que pueda ser utilizado por adultos en varias maneras. El curso puede ser utilizado tanto para el autoaprendizaje, para el estudio individual con un maestro, o para varios estudiantes que asisten a una clase con maestro."

La idoneidad del libro de autoaprendizaje le agradó especialmente a Mark, porque anticipó que sería difícil para él asistir a clases, debido a que el Coronel Stone ya le había dicho que su trabajo requeriría frecuentes despliegues.

La introducción también explicaba que el aprendizaje de la lengua española presenta al alumno con "características muy alentadoras." Mark notaba que la pronunciación era generalmente fácil, y la ortografía era prácticamente fonética, así que descubrió que muy pronto podía leer el idioma bastante bien, salvo con mucho acento, a pesar de que no podía entender lo que leía. La orden de las palabras es similar a la de inglés, a excepción de la colocación de los adjetivos y pronombres. También encontró que muchas palabras eran casi iguales en inglés y español, pero con unas diferencias en su ortografía y pronunciación.

Esa era la parte fácil. La introducción continuaba explicando que el aprendizaje del español también tiene algunas dificultades significativas, especialmente en el área de dominar el uso de los verbos; y se les instó a los estudiantes, especialmente los autodidactos, de aprovecharse de todas las oportunidades posibles para utilizar el idioma en las áreas del hablar, la audición con comprensión, la lectura, y la escritura.

Pensó Mark. Bien, *sin duda, voy a tener muchas oportunidades así.*

Ya comenzaba el primer capítulo, que se concentró en el alfabeto español, que es el mismo que el alfabeto inglés, pero con algunas letras adicionales. El capítulo también explicaba las reglas generales de pronunciación, y había una lista de 120 palabras en español. Mark sacó las fichas de papel que había comprado y puso cada palabra en su propia ficha – la palabra en español en un lado; la palabra en inglés en el otro. La lista de 120 palabras, incluía las palabras: *pero, perro, caro,* y *carro.* Estaba un poco confundido acerca de la pronunciación de las palabras con una "r" en comparación con las palabras con dos "r" juntos.

Comenzaba a tener hambre y, mirando su reloj, se dio cuenta de que era hora para el almuerzo. En vez de ir al comedor militar, decidió ir a la cafetería. Ordenó una hamburguesa y estaba a punto de pedir papas fritas, cuando vio algo que se llamaba yuca frita, que se veía casi igual que las papas fritas. Así que pidió una orden de yuca frita, junto con una Coca-Cola.

Hallaba que los trozos de yuca frita tenían un sabor un tanto diferente que las papas fritas, que le gustaba, pero eran más fibrosas. Mientras comía su almuerzo, buscaba la palabra *yuca* en su diccionario y descubrió que es un tubérculo que se consume en toda América Latina.

Descubrió que le gustaba probar estos alimentos que eran nuevos para él.

Mientras comía, se le ocurrió etiquetar en su habitación las cosas en lo posible con las palabras en español que las describen. Así que después de comer, fue a la tienda de la base y compró un paquete de notas Post-It. De vuelta en su habitación en el alojamiento de oficiales, procedió a buscar las palabras en español para todos los objetos en su habitación, escribió las palabras en las notas Post-It, y las pegó a los objetos pertinentes. Así se le añadieron otras sesenta palabras a su vocabulario principiante.

Luego se puso a ver algunos canales de televisión en español. A pesar de que no podía entender lo que decían, estaba contento de que era capaz de reconocer y comprender algunas de las palabras que escuchaba. También comenzó el capítulo dos en su libro de autoaprendizaje, que analiza las reglas de género – el hecho de que todos los sustantivos españoles son masculinos o femeninos; que no hay género neutro en español como en inglés. El capítulo también explicaba que los adjetivos tienen que estar de acuerdo con los sustantivos con respecto al género y al número. Es decir: los sustantivos masculinos requieren la versión masculina de los adjetivos y los sustantivos femeninos requieren la versión femenina de los adjetivos. Y cada sustantivo singular requiere adjetivos singulares, y cada sustantivo plural requiere adjetivos plurales. También aprendió que los adjetivos generalmente siguen los sustantivos en español, a cambio del inglés, donde los adjetivos generalmente preceden los sustantivos. Así que la forma correcta de decir, *white house* es *casa blanca*, y no *blanca casa.*

Ya que era hora de cenar, se dirigió al comedor militar donde le sirvieron una comida muy Americana de carne asada, puré de papas con salsa de carne y habichuelas verdes. Después fue al club de oficiales, donde pidió una cerveza, y se encontró con el teniente Jim Davis, que estaba con una mujer Latina.

Jim le saludó, "Ola Mark. No te he visto casi nada. ¿Qué has hecho con tu tiempo libre?"

"Bueno, pasé la mayor parte del día de ayer en la ciudad de Panamá, inclusive asistí a una cena y baile en el Hotel Panamá anoche. He tenido un gran tiempo. ¿Vas a presentarme a tu amiga?"

"Claro. Sabrina, esto es Mark Warner. Él acaba de llegar aquí hace unos pocos días nada más. Mark, esto es Sabrina Santos. Ella es de Colombia."

"Hola, Sabrina."

"Hola, Mark. Parece que has hecho un buen comienzo aquí en Panamá," comentó Sabrina con su inglés muy limitado. Tenía que repetir lo que decía de nuevo, antes de que Mark pudiera entender lo que dijo.

"Sí. Ha sido una verdadera aventura hasta el momento." Mark también tuvo que repetir lo que decía con otras palabras, para que Sabrina pudiera entender lo que había dicho. "¿Con qué motivo viniste de Colombia para vivir en Panamá?"

Sabrina respondió, "Estudio en la Universidad de Panamá, y trabajo como mesera en la cantina las Flores."

En el transcurso de la noche, Mark notaba el reto que era para que Jim y Sabrina pudieran conversar entre sí. Se preguntó cómo sería el reto de comunicarse entre él y Elena Victoria de la Vega, en caso de que tuviere la oportunidad de disfrutar de su compañía de nuevo.

A pesar de sus problemas de lenguaje, Jim y Sabrina parecían disfrutar de su mutua compañía, cosa que le dio ánimo a Mark.

Después de beber una segunda cerveza, Mark regresó a su habitación, y examinaba el índice de su libro de autoaprendizaje para tener una idea mejor de lo que le esperaba en sus esfuerzos de llegar a hablar el español con facilidad.

El domingo, Mark asistió al servicio religioso en la capilla de la base y pasó gran parte del día estudiando. Al final del día, había hecho buen progreso en su esfuerzo para memorizar las 160 palabras que ahora tenía en fichas.

Detrás de las escenas

El lunes por la mañana, Pedro Mendoza llamó a Elena de la Vega. Después de saludarse, Pedro dijo, "Te vi en el baile el viernes por la noche, pero no tuve la oportunidad de saludarte. Espero que tu familia esté bien."

"Todos si están bien, gracias."

"No podía dejar de notar que no bailabas en absoluto el viernes por la noche, aunque mi amigo, Mark Warner, te pidió bailar."

"Así que ese es su nombre. Yo lo notaba cuando se sentaba fuera del salón de baile, antes de que comenzara la cena. Sospecho que no tiene mucho tiempo de estar en Panamá. Solo me negué a bailar con él, porque yo estaba con Jack Peterson, el chico con que ando."

"¿Y Jack no baila?"

"En realidad, ni siquiera sé si sabe bailar. Tengo que decir que fue una noche bastante decepcionante para mí. Jack estaba borracho cuando llegó, así que no tenía ganas de bailar con él en absoluto."

"Lamento que tuvieras un mal tiempo. Tengo que decirte que Mark también te había notado antes de la cena y tenía comentarios muy favorables sobre ti. Estaba muy decepcionado de que no estabas dispuesta a bailar con él."

Elena sonrió con un suspiro, "Observé que él no sabía muy bien qué hacer consigo mismo cuando lo vi antes de la cena. ¿Cómo llegaste a conocerlo?"

"Lo conocí en el avión cuando regresaba de Miami. Tienes razón, que nada más ha estado en el país ni una semana todavía. Me cayó bien de inmediato. Pues estaba muy interesado en formar algunas amistades en Panamá, así que lo invité a la cena y baile. Él viene de una buena familia, y parecía llevarse bien con nuestros amigos durante la cena."

"Estoy impresionada. ¿Crees que me gustaría?"

"Yo diría que las probabilidades son buenas. ¿Dónde vas a estar el viernes por la noche? Tal vez pueda sugerirle a él que vaya allí también."

"Pienso ir a la YMCA. En lugar del baile normal, vamos a jugar al bingo."

"Bueno, entonces, voy a sugerirle a Mark que vaya también a la YMCA el viernes, pero voy a dejar en manos del destino acerca de lo que suceda entre ustedes dos."

"Está bien. Pero, por supuesto, él tendrá que dar el primer paso."

"Me aseguraré de que él sepa sobre el evento para la noche del viernes en la YMCA de Balboa. El evento comienza a las 7:00 PM, ¿Verdad?"

"Eso es correcto. Gracias."

"Mis saludos a tu padre. Ciao."

Al terminar la llamada, Elena recordaba que su amiga, Leticia, había bailado con Mark el viernes, así que la llamó.

Después de los saludos, Elena le dijo, "Quiero hacerte una pregunta. Sé que bailaste con el norteamericano que asistía al baile durante la noche del viernes. ¿Cuál fue tu impresión de él?"

"Mark me gustó. Parecía un buen tipo."

"¿Te hablaba en español?"

"No. Creo que no habla nada de español. Me da la impresión de que es nuevo aquí. Le pedí bailar, y, mientras bailábamos, se señaló a sí mismo y dijo, 'Mark', y me señalé a mí y dije, 'Leticia.' Esas fueron las únicas palabras que decíamos. Sí era amable, tenía una sonrisa agradable, y bailaba bastante bien, para un americano."

"¿Notabas algo más sobre él?"

"Sí. Creo que miraba en tu dirección un par de veces."

Elena estaba contenta de escuchar eso.

Los servicios militares comienzan

El lunes por la mañana, el teniente Mark Warner fue al teatro en la base de Howard a las 07:30 horas (7:30 AM), como el coronel Stone le había mandado. Un soldado de la fuerza aérea le dio un paquete de formularios para llenar, y explicó que era necesario llenar los formularios y devolverlos a la Oficina Consolidada de Personal de la Base (CBPO–por sus siglas en inglés) antes de las 16:30 horas (4:30 PM). Luego Mark entró en el teatro y se sentó.

A las 08:00 horas (8:00 AM), comenzaron las presentaciones de información para los recién llegados. Las presentaciones se concentraron en la seguridad personal, la forma en que circulaba el tránsito vehicular en Panamá (y como era diferente que lo de los Estados Unidos), la importancia de mantener buenas relaciones con los ciudadanos panameños, facilidades recreativas y educativas, puntos turísticos de interés, y la calidad de vida en general. Mark notaba con interés las oportunidades educativas para tomar clases de español.

Los informes incluían un vídeo que se centró, sobre todo, en las oportunidades para gozar de la calidad de vida que ofrecía Panamá. La reunión terminó a las 09:30 horas (9:30 AM), y se reiteraba la importancia de llenar los formularios que se habían distribuido antes de que comenzara la reunión y entregarlos a la CBPO antes de las 16:30 horas (4:30 PM).

El teniente Warner ahora se dirigió a la estación meteorológica para ver al coronel Stone, su comandante. A su llegada, se le dijo que el coronel Stone estaba listo para verlo. Siguiendo el protocolo estándar, el teniente Warner llegó a la puerta de la oficina del comandante y la tocaba dos veces. El coronel Stone le mandó, "Entre."

Mark entró, se puso en posición de atención, e hizo un saludo militar, diciendo, "Señor, el teniente Warner se presenta de acuerdo con sus órdenes."

El coronel Stone le saludó y respondió, "Estar a gusto, y tomar asiento. Espero que hayas tenido una buena oportunidad de disfrutar de tus primeros días en el país."

"Sí, señor, así fue. Gracias por darme el tiempo libre."

"Sé que tienes unos trámites que cumplir. Quiero que termines los trámites de inmediato, y que vuelvas aquí a las 13:00 horas (1:00 PM). Entonces tú y yo hablaremos sobre las responsabilidades de tu posición como oficial a cargo de nuestro equipo núcleo de meteorología."

"Sí, señor. ¿Hay algún lugar aquí donde pueda sentarme para llenar estos formularios?"

"Por supuesto. Ven. Te mostraré un escritorio donde te puedes sentar."

A las 10:30 horas (10:30 AM) el teniente Warner había llenado todos los formularios y fue a la oficina consolidada de personal de la base (CBPO) para entregarlos. Al salir notaba que al lado de la CBPO se encontraba la oficina de educación, así que esta fue su siguiente parada.

Al entrar explicó a la recepcionista que estaba interesado en saber acerca de las clases de español.

"¿Cómo se llama?"

"Soy el teniente Mark Warner."

"Está de suerte. La señora Sánchez, uno de nuestros profesores de español, está aquí ahora." La recepcionista marcó la extensión de la señora Sánchez y le dijo que el teniente Warner quería hablar con ella. Se volvió hacia el teniente Warner, "La oficina de la señora Sánchez está a través de la puerta detrás de mí, la segunda oficina a la izquierda."

El teniente Warner tocó la puerta, y la señora Sánchez lo invitó a entrar.

"¿En qué puedo ayudarle, teniente?"

"Señora Sánchez, soy recién llegado aquí, y estoy muy interesado en aprender a hablar español."

"Muy bien. Déjeme explicarle acerca de las clases que ofrecemos. Todas nuestras clases tienen seis semanas de duración, y ofrecemos clases a las 10:00 AM y 7:00 PM los lunes y los miércoles. Cada clase dura una hora. ¿Qué plazo de tiempo funciona mejor para usted?"

"Las clases nocturnas funcionarían mejor para mí. Pero tengo una preocupación. Mi comandante me dice que tendré que desplegarme con frecuencia, así que me preocupa que perdería un gran número de clases durante tales despliegues. ¿Existe una alternativa a asistir a clases?"

"Bueno, desafortunadamente, la única alternativa que puede funcionar para usted es el autoaprendizaje."

"Está bien. He comprado un libro de autoaprendizaje, dos diccionarios de inglés y español, uno grande y uno de bolsillo, y he empezado a hacer una colección de fichas para aprender el vocabulario. ¿Puedo contar con aprender bien el español por medio del autoaprendizaje?"

"Si, se puede. Debe saber que su mayor reto será mantener el interés y la motivación. Recomiendo a las personas que optan por la opción de autoaprendizaje que conozcan a algún amigo con quien hablar español – preferiblemente alguien que no hable inglés. Si usted puede motivarse y encontrar a un amigo así, no hay ninguna razón por la que no pueda aprender bien el español."

"¿Me puede dar una idea de cuáles son las metas razonables que debería establecer para medir mi progreso?"

"Sí. Puedo. En primer lugar, aquí hay una lista de 135 palabras. La lista consta de sustantivos, pronombres, verbos, adjetivos, adverbios, y conjunciones. Añádelas a su colección de fichas que ya ha producido. Con estas 135 palabras y su diccionario de bolsillo, usted se sorprenderá de lo mucho que se puede decir y entender. Será necesario buscar palabras frecuentemente en el diccionario, y tendrá que aceptar el hecho de que hablará como Tarzán por buen rato al principio, hasta que comience a aprender y dominar la estructura gramatical del español. Pero así usted será capaz de comunicarse a un nivel básico, y eso es lo que debe ser su meta inicial."

"Eso está muy bien. Ya he aprendido más de 160 palabras, creo que puedo aprender esta nueva lista de palabras con bastante rapidez."

"Está bien. Después de este objetivo se hace más difícil, pero no insuperable. Una persona educada promedia tiene un vocabulario que oscila entre 30 y 40 mil palabras."

"¿Y usted dice que eso no es insuperable?" Interrumpió Mark.

"Ah. Déjeme terminar. La mayoría de las personas nada más utilizan alrededor de 500 a 750 palabras en sus conversaciones diarias, y definitivamente eso no es insuperable. Y el hecho es que una vez que su vocabulario alcanza los cinco a siete por ciento de las 30 a 40 mil palabras que las personas más educadas saben, hallará que, con frecuencia, será capaz de entender las palabras que todavía no ha aprendido por el contexto en el que se utilizan. El cinco a siete por ciento equivale a entre 1.500 y 2.800 palabras. Una vez más sugiero que eso ciertamente no es insuperable. Tenga en cuenta también que, mientras que las personas pueden tener un vocabulario de 30 a 40 mil palabras, muchas de esas son palabras que entienden, pero que no se utilizan en sus conversaciones de diario."

"Ahora, señora Sánchez, eso sí es información muy útil para mí. Gracias."

"La mayoría de los estudiantes, al empezar, se sienten intimidados por el vocabulario que deben memorizar, pero hay otros retos que hay que anticipar y que tendrá que superar. Usted tendrá que aprender la estructura gramatical del español. Eso incluye eso de cómo los sustantivos y adjetivos funcionan juntos."

"Ya he aventurado en ese reto," Mark interrumpió de nuevo.

"Eso está bien. Pero el reto más grande es aprender la complejidad de los verbos en español. Usted sin duda se acordará de sus estudios de la gramática del inglés y eso de conjugar los verbos. En español, como en otras lenguas de origen romano, la conjugación de los verbos requiere mucho esfuerzo para dominarlos y para eso tendrá que dedicarle tiempo significativo."

"¿Cuánto tiempo cree usted que va a tomar?"

"Eso depende en gran medida de su motivación y el tiempo que se le dedica. Siendo realista, yo diría que dentro de dos a tres meses de esfuerzo diligente, usted debe ser capaz de mantener una conversación decente en el tiempo presente, pero aún con la ayuda frecuente de su diccionario de bolsillo. Durante ese tiempo, es posible aumentar su vocabulario hasta digamos 2.000 palabras. Después de un año, es concebible que usted podría llegar a dominar el uso de los verbos en todos sus tiempos con cierta habilidad."

"Bueno, parece que tengo bastante trabajo que hacer. Pero, como dice usted, no parece ser una tarea insuperable."

"Tenga esto en cuenta también: Al principio, para todo lo que quiere decir en español, será necesario pensar primero en inglés, traducir las palabras en su mente al español, y luego hablar. Al llegar al punto en que se habla español de manera espontánea, sin necesidad de pensar primero en inglés, se habrá logrado una meta importante. Y algún día, al despertar, se dará de cuenta que había soñado en español. En ese momento usted podrá concluir que ha dominado el español."

"Eso sí será un día increíble."

"Una vez más reitero que no hay nada más valioso en sus esfuerzos de aprender español que eso de encontrarse en situaciones en las que no tiene otra opción que hablar español."

"Una vez más gracias por su buen consejo. Encuentro sus palabras muy alentadoras."

"Bueno, si usted halla que tiene la flexibilidad para tomar nuestras clases, sus esfuerzos serán mucho más fáciles. Pero sé que hay muchas personas que han estudiado por su propia cuenta y han llegado a ser muy buenos hispanoparlantes."

"Y ese es mi objetivo. Una vez más, gracias."

El teniente Warner consultó su reloj y decidió comer algo en la cafetería. Eran casi las 13:00 horas (1:00 PM), y tenía que volver a tiempo para su reunión con el coronel Stone. Mientras que almorzaba, tenía la oportunidad de saludar a Bob Williams, su amigo de la tribu Kuna. Sin embargo, debido a su cita con el coronel Stone, la conversación fue muy breve.

El teniente Mark Warner volvió a la estación meteorológica con dos minutos de sobra. La estación meteorológica compartía un edificio con la oficina de operaciones de la base y la torre de control para las pistas de aterrizaje, lo cual es típico en la fuerza aérea.

El coronel Stone estaba discutiendo el próximo pronóstico con el pronosticador de jornada cuando el teniente Warner llegó.

"Teniente, estaré contigo en breve."

"Sí, señor," respondió el teniente Warner. Él escuchaba con interés la discusión sobre el pronóstico que estaba a punto de emitirse.

El coronel Stone y el pronosticador hablaban sobre la persistencia, que es el punto de partida de todos los pronósticos meteorológicos. La persistencia es simplemente el concepto de que lo que pasó en el período anterior (24 horas, por ejemplo) tiene buena probabilidad de que vuelva a ocurrir en el próximo período del pronóstico. Los meteorólogos saben que si nada más se emitieran sus pronósticos a base de la persistencia, la probabilidad es significativamente alta de que sus pronósticos serán correctos en la mayoría de los casos.

El coronel Stone le preguntaba al pronosticador, "De acuerdo con tu análisis, ¿Qué es lo que puede desviarse de la persistencia durante el próximo período de pronóstico?"

El pronosticador se refería a un mapa meteorológico que mostraba un análisis de las líneas de corrientes de vientos y hacía notar un área significativa de la convergencia de los vientos en los niveles inferiores de la atmósfera. Luego explicaba que esta área de convergencia se acercaba a la base aérea. También se refirió a la divergencia que ocurría a los 25.000 pies de altura.

Un análisis de líneas de corriente de vientos se basa en las direcciones del viento sobre un área geográfica y es más eficaz en los trópicos que los mapas meteorológicos que representan las zonas de alta y baja presión con sistemas frontales. Uno de los fenómenos normalmente representados en un análisis de líneas de corriente de vientos es la zona Internacional de convergencia tropical (ITCZ por sus siglas en inglés) que influye mucho en el clima de los trópicos, de manera similar de sistemas frontales en las latitudes templadas. Ya que Panamá se encuentra a unos 8 grados de latitud al norte del ecuador, la ITCZ es un fenómeno que afecta con frecuencia el clima de Panamá, especialmente en la temporada de lluvias que ocurre entre abril y noviembre. Por lo tanto, la ITCZ no es un factor tan importante durante la estación seca que ocurre entre diciembre y marzo.

El pronosticador continuaba, "Como se puede ver, esta zona de convergencia en los niveles más inferiores con divergencia en los niveles superiores de la atmósfera aumentará la inestabilidad atmosférica y traerá tormentas más intensas de costumbre a nuestra área en las próximas 4 a 5 horas."

"Entonces, ¿Cuál es tu pronóstico?" Preguntó el coronel Stone.

"Las nubes de cúmulos dispersos empezarán a aumentarse en altura y cobertura con bases a unos 2.500 pies. Ya podemos ver en el horizonte las nubes cumulonimbos con las tapas de yunque. Por las 15:00 horas (3:00 PM) vamos a tener un techo de nubes a unos 2.000 pies. A las 16:00 horas (4:00 PM) los fuertes chubascos y tormentas eléctricas nos afectarán. Los vientos serán del este y oscilarán entre 10 a 15 nudos, con ráfagas de 25 a 30 nudos. Anticipo que la visibilidad se reducirá a menos de una milla durante las tormentas cuando estén en su máxima intensidad. Las tormentas se disiparán a las 19:00 horas (7:00 PM), y una vez más veremos dispersas nubes de cúmulos a 2.500 pies, con un techo de nubes de altocúmulo a 10.000 pies, y dispersas nubes de cirros a 25.000 pies. Los vientos se calmarán después de las 22:00 horas, (10:00 PM) y las condiciones permanecerán así hasta mañana por la mañana. La temperatura máxima de hoy llegará a 33 grados en las próximas 2 horas; esta noche la temperatura mínima se bajará a 22 grados aproximadamente a las 06:00 horas (6:00 AM). A finales de la tarde de mañana, veremos tormentas aisladas, pero no serán tan intensas como las que vamos a experimentar esta tarde."

El coronel Stone volvió hacia el teniente Mark Warner, "Entonces, ¿Qué te parece?"

"Creo que el pronosticador ha preparado un buen pronóstico que refleja bien las condiciones meteorológicas que vamos a experimentar."

"Está bien," respondió el coronel Stone, "Vamos a sentarnos en mi oficina donde te puedo dar una idea general de lo que serán tus responsabilidades."

Al entrar en la oficina del comandante, el coronel Stone invitó al teniente Mark Warner a tomar asiento.

"Tu título será el oficial a cargo (OIC por sus siglas en inglés) de un equipo núcleo de meteorología, y servirás como el meteorólogo oficial para el Estado Mayor del Ejército Sur. Es raro que un teniente tenga tal cargo para un Estado Mayor del ejército, lo cual es un homenaje al potencial que ya has demostrado en tu carrera corta de la fuerza aérea. Tu oficina principal estará en el fuerte Clayton, que queda al otro lado del Canal de Panamá, a unos 30 minutos de aquí, así que cruzarás el puente de las Américas diariamente."

El coronel Stone continuó, "El objetivo de un equipo núcleo de meteorología es mantener la competencia necesaria para dar apoyo meteorológico durante operaciones y ejercicios del ejército. Y, en el caso de un conflicto mayor, su equipo núcleo de meteorología se verá aumentado con otros equipos de apoyo meteorológico del ejército que desplegarían aquí. Su equipo servirá principalmente para las necesidades del ejército de los Estados Unidos. Por lo tanto, puedes contar con despliegues frecuentes en toda América Central y América del Sur. Los tres hombres alistados que van a trabajar para ti en este equipo estarán aquí dentro de poco, y te voy a presentar a ellos. ¿Tienes alguna pregunta?"

"Sí mi coronel. Con despliegues frecuentes, percibo que no será práctico para mí tomar clases de español. ¿Es correcta mi percepción?"

"Desafortunadamente, yo puedo asegurarte de que tu percepción es correcta; sin embargo, yo te recomiendo que aprendas tanto español como sea posible. Sin duda te servirá bien para cumplir con tus responsabilidades."

"Ya he empezado."

"¡Muy bien! Ahora es importante comprender que el apoyo meteorológico en el ejército se organiza bajo la recolección de inteligencia, y, en la inteligencia militar, hay tres áreas principales de énfasis: la meteorología, el enemigo, y el terreno. Tú trabajarás bajo la supervisión directa del coronel Johnson, el director de Inteligencia del ejército Estadounidense del Sur. Esta información que acabo de revelarte es información secreta. Cada vez que alguien te pregunte lo que haces con el ejército, tu respuesta será que das apoyo meteorológico para la aviación del ejército, o sea apoyo meteorológico para los pilotos, tal como lo hacemos aquí, pero por lo general será durante despliegues en ambientes de campo. Eso es tu trabajo de fachada; tus funciones para recolectar inteligencia son las actividades de tu trabajo encubierto y serán tu deber principal."

Sonó el teléfono, y el comandante contestó, "Habla el coronel Stone."

El pronosticador de turno respondió, "El sargento técnico Ryan, el sargento Taylor, y el cabo Washburn han llegado."

"Bueno. Diles que se presenten en mi oficina," y luego, dirigiéndose al teniente Warner, dijo, "Han llegado los miembros de tu equipo núcleo de meteorología. El de más alto rango es el sargento técnico Bob Ryan, y es muy competente y honrado. Ya he hablado con él acerca del adiestramiento que necesitarás sobre las operaciones meteorológicas del ejército."

El sargento técnico Ryan tocó dos veces a la puerta del comandante y el coronel Stone respondió, "Entre."

Con un saludo militar, el sargento Ryan anunció, "El sargento técnico Ryan, el sargento Taylor, y el cabo Washburn nos presentamos de acuerdo con sus órdenes."

Respondiendo con un saludo también, el coronel Stone les indicó a los tres, "Estad a gusto y tomad asientos." Y, dirigiéndose al teniente Warner, dijo, "Te presento al sargento técnico Ryan, al sargento Taylor y al cabo Washburn."

"Es un gusto conocerlos."

Dirigiéndose a los miembros del equipo núcleo de meteorología, el coronel Stone comentó, "A pesar de que el teniente Warner tiene mucho que aprender, estoy seguro de que va a funcionar efectivamente cuanto antes, y estoy contando con que ustedes trabajen profesionalmente con él. Sargento Ryan, ¿Qué hay en la agenda para el día de hoy?"

"Lo primero que vamos a hacer es llevar al teniente Warner al almacén en el fuerte Clayton para obtener el equipo militar que va a necesitar. Eso tomará más o menos el resto del día laboral."

"Está bien. Adelante."

Todos los miembros del equipo núcleo de meteorología se pusieron en posición de atención y saludaron al Coronel Stone, y él les devolvió el saludo. Los miembros del equipo luego salieron de la oficina del comandante.

El sargento Ryan explicó, "Nosotros normalmente estacionamos nuestro HMMWV en la estación meteorológica aquí, y todos nos dirigimos juntos cada mañana al fuerte Clayton." (HMMWV:. Un acrónimo que significa vehículo de multipropósito de alta movilidad, y se pronuncia jumvi) "¿Le parece bien esa rutina?"

"Sí. Está bien," respondió el teniente Warner.

"También tenemos un HMMWV en forma de vehículo de carga que utilizamos para llevar nuestro equipo cuando nos desplegamos, y que sirve como nuestra estación meteorológica en el campo."

"Entiendo," replicó el teniente Warner. "Tengo curiosidad, ¿Dónde consiguieron sus sombreros tan únicos?"

"Este sombrero de la selva es uno de los elementos de nuestros uniformes," respondió el cabo Washburn. Mientras hablaba, se quitó el sombrero y le mostró al teniente el mosquitero que estaba guardado en el interior del sombrero.

El sombrero parecía un sombrero de vaquero verde, con un lado del ala ancha apretada contra el lado del sombrero, como un sombrero de cazador australiano.

El sargento Taylor explicó, "Como miembros del equipo núcleo de meteorología, somos los únicos entre todas las fuerzas militares de

Estados Unidos en Panamá que logramos llevar este sombrero, y lo llevamos con orgullo."

"Bueno. Puedo asegurarles que estaré orgulloso de llevarlo también."

A medida que avanzaban hacia al fuerte Clayton, el teniente Warner preguntó, "¿Cómo obtenemos nuestra información meteorológica en el campo?"

"Normalmente, tenemos una radio de alta frecuencia que nos proporciona la comunicación con la estación meteorológica en la base de Howard. A veces tenemos acceso a teléfonos satelitales. Los teléfonos satelitales son muy buenos, porque funcionan como un teléfono estándar, y podemos llamar a cualquier lugar en el área del Canal de Panamá como si fuera una llamada local, aun si estamos en alguna área espartana como la selva amazónica. También tenemos una máquina de facsímil que interactúa con nuestra radio de alta frecuencia y nos permite obtener mapas y boletines meteorológicos, y tenemos un equipo satelital que nos permite obtener fotos meteorológicas. De vez en cuando, todos estos dispositivos funcionan a la vez, y podemos obtener una gran parte de la misma información que está disponible en una estación meteorológica típica de una base de la fuerza aérea. Con frecuencia, sin embargo, solo uno o dos dispositivos funcionan con eficacia, así que el contacto en voz por medio de nuestra radio de alta frecuencia con la estación meteorológica de la base es esencial para poder operar efectivamente."

Saliendo de la base aérea de Howard, se dirigieron hacia la ciudad de Panamá, y cruzaron el Puente de las Américas. Al llegar al otro lado del puente, se desviaron por una salida a la derecha, muy por delante de la zona metropolitana de la ciudad. La salida los llevó a Balboa. Cuando se acercaban a una de las pocas intersecciones que tenían semáforos, Mark notó con interés la YMCA de Balboa a la derecha. Era un impresionante edificio grande con cuatro palmeras que se encontraban en frente de la fachada del edificio. Su arquitectura ornamentada mostraba una construcción de un carácter único con fachada típica de los principios del siglo 20. Se destacaba claramente de la arquitectura utilitaria y mediocre de los edificios modernos. El teniente Warner se acordó de la información acerca de la popularidad de la YMCA, que recibió del miembro militar con quien habló en la estación de autobuses, el día en que se aventuró por primera vez en la ciudad de Panamá.

Doblaron a la izquierda en el semáforo y procedieron a través de la zona comercial de Balboa, que consistía en un par de bancos, una iglesia, un cine, una cafetería, una tienda de comestibles, un almacén de surtido general, y una ferretería.

El sargento Ryan explicó, "Balboa es ahora dirigido por los panameños. Anteriormente, era la ciudad principal en lo que antes se llamaba la Zona del Canal."

El teniente Warner comentó, "Entiendo que la YMCA es un lugar popular para los militares aquí."

"Sí. Tiene una piscina, un gimnasio decente para tomar ejercicios físicos, un par de mesas de billar, un pequeño restaurante, y un salón de baile. Por lo general, tienen bailes todos los viernes por la noche. Y el restaurante tiene muy buena comida."

"¿Ustedes van allí con frecuencia?"

"De vez en cuando vamos. Tenemos algunas de las mismas facilidades en la base aérea de Howard. Y, en el otro lado de la base de la fuerza aérea, se puede ir al fuerte Kobbe, que tiene una buena playa en el océano Pacífico. Además, tenemos nuestro club de suboficiales, y el club de oficiales para usted, donde con frecuencia tienen bailes. También hay restaurantes decentes, y otras atracciones."

Al salir de la zona comercial de Balboa, pasaron por extensos muelles donde había grandes grúas de carga para descargar barcos. Después, pasaron por una zona llamada Corozal.

El sargento Ryan explicó, "El almacén militar y la comisaría más grande en Panamá se encuentran aquí en Corozal. Si lo desea, podemos ir al almacén militar en el camino de regreso a la base aérea de Howard, por en caso de que quisiera hacer algunas compras."

"Si tenemos tiempo, sí, me gustaría, gracias."

Ahora llegaron al fuerte Clayton, pasaron por la garita principal, y procedieron al almacén para la distribución de equipos militares.

"Necesito una copia de sus órdenes, teniente," dijo un soldado raso del ejército.

El teniente Warner entregó una copia de sus órdenes que le asignaban para prestar servicio en la República de Panamá. El soldado raso le entregó una bolsa de lona grande, y dio instrucciones al teniente Warner, "El soldado raso Gray le ayudará a conseguir su equipo, mi teniente."

"Gracias."

El soldado raso Gray le acompañó al teniente Warner a través del almacén, y el teniente Warner llenó su bolsa de lona con los siguientes artículos: juego de platos y cubiertos portátiles, cantimplora, linterna de campo, cinturón de pistola, bolsa de municiones, vaina de pistola, dos pares de botas de combate, hamaca de selva, casco de Kevlar, saco de dormir, dos mantas de lana, tres juegos de uniformes de la selva, y el sombrero verde de la selva, el mismo que se repartía únicamente al personal del equipo núcleo de meteorología.

Mientras que el teniente Warner rellenaba la bolsa de lona con estas cosas, el cabo Washburn recogió el cinturón de pistola, que incluía correas que pasaron sobre los hombros para distribuir el peso de los artículos que se adjuntan a la cintura. En el cinturón adjuntaba los siguientes artículos: linterna, bolsa de municiones, vaina de pistola, y la cantimplora. "Aquí tiene, teniente. Pruebe este cinturón a ver como le queda."

El teniente Warner puso el cinturón y su nuevo sombrero de selva y respondió, "Bueno, supongo que estoy de moda ahora para las excursiones a la jungla."

Riéndose, respondió el sargento Ryan, "No del todo. Todavía es necesario mandar a poner su rango en los uniformes de selva, antes de poder usarlos. Y por supuesto tendrá que ponerse las botas de combate para ser verdaderamente *de moda*."

Para los cuatro miembros del equipo núcleo de meteorología, su camaradería ya empezaba a formarse.

"Mañana mandaré a ponerse su rango de teniente en sus uniformes de selva," comentó el sargento Taylor, "Así que asegúrese de traer sus uniformes de selva consigo mañana."

"La próxima semana vamos a un lugar de campo para entrenarle sobre cómo utilizar el resto del equipo que ha recibido, y vamos a armar nuestra radio de alta frecuencia, el equipo de facsímil, y el equipo de satélites como parte de su entrenamiento," comentó el sargento Ryan, "y cuando vamos en camino, pasaremos por el arsenal para recoger su pistola."

"Está bien," respondió el teniente, "¿Cuándo será nuestro próximo despliegue?"

"El 25 de junio," respondió el cabo Washburn, "Vamos a desplegarnos a la selva cerca de aquí durante aproximadamente una semana."

"Eso me significa que necesito entrenarme en un montón de cosas muy pronto."

"No es gran cosa," respondió el sargento Ryan, "No se preocupe, estará listo."

"¿Tendré tiempo para hacer una cita con el coronel Johnson durante el día mañana?"

El sargento Ryan respondió, "No debería ser ningún problema."

Ahora cruzaban de nuevo el Puente de las Américas con rumbo a la base aérea de Howard. Mark notaba que el pronóstico meteorológico que emitieron anteriormente en el día se cumplía bastante bien. Experimentaron tormentas fuertes en el camino de vuelta con relámpagos y chubascos muy pesados. El tráfico en el puente se atascaba; la visibilidad era muy baja.

El sargento Ryan comentó, "Debemos estar de vuelta a la base de operaciones a las 16:30 horas (4:30 PM), que es cuando termina el día laboral. Normalmente, llegamos a la estación meteorológica a las 07:30 horas (7:30 AM) para escuchar la conferencia sobre las condiciones meteorológicas y el pronóstico para el día. Luego vamos al fuerte Clayton, si eso cumpla con su aprobación, mi teniente"

"Por supuesto. Déjame preguntarles: ¿Alguno de ustedes alguna vez ha sido miembro de los Boy Scouts?"

El sargento Ryan y el cabo Washburn respondieron, "Sí, señor."

"Probablemente, recuerden la ley de los Boy Scout: Un Scout es digno de confianza, leal, servicial, amable, cortés, bondadoso, obediente, alegre, ahorrativo, valiente, limpio, y reverente. Estoy seguro de que si les sea tan importante esta ley a ustedes, así como la es para mí, que tendremos un buen equipo. Mi experiencia en los Boy Scout con esta ley me convence de que si todos aspiramos a la altura de estas virtudes, tendremos, de hecho, un equipo muy unido y efectivo. Quiero que sepan que, como su oficial a cargo, voy a tomar en serio estas virtudes, y es mi esperanza y mi expectativa de que vayan ustedes a tomar esta ley en serio también."

A los tres hombres alistados les gustaba lo que dijo el teniente.

Llegaron al edificio de las operaciones de base justo a las 16:30 horas (4:30 PM).

Preguntó el teniente Warner, "¿Hay otra cosa más que tenemos que hacer antes de partir?"

"No, señor, yo no creo," respondió el sargento Ryan.

"Bueno. Los veré a las 07:30 horas (7:30 AM) mañana."

Seguía lloviendo muy fuertemente, y Mark decidió cenar en el Club de Oficiales. A su llegada, vio al teniente Jim Davis y su novia, Sabrina.

"Jim, ¿Cómo va todo? Hola, Sabrina."

Jim respondió, "Todo va bien, Mark. Tú estás empapado. ¿Cómo fue tu primer día?"

"Muy concurrido y muy húmedo. Ahora tengo mi equipo de campo, así que puedo hacer mi declaración de moda en las selvas de Centro y Sudamérica."

Todos se reían. Jim comentó, "Mejor tú que yo."

"Sí. Tengo que confesar que las operaciones en la selva no estaban en mi mente cuando me inscribí para ser un meteorólogo en la fuerza aérea. La vida campestre no concuerda con mi estilo de vida. A mí me gusta la vida urbana – ya saben: restaurantes, bailes, un poco de vida nocturna."

"Bueno, tendrás tus oportunidades para algo de la vida urbana cuando no estés involucrado en tu estilo de vida de Indiana Jones. Imagínate, basta pensar en todos los cuentos de guerra que podrás contar sobre tus aventuras en las selvas de Centro y Sudamérica después de esta asignación. ¿Quieres unirte con nosotros?"

"Sí. Por favor, únete con nosotros," respondió Sabrina con su inglés limitado.

"Me encantaría." Dijo Mark y se sentó. "¿Ya han ordenado la comida?"

"Todavía no. Aquí. Examine el menú."

Una mesera panameña vino a tomar sus pedidos. Después de que Jim y Sabrina ordenaron, Mark dijo, "Voy a probar la corvina. Entiendo que es el mejor pescado para comer en todo Panamá."

"Estoy segura de que le va a gustar," respondió la mesera, "¿Puedo sugerir arroz, plátano frito y aguacate para incluirse con su comida?"

"Me parece bien. Tráigame también una cerveza, por favor."

"¿Cuál prefiere? Cerveza Balboa o Cerveza Panamá."

"Voy a probar la Cerveza Balboa, por favor. ¿Qué es un buen postre panameño?"

"Recomiendo el flan o tres leches," respondió la mesera.

"¿Qué es tres leches?"

"Es un bizcocho hecho con crema, leche condensada y leche evaporada. Es muy sabroso."

"Me parece bien. Tráigame el tres leches algo después del plato fuerte, por favor."

La comida era buena, y Mark observaba con curiosidad cómo Jim y Sabrina disfrutaban de estar juntos, a pesar de sus problemas de lenguaje.

Mark volvió a su habitación alrededor de las 7:00 de la noche, y había una nota pegada en la puerta para que le llamara a Pedro Mendoza.

"Pedro. Buenas noches. ¿Cómo estás?"

"Estoy bien. Me imagino que has tenido un día muy ocupado."

"No tienes idea. Te llamo para responder a este mensaje que me dejaste."

"Sí. Quiero decirte discretamente que Elena de la Vega asistirá a un evento en la YMCA de Balboa este viernes por la noche a las 7:00 PM. Tengo entendido que van a jugar al bingo en lugar de su baile de costumbre. ¿Será algo que te interesa?"

"Bueno, déjeme responder en la forma más discreta posible: ¡Sí! ¡Por supuesto!"

"Bueno. El resto depende de ti."

"¿Crees que Elena estará interesada en mí?"

"Voy a dejar que disfrutes del suspenso. Así que tendrás que obtener la respuesta a esa pregunta de tus propios esfuerzos."

"Que maravilloso. Ahora tengo que desesperarme durante el resto de la semana, preguntándome sobre si a ella siquiera le importe que existo."

"Yo no quiero echar a perder el suspenso para ti," respondió Pedro con un tono de voz que expresaba cierta travesura chistosa.

"Bueno, yo sin duda iré allí. Confío en que Esperanza esté bien."

"Sí. Está bien. Gracias por preguntar, Mark. Por favor, házmelo saber lo que pasa entre tú y Elena."

"Ciertamente, te lo contaré."

Espionaje en el futuro de Mark

Ya era viernes, y Mark y el resto del equipo núcleo de meteorología partieron de la estación meteorológica para el fuerte Clayton a las 08:00 horas (8:00 AM), justo después de escuchar la conferencia habitual sobre el pronóstico meteorológico del día.

El sargento Ryan mencionó, "Sus uniformes están listos, así que vamos a recogerlos en el camino para nuestra oficina."

"Está bien," respondió el teniente Warner. "Quiero que sepan que tengo una cita a las 10:00 horas (10:00) con el coronel Johnson."

"No habrá ningún problema."

Llegaron a su oficina en el fuerte Clayton justo antes de las 09:00 horas (9:00 AM). El edificio en el que se encontraba la oficina era grande. Su arquitectura era de estilo muy tropical. El edificio estaba pintado de blanco, con un techo de tejas rojas. También se ubicaban en el edificio una biblioteca bien surtida, una pequeña tienda militar, y una cafetería amplia.

La oficina del equipo núcleo de meteorología era bastante sencilla. Mobiliario consistía en cuatro pupitres, uno para cada miembro del equipo, y había una estantería llena de carpetas de 3 anillos. Todos los muebles eran del típico color gris de acuerdo con el estándar militar.

Examinando las carpetas que estaban en la estantería, el teniente Warner comentó, "Parece que tengo un poco de lectura que hacer."

"Sí, señor. Es especialmente importante que revise nuestros procedimientos operativos estándar." (SOP por sus siglas en inglés), respondió el sargento Ryan.

El teniente Warner tomó un poco de tiempo para organizar su pupitre. Luego preguntó, "Es casi la hora de mi cita con el coronel Johnson. ¿Dónde está su oficina?"

El sargento Taylor mandó al cabo Washburn, "Conduce al teniente a la oficina del coronel Johnson."

Llegaron al pupitre de una secretaria, y el teniente Warner le decía, "Tengo una cita con el coronel Johnson a las 10:00 horas (10:00 AM)."

"Sí, señor, el coronel está listo para verlo. Siéntese por favor mientras le avisó de su llegada."

Al colgar el teléfono, la secretaria le dijo al teniente Warner, "Ya puede pasar."

El teniente Warner fue a la puerta del coronel y tocaba dos veces.

Una voz desde el interior llamó, "Entre."

El teniente Warner abrió la puerta, y se dirigió directamente al escritorio del coronel, hizo un saludo militar, y dijo, "Soy el teniente Warner, y me presento de acuerdo con sus órdenes."

El coronel Johnson devolvió el saludo y respondió, "Estar a gusto, teniente Warner. Toma asiento."

"Gracias, mi coronel."

"Bueno, dime, ¿Cómo fue tu primera semana en Panamá?"

"Todo muy bien hasta ahora. He asistido a una cena y baile en Panamá, he comprado algunos libros que me ayudarán a aprender español, he completado mis trámites de procesamiento para recién llegados, que incluían un informe de mi comandante, el Coronel Stone. He recibido mi equipo de campo, y esta mañana hemos recogido mis uniformes de la selva."

"Parece que has logrado mucho. Háblame de esta cena y baile."

"Me encontré con mi primer amigo panameño, el señor Pedro Mendoza, durante el vuelo que me trajo a Panamá."

El coronel Johnson lo interrumpió, "Eso significa que llegó en un vuelo civil."

"Sí, señor. Como yo no opté por tomar vacaciones antes de mi salida de los Estados Unidos, el viajar en un vuelo militar no era una opción."

"¿Comprendes que el señor Pedro Mendoza es un hombre de negocios muy influyente en Panamá?"

"Sí, señor. He llegado a saber eso. Lo que pasó es que el señor Mendoza, durante nuestra conversación en el avión, me invitó a la cena y baile que ocurrió este viernes pasado. Yo tuve un buen tiempo, el señor Mendoza es muy cordial, y creo que voy a valorar su amistad."

"Tú debes saber, y creo que podrás apreciar, que el señor Mendoza es muy respetado y es conocido por su integridad."

"Me complace oír eso, señor."

"Entonces, ¿Qué es lo que sabes acerca de tus responsabilidades como oficial encargado de nuestro equipo núcleo de meteorología?"

"Entiendo que vamos a desplegarnos con cierta frecuencia, y mi primer despliegue con mi equipo ocurrirá el 25 de junio. El sargento Ryan me dice que vamos a un lugar de campo en el área local esta próxima semana para entrenarme en el uso del equipo que utilizamos. Estoy muy interesado en enterarme de cómo nuestro equipo núcleo de meteorología puede proporcionar un apoyo eficaz a las operaciones del ejército."

"Bueno. Parece que estás haciendo todo lo posible para estar adecuadamente preparado para tu primer despliegue. El ejercicio de entrenamiento del 25 de junio será una buena oportunidad para que entiendas esas responsabilidades, que solo se puede obtener mediante la participación en este tipo de ejercicios militares. Habrá varios ejercicios de entrenamiento que serán importantes para ayudarte a entender cómo el apoyo de tu equipo contribuye a nuestra misión. Quiero aprovecharme de este momento para presentarte a algunos de los oficiales del ejército con quienes vas a trabajar."

"Muy bien, señor."

Mientras salían de su oficina, el coronel Johnson preguntó, "¿Te ha informado el coronel Stone sobre las tres áreas principales para la colección de la inteligencia del ejército?"

"Sí, señor. Eso sería: clima, enemigo, y terreno."

"Muy bien. Eso es correcto."

Se fueron por un pasillo y entraron en una oficina ocupada por dos oficiales del ejército.

El coronel Johnson hizo las presentaciones, "Mayor Juan López; capitán Chris Crane, este es el teniente Mark Warner, el nuevo oficial a cargo del equipo núcleo de meteorología."

El mayor López respondió, "Es un placer conocerte, teniente."

"Mayor López, capitán Crane, tengo mucho interés en trabajar con ustedes y en llegar a conocerlos mejor."

El mayor López respondió, "Yo soy encargado de la recolección de inteligencia para el componente del enemigo. El capitán Crane se encarga de la recolección de información para el componente del terreno. Seguramente estarás contento de saber que cuando estamos trabajando entre nosotros, nos tuteamos, y nos llamamos por nuestros nombres, sin usar los rangos y apellidos."

"Muy bien. Entiendo."

"Ya que estamos todos nosotros reunidos," el coronel Stone comentó, "Permítanme informarles que ustedes tres van a hacer una misión de espionaje en agosto en la provincia de Chiriquí de Panamá. Teniente, Chiriquí comparte la frontera con Costa Rica. Lo que necesitas saber es que esta misión de espionaje se clasifica ultrasecreta. No usarán sus uniformes, sino que se vestirán con ropa civil. Y, en lo que se refiere a las comunidades en las que van a trabajar, aparecerán como turistas. Así que por favor tome en serio el uso de sus nombres en lugar de rangos y apellidos."

El teniente Warner respondió, "Entiendo que mi trabajo de fachada, que oculta mi verdadera posición con la inteligencia, es que proporciono el apoyo meteorológico para la aviación del ejército, y que mi trabajo más importante se concentra en adquirir información meteorológica para contribuir a la efectividad de operaciones militares. Pero debo admitir que esto de hacer misiones de espionaje no es algo que se me ha revelado hasta ahora. Así que veo que mis deberes serán más interesantes de lo que había previsto."

El coronel Johnson le dio al teniente Warner un recorrido por las oficinas restantes de la división de inteligencia del ejército, que ocupaba toda la tercera planta del edificio. La gran cantidad de gráficos que se estaban desarrollando le dio al teniente Warner una mejor idea del amplio volumen de trabajo que ocurría en la división de Inteligencia.

El coronel Johnson le advirtió al teniente Warner, "Es necesario comprender que todo lo que se ve aquí es información clasificada de secreto, y lo que ves aquí no puede ser discutido ni divulgado fuera de estas paredes. ¿Entiendes?"

"Sí, señor."

El teniente Warner se despidió del coronel Johnson, y regresó a su propia oficina.

Los miembros del equipo núcleo de meteorología partieron del fuerte Clayton a las 16:00 horas (4:00 PM). Todo lo que ocupaba la mente del teniente Warner en ese momento era de los acontecimientos que tendrían lugar a las 7:00 PM en la YMCA de Balboa; y, más importante, su deseo de ver a Elena de la Vega.

El teniente Warner comentó, "Voy a tener que irme tan pronto como volvamos a la estación meteorológica. Tengo que estar en Balboa a las 19:00 horas."(7:00 PM)

"Parece que tiene grandes planes para la noche," respondió el sargento Taylor.

"Supongo que sí. Nunca pensé que estaría tan emocionado de jugar al bingo en la YMCA, pero tengo la esperanza de pedirle una cita a una mujer que conocí el viernes pasado por la noche."

"Parece que usted no está perdiendo nada de tiempo en sus esfuerzos para encontrar un poco de compañía femenina."

"Bueno, hasta el viernes pasado, no tenía interés en buscar compañía femenina. La verdad es que estoy comprometido, pero no estoy seguro de si el compromiso continuará. El nombre de mi novia comprometida es Irene. Ella es una buena mujer, pero no nos hemos llevado muy bien desde que le pedí que se casara conmigo. Y esta mujer que conocí brevemente el viernes pasado me ha cautivado, así que mi compromiso con Irene es aún más tenue."

"Me parece algo como una telenovela," comentó el cabo Washburn.

"Supongo que tienes razón," respondió el teniente Warner. "Entonces, ¿Qué harán ustedes este fin de semana?"

El sargento Ryan respondió, "Supongo que no se ha mencionado antes, pero tengo a mi familia aquí. Mi hijo está activo en un equipo de béisbol, y hay un juego mañana en Balboa. Así que mi esposa y yo iremos a verlo jugar. Aparte de eso, debe ser un fin de semana tranquilo."

El sargento Taylor luego decía, "El cabo Washburn y yo vamos a jugar al billar en el centro de recreo, y luego voy a la playa durante la tarde mañana."

"Bueno, espero que todos tengan un buen fin de semana," respondió el teniente Warner.

Llegaron a la estación meteorológica justo a las 16:30 horas (4:30 PM). Mark fue a comer en el comedor militar, fue a su habitación, se duchó, se cambió de ropa y se dirigió a la parada de autobús. Se cambió de autobuses en la terminal de autobuses y llegó a la YMCA a las 6:45 PM.

¡Bingo! La brisa suave comienza

El vestíbulo de la YMCA lucía un ambiente muy cómodo. Al entrar, lo primero que Mark notó fue una escalera muy atractiva que llegaba a la segunda planta, donde había aulas. Mark se enteraría más tarde que las aulas se utilizan para enseñar clases de inglés para los panameños y clases de español para los americanos. A la derecha era el mostrador de recepción, y más a la derecha era el restaurante del que había oído hablar. En el extremo derecho del edificio había una barbería y una pequeña área que vendía un surtido de artículos, incluyendo libros. A la izquierda había dos mesas de billar elegantes y antiguas que parecían estar constantemente ocupadas con jugadores. A ambos lados de las mesas de billar había áreas de estar, y cada una consistía en una mesa redonda con cuatro sillas cómodas. Y allí estaba ella. En la parte a la izquierda, al otro lado de las mesas de billar, la señorita Elena Victoria de la Vega ocupaba una de las sillas.

Mark fue a la recepción y preguntó, "¿Dónde ocurrirán los juegos de bingo esta noche?"

La recepcionista respondió, "¿Ve usted las puertas dobles al otro lado de las mesas de billar?"

"Sí."

"Ese es el salón de baile. En lugar de un baile esta noche, ahí es donde se va a jugar al bingo. Espero que tenga un buen tiempo."

"Gracias."

Mark estaba emocionado y nervioso. Pensaba, *¿Cómo puedo atraer el interés de Elena?*

Se acercó y se sentó en la silla frente a Elena. Al sentarse, Elena alzó la vista, y Mark dijo, "Hola."

Elena lo reconoció, pero no habló, y actuaba como si no tuviera interés en él. Unos minutos más tarde, dos de sus amigas se sentaron en los asientos restantes y comenzaron a conversar con Elena. Una de las dos era Leticia, la mujer con quien bailaba Mark la semana pasada. Leticia reconoció a Mark también, pero no le prestaba atención tampoco. Mark admiraba de nuevo la felicidad y el ánimo que Elena exhibía y cómo ella disfrutaba de estar con sus amigas. Su conversación era sazonada continuamente con la risa. También se dio cuenta de que Elena miraba discretamente en su dirección de vez en cuando por el rabillo del ojo, con la misma sonrisa, casi imperceptible, que Mark notaba durante la cena y baile. Percibió una sutil conexión con ella que le animaba.

La gente comenzaba a formar una fila en la entrada del salón de baile, y Mark observaba mientras Elena se acercó a la puerta, donde estaba también una mujer mayor que era chaperona. Elena se quedaba ahí para saludar a la gente que entraba en el salón.

Una de las personas que entró fue el mismo infante de marina con quien Elena estaba en el baile la semana pasada. Esto le causó cierta desilusión a Mark, y pensaba, *¿Cómo puedo superar este obstáculo?*

Mark decidió que ya era hora de entrar y ver lo que sucedería. Cuando se acercó a la puerta, la mujer mayor le preguntó en inglés con fuerte acento, "Usted es nuevo aquí, ¿Verdad?"

"Sí, lo soy, señora. Mi nombre es Mark Warner."

"Bienvenido, señor Warner. Soy la señora Flores. Por favor, revise estas reglas que se deben obedecer si va a participar en nuestros eventos aquí."

Mark se dio cuenta de que Elena observaba para ver cómo él reaccionaba.

Mark respondió en inglés, "Gracias, señora Flores. Voy a prestar mucha atención a las reglas. ¿Hay algo que le preocupa particularmente cuando las personas nuevas vengan aquí?"

"Lo más importante es que se comporte como un caballero y que trate con respeto y cortesía a las señoritas que vienen aquí. Que entienda por favor que velamos a nuestras señoritas con diligencia."

Respondió Mark, "Bien, estoy contento de saber que se preocupa tanto por las señoritas. Estoy seguro de que usted no tendrá ningún problema conmigo. Si alguna vez haya alguna duda sobre mi comportamiento, por favor no dude en llamarme la atención."

Parecía que le agradaba a la chaperona la respuesta de Mark, y ella comentó a Elena en español, "El señor Warner parece ser un hombre muy bien educado."

Por supuesto que Mark no entendía lo que dijo, pero a Elena le gustaba lo que escuchó.

Mark miraba a la chaperona en los ojos y sonrió, y miraba en los ojos de Elena (con toda la confianza posible) y le sonrió también, y luego entró en el salón.

El salón de baile estaba lleno de mesas que se habían puesto para los juegos de bingo. En un extremo del salón había una plataforma en la que se encontraba la máquina para escoger los números de bingo.

Mirando a su alrededor, Mark vio al infante de marina, sentado solo a una de las mesas. Se detuvo por un momento y pensaba. *Tal vez debería ir a sentarme con el infante de marina. Elena, sin duda, vendrá a sentarse con nosotros, y veremos qué pasa.*

Mark se acercó al infante de marina, y le preguntó, "¿Le importa si me siento aquí con usted?"

El infante de marina parecía no recordar a Mark de la cena y baile, tal vez porque estaba borracho en ese momento, y respondió, "No, en absoluto. Siéntese."

"Mi nombre es Mark Warner. ¿Cómo se llama usted?"

"Jack Peterson. ¿Esta es su primera vez aquí?"

"Sí. ¿Viene usted aquí con frecuencia?"

"En realidad, no. Las chaperonas pueden ser un verdadero dolor de cabeza. Cuestionan todo lo que uno haga."

"Supongo que se refiere a las mujeres mayores, como la que se encuentra en la entrada. Ella me dio una lista de las reglas, pero no he tenido la oportunidad de leerlas todavía. ¿Me tiene algún consejo al respecto?"

"Tenga cuidado con su forma de vestir, y ni siquiera pensar en salir de este salón de baile con una de las chicas. Las chaperonas no lo tolerarán. Actúan como gallinas madres que están velando a sus pollitos."

"Debe ser un asunto cultural," respondió Mark.

"Sí, pero puede ser excesivo a veces."

Ya eran las 7:00 PM, y el salón estaba lleno. Elena entró y se dirigió a la mesa donde Jack y Mark estaban sentados. Cuando vio a Mark, se detuvo brevemente con una mirada de consternación, pero vino a sentarse.

Los juegos comenzaron. Nadie en la mesa decía nada. Hubo una sensación evidente de tensión, como si los tres fueran una multitud incómoda.

Cuando el primer juego terminó, Jack se levantó y salió del salón. Mark suponía que fue al baño.

El segundo juego comenzó y terminó. ¡Jack no volvió!

El tercer juego comenzó. Mark buscaba algunas palabras en su diccionario de bolsillo y le preguntó a Elena, "Su amigo, ¿Dónde está?"

Encogiéndose de hombros, Elena movía la cabeza de derecha a izquierda, sonrió, y respondió con su inglés limitado, "No sé."

Continuaban jugando, y Jack no aparecía.

Mark estaba contento. Elena se mostraba indiferente, pero ¡ella también estaba contenta!

Tomaron un descanso de los juegos de bingo para disfrutar de refrescos. Elena ayudó a servirlos.

Mark se preguntaba, *¿Regresará Elena a su mesa?*

¡Si regresó!

Mientras disfrutaban los refrescos, Mark sacó cuatro fichas que tenían las siguientes palabras en español: *caro, carro, pero, y perro.*

Con dificultad, le preguntaba a Elena cómo pronunciar las palabras con 'r' y las palabras con 'rr'. Elena pronunciaba las palabras, y Mark trataba de imitar su pronunciación. Hizo todo bien con la 'r', pero no pudo con las 'rr'. Elena repitió las palabras de nuevo, y Mark lo intentó, pero nada pudo con las 'rr'. Elena se reía deleitosamente; Mark se reía con ella. Los dos se entretenían con una alegría total.

No había más rastros de Jack.

Haciendo uso de su diccionario, Mark escribió algunas preguntas que quería hacerle a Elena. Entre ellas:

"Me gustaría volver a verla. ¿Cuál es mejor para usted? ¿Mañana o el domingo? Y, ¿Puedo tener su número de teléfono?"

Le mostraba el papel con una sonrisa. Ella sonreía también al leer las preguntas. Luego escribió:

"Mañana, YMCA, 10:00 AM"

"Teléfono: 64-33-78"

Mark hacía todo lo posible para no revelar la gran emoción que experimentaba, y respondió por escrito (después de encontrar las palabras en su diccionario), "¿Almuerzo en YMCA?"

Elena se iluminaba de alegría. "¡Bien!"

Los juegos de bingo continuaron, y ganaron un par de juegos. Jack nunca regresó. Al manipular las fichas del bingo, de vez en cuando una mano de ella tocaba la de Mark sin intención. Sin revelarlo, les agradaban estos toques a los dos, y comenzaban a tocar las manos como si fuera sin intención, pero en realidad lo hacían a propósito.

Cuando los juegos terminaron, Elena sonreía. "Hasta mañana," y extendió la mano para un apretón de manos.

Al darle la mano, Mark también sonreía, Y le respondió con cortesía, "Vernos mañana. ¿Sí?"

Para cumplir con las normas, no salieron juntos.

Mark tomó el autobús de vuelta a la terminal de autobuses y se transfirió al autobús que lo llevaría de vuelta a la base aérea de Howard. La noche era agradable y fresca, y el aire que entraba por la ventana del autobús era deliciosamente refrescante. Mark no podía estar más contento, y, al recordar el toque de la mano de ella, experimentaba una euforia encantadora. Sacó sus fichas para ver si podía encontrar la manera de pronunciar las palabras 'carro' y 'perro', pero todavía no podía hacerlo. ¡Estaba emocionado, contemplando lo que ocurriría mañana!

Elena salió de la YMCA con Leticia, y charlaba sin cesar sobre lo que pasó – cómo Mark se había sentado con Jack, cómo Jack se fue misteriosamente, cómo ella disfrutaba de la compañía de Mark, cómo se tocaban las manos de vez en cuando sin intención, y sobre el plan para volver a verse el sábado.

Leticia la miraba del rabillo del ojo, y preguntaba, con cierta travesura, "¿Siempre se tocaban sin intención?"

Elena sonreía con picardía. "¡No confieso nada!"

"Así que Mark te ha impresionado."

"Bueno, ciertamente ha hecho una buena primera impresión. Estoy ansioso de ver qué pasará mañana."

"¿Y tu relación con Jack?"

"La verdad es: Creo que nada más estaba interesado en una sola cosa, si sabes lo que quiero decir. Y después de la forma en que se presentó ebrio en la cena y baile la semana pasada, creo que no voy a extrañarlo nada. Sospecho que el cobarde estaba contento de que Mark estaba presente esta noche para darle la oportunidad de fugarse."

Cuando Elena regresó a su casa, donde vivía con su hermana, Susana, que estaba casada con un soldado del ejército estadounidense, le contaba a Susana todo lo que sucedió.

Susana le preguntó, "¿En qué rama de los servicios militares es Mark?"

"No sé. No tuvimos mucho tiempo para hablar. Y conversar era una lucha debido a las limitaciones con los idiomas de cada uno de los dos."

Susana le aconsejó a Elena, "Los mejores hombres son los de la fuerza aérea, y si es un oficial, mejor."

Elena le comentó a Susana, "Este es el mismo hombre que asistía a la cena y baile la semana pasada, y es amigo de Pedro Mendoza."

Susana respondió, "Bueno, si es amigo de Pedro Mendoza, eso es una buena señal."

Susana le dio a Elena una lista de palabras en inglés que serían útiles para ella.

La primera cita

Mark llegó a la YMCA justo antes de las 10:00 AM y se sentó en el vestíbulo, en las sillas que estaban cerca de la entrada. Llevaba un pantalón de color gris con una camisa de color lavanda. Calzaba sus zapatos militares, negros y muy pulidos. Se preocupaba sobre lo que Elena y él podrían hacer, pues tenía muy poco conocimiento de dónde podrían ir.

Ya eran las 10:15, y Elena no aparecía. Mark comenzaba a preocuparse de que quizás no apareciera. *Tal vez el autobús llega tarde,* Pensaba. ¡Esperaba!

Al fin, la puerta se abrió, y Elena entró. Mark la admiraba con su vestido elegante, blanco con un cinturón azul brillante y zapatos a juego. Llevaba su pelo negro largo hasta los hombros. Con su piel de color canela y sus rasgos muy femeninos, Mark la hallaba cautivadoramente bella. Y cuando ella sonrió, el corazón de Mark se derritió. Era una sonrisa radiante que decía claramente, *Estoy feliz de estar aquí contigo.*

"Siento que llego tarde. Era el autobús que tardaba."

"No te preocupes. Solo me alegro de verte."

Su comentario le agradó a Elena, y estaba contenta de que ella no tenía que esperarlo a él.

Con la ayuda de su diccionario de bolsillo, Mark comentó, "Es muy temprano para el almuerzo. ¿Qué vamos a hacer?"

"Caminar. Vamos a caminar," respondió Elena.

Comenzaron a caminar hacia el área en Balboa que correspondía a un centro comercial. Como Mark había notado antes, la mayor parte de los edificios tenían el aspecto sin gracia de edificios gubernamentales de colores gris. Había poco ambiente deslumbrante, como los centros comerciales típicos, donde se hacen las compras. Solo había una cafetería y un cine, que eran los únicos edificios que estaban a la altura de los estándares de un centro comercial. En frente de una tienda de comestibles y el cine, había una plaza elegante, que contrastaba marcadamente con el aspecto utilitario del área. Mark y Elena apreciaban varias molas que unas indias de la tribu Kuna tenían a la venta. Luego se sentaron en un banco situado bajo un enorme árbol cuya sombra les protegía del sol. Estaban rodeados de numerosas plantas tropicales atractivas.

Con las doscientas palabras en español que había aprendido, Mark usaba su diccionario de bolsillo ampliamente para mantener una conversación con Elena en la forma más creativa posible. Elena también tenía su lista de palabras que su hermana, Susana, le había dado. Estaban completamente entretenidos con sus esfuerzos limitados de comunicarse.

Elena se reía con frecuencia y deliciosamente con los esfuerzos de Mark para conversar en español. Mark se reía con ella. Los dos no podrían estar más contentos y felices de estar juntos.

Preguntó Mark, "¿Dónde vives?"

"Vivo con mi hermana, Susana, y su marido, Bill, en la ciudad de Panamá en una calle que se llama Vía Porras. Bill es soldado en el ejército de los Estados Unidos. Y tú, ¿Dónde vives?"

"En la base aérea de Howard."

"Así que estás en la fuerza aérea."

"Sí. Soy oficial a cargo de un equipo de meteorología que trabaja con el ejército, y por eso trabajamos en el fuerte Clayton."

Replicando en broma, "¿Así que eres un general?"

"Ja ja. No. Nada más soy teniente."

"¿Por qué la gente de la fuerza aérea trabaja para el ejército?"

Mark evitó decir que estaba asignado a la división de inteligencia del ejército, tal como lo habían instruido, y nada más le dijo la otra parte de sus funciones, la cual era proporcionar apoyo meteorológico para la aviación del ejército.

"Cuando hacemos despliegues, principalmente para sitios en la selva, mi equipo establece una estación meteorológica, y los pilotos de helicópteros vienen a nosotros para la información meteorológica que necesitan para pilotearlos."

"¿Te despliegas mucho?"

"No me he desplegado nada todavía. Nada más he estado en Panamá por algo más de una semana. Pero entiendo que tendré que desplegarme con frecuencia. El trabajo requiere que despliegue con el ejército en toda América Central y del Sur."

"Así que no puedo contar con verte a menudo."

"Eso no concuerda nada con el deseo mío. Es cierto que tendré que viajar mucho, pero también voy a pasar bastante tiempo en Panamá."

Ahora caminaban de nuevo a la YMCA para almorzar. Mientras caminaban, Elena miraba a Mark en los ojos y deslizó su mano en la de él. Fijándose también los ojos de ella, el corazón de Mark se palpitaba de la emoción, y le gustaba sentir el calor de la mano de Elena en la suya. Pensaba, *Es muy prematuro estar enamorado de esta mujer, pero ella me fascina. Si esto no es el amor, entonces por lo menos se ha plantado la semilla del amor, y enamorarme de Elena tiene que ser una rosa que inevitablemente va a florecer.*

A Mark le pareció muy notable cómo la piel más oscura de ella se contrastaba contra su piel más blanca. No es que esto le molestaba. De hecho, le gustaba el contraste. Para él era una sensación exótica.

El restaurante en la YMCA no era nada lujoso. Tenía el ambiente típico de un restaurante sencillo en los Estados Unidos. El gerente y el personal eran todos chinos, y muchas personas comían comida china.

Examinando el menú, Mark preguntaba, "¿Qué es bueno para comer aquí?"

Respondió Elena, "Tienen sopas sabrosas y buen pan."

"¡Bien! Me gusta la sopa con pan."

"¿Has probado la malta?"

Mark la miraba con curiosidad. "No tengo ni idea que es la malta."

"Es como cerveza sin alcohol. Tiene una ligera dulzura."

"¿A ti te gusta?"

"Sí. La bebo a menudo."

"Siempre me gusta probar cosas nuevas, así que pediré una malta."

Ambos pidieron una sopa espesa de pollo con pan francés y dos maltas. Fue una comida sencilla, pero su simplicidad no era nada importante. Para ambos, lo que importaba era que estaban disfrutando de su compañía mutua.

Elena miraba a Mark en los ojos, y comentó, "Entiendo que Pedro Mendoza fue el que te invitó a la cena y baile en el Hotel Panamá."

Mark se limpiaba la boca con su servilleta e inclinaba su cabeza a la derecha. "Así que hablabas de mí con Pedro anteriormente."

Con una sonrisa coqueta, Elena replicó, "Espero que eso no te moleste. Confieso que, cuando te vi justo antes de la cena y baile, me llamabas la atención."

Mark estaba contento con esta revelación. "No me molesta para nada. Sí. Conocí a Pedro en el avión que me trajo a Panamá. En el curso de nuestra conversación, me invitó a la cena y baile. ¿Lo conoces bien?"

"Por supuesto. Su familia y la mía son amigos desde hace años."

"¿Recuerdas que te invité a bailar aquella noche?"

"Claro que lo recuerdo, y quería bailar contigo. Pero, como sabes, yo estaba con Jack."

"Me parece que no disfrutabas de su compañía."

Elena arrugaba la nariz, como si sintiera un mal olor, y decía con disgusto, "¡Estaba borracho desde el momento en que llegó! Me daba vergüenza estar con él."

Mark le tomó de la mano. "Dado lo que sucedió en los juegos de bingo anoche, espero que no lo vayas a extrañar demasiado."

Elena lo miraba con ojos que revelaban adoración. "Dado lo que está sucediendo hoy, creo que no lo voy a extrañar nada."

Con una sonrisa traviesa, Mark bromeó, "Yo tampoco no lo voy a extrañar."

Elena se rio alegremente.

"Pedro me dice que te criaste en una hacienda cerca de la frontera con Costa Rica."

Elena sonreía, inclinaba la cabeza a la derecha, y lo miraba del rabillo del ojo. "¡Ah! Veo que tú también hablaste con Pedro acerca de mí."

"Eso sí. Espero que no te moleste."

"No, en absoluto. Me agrada."

"Dime más sobre la familia tuya."

"Mi familia vive en la Provincia de Chiriquí, en un lugar llamado Volcán. Eso sería *volcano* en inglés; es un volcán inactivo. Debido a la mayor elevación, el clima es mucho más frío que aquí en la capital. Mi padre se llama Arturo de la Vega, y mi madre se llama Elma. Además de mi hermana, Susana, también tengo un hermano, que se llama Raúl."

"Percibo que la tuya es una familia feliz."

"Oh, sí. Somos una familia muy unida. En la hacienda tenemos caballos y ganado. Mi hermano, Raúl, es un campeón de rodeo, y a mi padre le encantan las corridas de toros."

"Nunca he visto una corrida de toros ni un rodeo en persona, excepto en la televisión."

"Tal vez algún día tengas la oportunidad de conocer a mi familia, y te llevaré a una corrida de toros y un rodeo también."

"Eso sí me fascinaría. ¿Y tu madre, que trabajo hace?"

"Ella no tiene ningún trabajo fuera de la casa, si eso es lo que quieres decir. Ella dirige los asuntos del hogar. Sembramos una gran parte de los alimentos que comemos, y ella supervisa nuestra producción de alimentos. ¿Te gusta el café?"

"Me encanta el café."

"También tenemos plantaciones de café en nuestra propiedad, y puedo asegurarte de que no has tenido una buena taza de café hasta que no hayas probado el café sembrado, cosechado, y tostado en casa."

Mark bromeaba, "¡De verdad! ¿Podemos irnos para allá mañana?"

Riéndose, Elena respondió, "Creo que tendremos que esperar para un momento más apropiado. Háblame de la familia tuya."

"Vivimos en el estado de Ohio. Mi padre es dueño de una pequeña empresa de transporte de carga que funciona a través del estado de Ohio y los estados circundantes. Tengo un hermano, Steve. También está en la fuerza aérea, y es piloto."

"¡Así que vienes de una familia muy pequeña! ¿Dónde está estacionado tu hermano?"

"Está en las Islas Filipinas. La fuerza aérea ha tenido éxito en mantenernos a él y yo en lados opuestos del planeta."

"¿Y tu madre?"

"Igual que la madre tuya, hemos disfrutado del lujo de que mi madre ha sido un ama de casa. No podría haber pedido una mejor madre. Ella se ha dedicado para crear un ambiente familiar agradable, y hace bien su papel."

"Creo que tu madre me gustaría mucho."

"Creo que tú le gustarías a ella también."

"Me temo que debo ir a casa ahora."

"¡Ya!"

"Es que le prometí a mi hermana que le ayudara con algunas cosas que quiere hacer."

"¿Puedo acompañarte para la casa?"

"Si así lo deseas. ¿Crees que puedes tomar el autobús de regreso sin perderte?"

"No sé. ¿Debería Preocuparme? Me parece que solo tengo que tomar el autobús correcto para volver a la terminal de autobuses para el área del Canal de Panamá."

"Tienes razón. Eso debería ser fácil para ti."

"Está bien. Vámonos."

Fueron a la parada de autobús que estaba al lado de la YMCA y tomaron el siguiente autobús de vuelta a la terminal de autobuses para el área del Canal de Panamá. Al salir de la terminal, en vez de dirigirse por la avenida central hacia la derecha, como Mark había hecho en su primera visita a la ciudad, se fueron en la otra dirección.

Llegaron a una parada de autobús delante de un restaurante, y Elena explicaba, "Cuando tomes el autobús de regreso, querrás bajarte en este restaurante donde todo el mundo está sentado al bar en la parte exterior del edificio. Es un restaurante bastante singular, así que será un buen punto de referencia para ti. A continuación, la terminal de autobuses del área del Canal de Panamá está a la vuelta de la esquina, a la derecha."

"Eso me parece fácil."

Subieron uno de los muchos autobuses que proporcionaban el transporte público en la ciudad de Panamá. Mark trataba de pagarle al conductor del autobús, y Elena lo detuvo. "No tienes que pagar hasta que nos bajamos del autobús al llegar a nuestro destino."

"Eso es lo contrario de lo que estoy acostumbrado," respondió Mark.

El autobús era de tipo escolar, de segunda mano, de la marca Blue Bird, pintado de un color rojo brillante en el exterior. En el interior había numerosos cuadros de paisajes, pintados directamente en las paredes, por encima de las ventanas. También había nombres de mujeres pintados entre los cuadros. El interior estaba decorado con luces serpentinas de multicolores, estilo de Navidad. La música salsa sonaba fuertemente por los altavoces, y muchos de los pasajeros parecían estar entretenidos, moviéndose al ritmo de la música. El autobús hizo numerosas paradas cada vez que un pasajero llamaba la palabra, "Parada." El autobús estaba lleno de pasajeros, así que Mark y Elena tenían que quedarse parados, hasta que se desocuparon dos asientos.

Mark comentó, "Me siento como si asistiera a una fiesta."

Elena se reía, y respondió, "No se aburren en nuestros autobuses."

Después de numerosas vueltas, doblaron en la Vía Porras. Elena llamó, "Parada," y se bajaron delante de un edificio de apartamentos.

Al otro lado de la calle había un centro comercial llamado Gago.

"¿Qué es Gago?" Preguntó Mark.

"Es una cadena de tiendas de comestibles," contestó Elena.

"Me gustaría ir allí algún día."

"¿Por qué una tienda de comestibles te interesaría?"

"Bueno, he estado en muchas tiendas de comestibles, pero nunca he estado en una tienda así en Panamá. Nada más quiero ver lo que es diferente de lo que conozco."

A Elena le gustaba el fuerte sentido de curiosidad de Mark.

Se dirigieron al apartamento del tercer piso donde vivían Susana y Bill.

Susana les saludó cuando entraron en el apartamento. "Así que este es Mark."

Elena respondió, "Sí. Mark, esta es mi hermana, Susana."

"Es un gusto conocerla, Susana. Tiene un hogar muy cómodo."

"Gracias. Mi esposo Bill está fuera por el momento, pero debe estar de vuelta pronto. ¿Puedo darle algo de beber? Tengo un poco de jugo de naranja recién hecho."

"Eso sería genial."

El jugo era muy refrescante, pues no había aire acondicionado, hacía mucho calor, y había muy poca brisa que entraba por las ventanas abiertas. Así que Mark no solo estaba un poco nervioso de conocer a la hermana de Elena, también estaba empapado en sudor.

Mark miraba alrededor del apartamento. El apartamento no era grande; era bastante básico. Tenía dos recámaras, una cocina, una sala, y un cuarto de baño. Estaba amueblado con modestia. El televisor estaba sintonizado a un canal en español. El tráfico de vehículos, las bocinas de la calle de abajo, y las conversaciones de los vecinos eran muy notables. El olor de la cocción de alimentos estaba presente, pero parecía venir de un apartamento vecino. Había un par de molas enmarcadas en la pared, y había una foto en blanco y negro de dos personas ubicada en una mesa.

Mirando la foto, Mark comentó, "Estos deben ser tus padres."

Elena respondió, "Sí."

"Dime como se llaman de nuevo."

"Arturo y Elma de la Vega."

Arturo llevaba un pantalón de color gris oscuro con una guayabera blanca, ropa típica para ocasiones de negocios y de vestirse en los trópicos. Elma llevaba un vestido negro de mangas largas, que tenía un cuello alto que cubría la mayor parte del cuello de ella. Se veían como una pareja feliz.

Susana les preguntó, "¿Cómo fue su paseo?"

Mark puso su vaso en la mesa, y respondió, "En cuanto a mí, creo que teníamos un gran tiempo. A mí me encanta estar con Elena."

Elena era todo sonrisas, "Sí. Mark me entretenía mucho con sus esfuerzos de hablar español. Para alguien que solo ha estado en Panamá por menos de dos semanas, se ha hecho un progreso notable, a pesar de tanta necesidad de usar su diccionario."

Mark le gustaba a Susana de inmediato. Era evidente que era un hombre muy educado, pero también amistoso y sin arrogancia.

Bill, el marido de Susana, ahora llegó.

Después de que Susana hizo las presentaciones, Mark dijo, "Es un gusto conocerte, Bill. ¿Por cuánto tiempo has estado en Panamá?"

"Un poco más de dos años. Voy a terminar mi gira de tres años de servicio en mayo próximo. Entiendo que eres nuevo aquí."

"He estado aquí un poco más de una semana."

"Así que ya tienes una novia. No está mal."

"Bueno, si Susana es algo como Elena, estoy seguro de que entiendes lo feliz que estoy de haber conocido a Elena. ¿Has disfrutado de tu tiempo en Panamá?"

"¡Por supuesto! Panamá es sin duda un secreto bien guardado."

"Estoy de acuerdo. Yo estaba totalmente sorprendido cuando recibí mis órdenes para Panamá. Mi esperanza era de ir a Europa o Asia. Pero ahora que estoy aquí, he encontrado todo fascinante. Pues, ¿Cómo se conocieron tú y Susana?"

"Nos conocimos en la YMCA. Tengo entendido que ya conoces la YMCA. Tengo que advertirte que tiene una reputación de producir matrimonios."

"Bueno, por la forma en que operan las chaperonas, es obvio que están tratando de reunir a la gente honrada, tanto las chicas como los chicos. Así que no me sorprende lo que dices. Y el hecho es que no estoy muy interesado en las relaciones superficiales."

"Y eso es más o menos lo que encontrarás en los diversos clubes militares."

Elena escuchaba la conversación lo mejor que pudo. La única palabra que escuchó claramente era: el matrimonio. Así que respondió, "Bill, espero que no estés tratando de comprometerme para el matrimonio ya."

Bill y Mark solo se rieron.

Mark comentó, "Susana, Elena me dice que necesita su ayuda con algo. Así que supongo que será mejor que me vaya."

"Gracias por tu visita, Mark. Tendremos que invitarte a cenar pronto con nosotros."

Elena se acercó a la puerta con Mark, esperando un beso. Mark no quería mostrarse fresco, así que la besó en la mejilla, pero eso no era el beso que ella quería. Elena salió a la calle y esperó con él hasta que llegó el autobús.

"¿Recuerdas dónde bajar del autobús?"

"En el restaurante con el bar al exterior. ¿Puedo verte mañana?"

"¿Quieres asistir conmigo a la iglesia?"

"Claro," respondió Mark.

"Nos vemos entonces en la terminal de autobuses a las 9:00, y te llevaré a la iglesia a la que asisto."

"Me parece bien. Te cuento que salía con una chica cuando estaba en la escuela secundaria, pero su padre restringía mucho el tiempo que podíamos vernos. Así que encontramos que podíamos vernos con frecuencia si fuéramos a la iglesia."

"¿Esa fue la única razón por la que ibas a la iglesia?"

"Confieso que al principio era la única razón. Pero me aburría. Así que pensaba que si prestara mejor atención, quizá hallaría el servicio más interesante para no aburrirme. Funcionó bien, así que ahora asisto porque me gusta."

Esto era solo una cosa más que le impresionó a Elena. Le gustaba estar con él, tenía un gran sentido de humor, era curioso acerca de todo, y parecía disfrutar de su compañía. Pero, lo más importante para ella, parecía ser maduro, honrado, serio, pero también: espontáneo.

El autobús ya llegaba. Mark le abrazó a Elena y subió al autobús, que estaba casi vacío. Era un autobús más grande de la marca Mercedes-Benz. Así que era más cómodo que el autobús que lo trajo al apartamento de Bill y Susana. No había pinturas, luces serpentinas, o la música salsa, así que no era nada tan pintoresco. Pero tenía aire acondicionado y si era mucho más cómodo. Sin embargo, Mark decidió que el primer autobús era mucho más divertido.

Mark contemplaba el tiempo que acababa de pasar con Elena. El primer pensamiento que se le ocurrió fue la relación que tenía con Irene y su compromiso actual. Esta pasión que experimentaba con Elena hizo palidecer cualquier sentimiento que había tenido con Irene. Incluso en el baile y cena de la semana pasada, al ver la forma en que Elena interactuaba con sus amigas, la forma en que se reía libremente, la forma en que estaba tan a gusto ella con sus amigas no dejaba de impresionarle a Mark. *Sí, ella es una mujer hermosa,* pensó, *pero es mucho más que una chica bonita.* Y a partir de hoy se sentía una atracción irresistible que emanaba de la persona que era, y se sentía increíblemente completo cuando estaba con ella. La alegría que sentía de haber estado con ella era inolvidable. Y aún más increíble, Mark percibía que Elena se sentía exactamente igual.

Ya se notaba cada vez más que, como una brisa suave de dos mares acaricia continuamente el istmo de Panamá, el teniente Mark Warner y la Señorita Elena Victoria de la Vega estaban destinados a convertirse en amantes de dos culturas muy distintas para crear su paraíso personal de pasión en Panamá. Mientras Mark se sentaba en el autobús, tarareaba en su mente la única canción latina que sabía, *Ramona.* Las únicas palabras que recordaba eran: "Ramona, las campanas de la capilla están sonando nuestra canción de amor." Solo que Mark sustituía el nombre de Elena en lugar de Ramona.

Ahora, de vuelta en su alojamiento en la base aérea de Howard, Mark llamó a Pedro Mendoza.

"Pedro, ¿Cómo estás?"

"Hola, Mark. Bien. Pues ¿Cómo te fue con Elena?"

"El viernes por la noche era a la vez surrealista y enigmático. Cuando entré en el salón de baile, Elena estaba de pie en la puerta, y saludaba a la gente que entraba. El infante de marina, que andaba con ella durante la cena y baile de la semana pasada, estaba dentro, sentado a una mesa. Así que entré y me senté con él."

"Eso fue bastante atrevido."

"Bueno. Se me ocurrió que Elena seguramente vendría a sentarse con nosotros, y eso es exactamente lo que sucedió. Justo después de que empezamos a jugar al bingo, el infante de marina se levantó y salió del salón de baile, ¡Y nunca volvió!"

"¿El infante de marina no dijo nada cuando se fue?"

"Ni una sola palabra. Y Elena y yo pasamos el resto del evento juntos. Hemos pasado todo el día de hoy juntos, y teníamos un tiempo maravilloso. Ahora planeamos vernos mañana también. Comenzaremos el día con asistir a la iglesia."

"Me alegra oírlo. Supongo que no tengo que decirte que Elena es una mujer muy impresionante."

"Creo que notaba eso cuando la vi por primera vez, antes de la cena y baile."

"Bueno. Espero que se diviertan mañana."

"Gracias. Fue bueno hablar contigo, Pedro. Saludos a Esperanza. Espero hablarte de nuevo pronto."

"Muy bien. Adiós."

Juntos en la iglesia - Fin del compromiso

Después del desayuno, Mark tomó el autobús y llegó a la terminal a las 8:45. Elena llegó unos minutos más tarde. Elena le dio un beso en la mejilla, y se abrazaron.

Mark llevaba una camisa blanca, una corbata roja, y un pantalón azul. Elena llevaba un vestido blanco con lunares negros. Un cinturón de color rojo acentuaba su elegante figura femenina, y llevaba un sombrero y zapatos elegantes que hacían juego con el cinturón.

"¿Hay que tomar el mismo autobús para llegar a tu iglesia?" Preguntó Mark.

"No. Hay que tomar un autobús diferente."

Fueron a la misma parada para tomar el autobús que los llevó a la Vía España. La iglesia era una catedral histórica y bella. Entraron, y Elena presentó a Mark a varios amigos, entre ellos, a Leticia, la señorita con quien Mark había bailado en la cena y baile.

"Es bueno verte de nuevo, Leticia. Tengo entendido que tú y Elena son buenas amigas."

Leticia se rio y comentó, bromeando, "Bueno, ahora que estás con Elena, no estoy tan seguro de eso."

Mark comentaba, "Quiero que sepas, Leticia, que uno de los momentos más memorables para mí la semana pasada durante la cena y baile era la oportunidad de bailar contigo."

"Gracias. Es muy amable de tu parte decirlo. A mí, me gustó también."

Leticia se sentó con otros amigos, y Mark y Elena tomaron sus asientos al comenzar el servicio. La música era bastante contemporánea, con un son muy latino. A Mark le gustaba.

Mark entendía algunas palabras del sermón, pero en su mayor parte, no podía seguir lo que se decía. Por el momento, esto no tenía tanta importancia; lo que más le importaba a Mark era la felicidad de estar con Elena.

Después del culto, Mark sugirió, "Entiendo que hay un buen restaurante italiano llamado Sorrento. ¿Te sería aceptable ir ahí para almorzar?"

"Claro. No está muy lejos de aquí. Tiene la fama de servir la mejor pizza de la ciudad."

"Eso es lo que me dijo Pedro Mendoza. ¿Te gusta la pizza?"

"Me encanta."

Tomaron otro autobús y llegaron a Sorrento en unos diez minutos.

El restaurante tenía un ambiente muy agradable. Las paredes estaban decoradas con cuadros de famosos lugares en Italia, y había varias botellas vacías de vino también que se colgaban en las paredes. Lo mejor de todo para Mark: ¡Había aire acondicionado! Llegaron temprano, así que no tenían que esperar una mesa. Sin embargo, poco después, se formó una fila a la puerta de personas que también querían una mesa. Mark pudo ver el horno grande de piedra para hornear las pizzas, que Pedro había mencionado.

"Bueno, Elena, ¿Qué te gusta en tu pizza?"

"Champiñones, cebolla y pimentones verdes."

"Bueno, esa es otra razón por la cual nos llevaremos bien. Eso es lo que a mí me gusta también."

Examinando la parte del menú en inglés, Mark se reía al ver que uno de los ingredientes disponibles era mermelada (jam en inglés). "Nunca se me ocurriría poner mermelada en la pizza."

Elena se fijaba en lo que Mark estaba leyendo, y ella se reía también. "Ah," dijo, "Se puede ver que la palabra en español es jamón. La *j* suena como *h* en inglés, por lo que está mal escrita la palabra en inglés *jam*. Pues la palabra correcta para *jamón* en inglés sería *ham*, no *jam*."

"¡Estupendo! Ahora conozco 201 palabras en español. La palabra para 'ham' es 'jamón.' Y tengo que confesar que tenía curiosidad de probar la mermelada en mi pizza."

El mesero tomó la orden. Además de la pizza, Elena pidió una Coca Cola; y Mark pidió una cerveza. El mesero trajo las bebidas y algo de pan italiano.

"Pues, ¿Cómo te gustó el servicio de la iglesia?"

"Me gustó la música. Aparte de eso, como era de esperar, no entendía casi nada del sermón."

Ahora el mesero trajo la pizza, y, juntos, Mark y Elena le daban gracias a Dios por la comida. Como Pedro había dicho, la pizza era excelente.

Elena comentaba, "Me parece que la asistencia a la iglesia es una buena manera para comprobar tu progreso con el español. Con el tiempo verás que entenderás cada vez más, y que verás como se te desarrolla el vocabulario."

"Estoy de acuerdo. ¿Qué vas a hacer esta semana?"

"Trabajo en una pequeña cafetería que sirve comidas principalmente para los estudiantes de la escuela secundaria cuando salen para el almuerzo. Los estudiantes son de familias ricas, y asisten a una escuela privada en un área de la ciudad de Panamá que se llama Paitilla."

"¿Está abierto nada más durante la hora del almuerzo?"

"No. También se sirve el desayuno, y tenemos otros clientes que vienen durante el día."

"¿Cuándo podemos vernos de nuevo?"

"Los martes y jueves tomo clases de inglés en la YMCA. Y por supuesto, podemos vernos en el baile de la YMCA el viernes por la noche. ¿Vas a estar ahí?"

"¿El viernes? Absolutamente. No se me ocurrió que estarías tomando clases de inglés, pero eso no me sorprende. ¿A qué hora dan las clases?"

"De 7:00 a 8:00 PM, pero por lo general llego a las 5:00."

"Ese período de tiempo será difícil para mí, pero que no te sorprenda si aparezco. ¿Qué tal el sábado?"

"Este sábado, voy a estar ocupado con un asunto familiar, pero podemos ir a la iglesia el domingo de nuevo."

"Está bien. Entonces podemos salir a almorzar de nuevo."

"Me parece bien."

Después de salir del restaurante Sorrento, Mark y Elena pasaron el resto de la tarde en un parque que quedaba cerca del apartamento de Bill y Susana. Conversaban sin cesar, pero era un reto para ambos, debido a las limitaciones de idioma. El diccionario de bolsillo de Mark ya empezaba a desgastarse, porque se usaba continuamente. En cualquier otra situación en la que conversaran dos personas de diferentes idiomas, el esfuerzo sería tedioso en el mejor de los casos. Pero estas conversaciones ocurrían entre dos personas que estaban apasionadas de estar juntos, que desesperadamente querían conocerse mejor, y que estaban destinadas a enamorarse.

Así que sus conversaciones estaban llenas de alegría y risas, ya que Mark a menudo se expresaba con palabras erradas y mal empleadas que producían risas divertidas para los dos. El tiempo pasó rápidamente, y cualquier frustración que ocurrió solo se debía a la imposibilidad de decir todo lo que querían decir, en la forma en que preferían decirlo. A pesar de estos retos, sus esfuerzos eran un trabajo irónico del amor.

Eran ya eso de las 4:30, y empezaron a caminar hacia el apartamento. Después de su almuerzo en Sorrento, ninguno de los dos tenía mucha hambre.

Cuando se acercaron al supermercado Gago, preguntaba Mark, "¿Te importa si entramos en Gago?"

"No, en absoluto."

Para un domingo, la tienda estaba llena de clientes. Era muy parecida a cualquier otra tienda de comestibles en que Mark había estado, pero se vendían algunas cosas que Mark nunca había visto – en su mayoría en el área de frutas y verduras; por lo que Elena, con el diccionario en la mano, le explicaba lo que eran. Había una pequeña cafetería en el supermercado, así que Elena pidió algunos chicharrones, trozos de yuca frita (parecidos a las papas fritas), y dos botellas de malta.

Después de probar los chicharrones (y después de saber lo que eran), Mark comentó, "Los únicos chicharrones que he comido anteriormente eran de pobre calidad, no calientes, y salieron de una bolsa de plástico. ¡Estos chicharrones son muy sabrosos! Y me gusta la yuca frita también."

Elena estaba contenta porque parecía que a Mark le gustaba todo lo que había probado, incluso muchas frutas tropicales y verduras que nunca había comido antes.

Mark comentó, "Veo que venden sandías. ¿Por qué no compramos una sandía para llevarla al apartamento?"

"Me parece bien."

Al momento en que llegaron al apartamento, Bill y Susana ya habían comido la cena, así que todos se sentaron a la mesa del comedor y comían sandía. Poco después, Mark y Elena descendieron a la parada de autobús. Al ver llegar el autobús, Mark y Elena se miraron el uno al otro con un deseo obvio que ninguno de los dos ni siquiera podía ocultar. Se abrazaron, y Mark, sin tener idea de cómo reaccionaría Elena, la besaba con ternura. Para su deleite, cuando sus labios se unieron íntimamente, ella respondía apasionada e intensamente. Ambos estaban profundamente conmovidos, ambos sintieron la intensidad del momento, ambos sabían que habían cruzado un umbral importante que cada uno deseaba.

Mark subió al autobús, y en su mente, tarareaba de nuevo la canción, *Ramona,* a excepción de las palabras que recordaba: "Elena, las campanas de la capilla están sonando nuestra canción de amor."

Elena volvió a subir, y marcó de inmediato el número de teléfono de Leticia, sin poder aguantar la gana de relatarle todo lo que había sucedido.

Al contestar, Elena hablaba a todo ánimo, "Leticia, tenía un tiempo maravilloso con Mark hoy. Nunca antes me he sentido tan cómodo con ningún hombre."

"Así que crees que has encontrado al hombre de tu vida. Creo que te puedo perdonar por habérmelo alejado de mí."

"Bueno, espero que me estés tomando el pelo, Leticia. De lo que entiendo, me tenía en su mente aun antes de comenzar la cena y baile de la semana pasada."

"Ni siquiera preocuparte por ello. El hecho es que él tenía sus ojos en ti cuando él y yo bailábamos juntos."

Esa revelación le agradaba a Elena.

"Bueno, Leticia, ya te dejaré. Nada más tenía que contarle a alguien sobre el tiempo maravilloso que Mark y yo teníamos hoy. Que te cuides."

Mark regresó a su habitación y luego fue a ver las noticias en la televisión situada en la sala. Una noticia informaba sobre la creciente animosidad entre el general Noriega y el presidente Reagan. El presidente Reagan acusaba al general Noriega de proporcionar refugio en Panamá para los narcotraficantes de Colombia. Mark se preguntaba cómo se desarrollaría esta animosidad creciente.

Luego se puso a pensar en Irene. Sabía desde hace tiempo que su compromiso con ella no podía continuar. Y después de esta noche, decidió que era el momento de poner fin a su relación con ella. Sacó una hoja de papel y comenzó a escribir:

Querida Irene,

Te escribo para romper nuestro compromiso.

Ha pasado bastante tiempo desde que hemos tenido alguna comunicación entre nosotros, y es obvio que nuestra relación ha sido cada vez más distante desde que decidimos comprometernos para el matrimonio. Por lo que sepa yo, es posible que en la mente tuya ya hayas decidido también que nuestra relación ha terminado. Yo, por mi parte, espero que así sea el caso, porque me pesa pensar que esta carta te desilusione.

Hemos tenido momentos buenos e íntimos juntos, y siempre tendré buenos recuerdos de aquellos tiempos. Te deseo todo lo mejor, y así me despido.

Cariñosamente,
Mark

Entrenamiento en la selva

El día siguiente, por la mañana, el teniente Mark Warner puso su carta para Irene en el correo antes de dirigirse a la estación meteorológica, donde se reunió con los miembros de su equipo núcleo de meteorología a las 7:30 horas (7:30 AM). Mientras ellos se iban en el camino para el fuerte Clayton, el teniente Warner confirmaba, "Así que el plan para el día de hoy es erigir nuestra estación meteorológica desplegable en el campo, para que yo pueda ver como funciona."

"Ese es el plan," respondió el sargento Ryan. "Lo único que no vamos a hacer es erigir el camuflaje. Eso se lo podemos demostrar en nuestro primer despliegue, si eso le parece bien."

"Siempre y cuando que no impida nuestra participación efectiva en el ejercicio de entrenamiento del 25 de junio."

"El cabo Washburn, el sargento Taylor, y yo por lo general erigimos el camuflaje, así que no debería ser ningún problema. Sin embargo, cualquier ayuda que usted pueda proporcionar para esa tarea será apreciada."

"De acuerdo."

Todos llevaban sus uniformes de combate con los cascos. También sacaron sus armas del arsenal – rifles M-16 para Ryan, Taylor y Washburn, y una pistola de 9 milímetros para el teniente Warner. Se detuvieron en el fuerte Clayton para recoger su equipo de despliegue y se dirigieron a un área de campo cercano, donde comenzaron a armarlo. El sargento Ryan se había coordinado previamente con la estación meteorológica para hacer algunas pruebas con la radio de alta frecuencia.

Además de la radio de alta frecuencia, también probaron la máquina de facsímil y el equipo satelital meteorológico. Tanto la radio de alta frecuencia como el equipo satelital requerían la erección de antenas.

El sargento Ryan explicaba, "Siempre debemos erigir las antenas lejos de nuestra área de trabajo para nuestra protección. Un enemigo tratará de captar las señales que se emiten de nuestras antenas. La antena de alta frecuencia nos es especialmente vulnerable, ya que utilizamos la radio de alta frecuencia para iniciar transmisiones desde nuestra área de trabajo. Un enemigo entonces puede utilizar nuestras antenas como blanco durante un ataque. Por lo tanto, colocar las antenas lejos de nuestra área de trabajo aumenta significativamente nuestra probabilidad de supervivencia. Si destruyen las antenas, estaremos lo suficientemente lejos para esquivar el ataque."

"Estoy totalmente a favor de la supervivencia," bromeaba el teniente Warner.

El cabo Washburn le enseñó al teniente Warner cómo colgar su hamaca de selva, que incluía una lona que se suspendía como tienda de campaña sobre la hamaca. La hamaca también incluía un mosquitero que se fijaba con velcro entre la lona y la hamaca.

El teniente Warner se acostó en la hamaca y comentó, "Veo que tendré que acostumbrarme a dormir en esta hamaca."

Respondió el cabo Washburn, "Sí, señor. Tiene que tener mucho cuidado con darse vueltas mientras duerme, o se encontrará en el suelo. Y mientras que la lona le ayuda a protegerse de la lluvia, usted se mojará de todas maneras si hace chubascos con fuertes vientos. Hallará que es un pobre sustituto de una cama de verdad. Afortunadamente, también tenemos una tienda de campaña y catres que utilizamos en los despliegues más largos. Los catres todavía no son tan cómodos como una cama de verdad, pero son mucho mejores que las hamacas. Por supuesto, sabe que la tienda de campaña no viene con aire acondicionado."

"¿Qué? ¡No hay aire acondicionado!" El teniente Warner comentó en tono chistoso.

Entonces el cabo Washburn le enseñó al teniente Warner cómo pintar su rostro con lápiz de camuflaje. "Usted notará que tenemos dos tonos de verde–verde claro y verde oscuro. Hay que asegurarse de que se aplican los colores de camuflaje a toda la piel visible. Aparte de eso tiene libertad de ser tan creativo como desea con sus dos tonos de verde."

"Así que es una forma más para manifestar nuestra declaración de moda en la selva," bromeó el teniente Warner.

Era tarde por la mañana antes de que lograron armar todo el equipo. Con temperaturas en los 33 grados centígrados y cerca de 100□% de humedad, los cuatro miembros del equipo estaban totalmente empapados en sudor. El sargento Ryan procedió a enseñarle al teniente Warner cómo utilizar la radio de alta frecuencia, la máquina de facsímil, y el equipo satelital meteorológico. Se estableció con éxito comunicación por radio con la estación meteorológica de la base aérea de Howard, recibieron varios mapas meteorológicos en la máquina de facsímil, y también fotos meteorológicas del equipo satelital.

"Esto es bastante impresionante," comentó el teniente Warner. "Podemos recibir información bastante completa para nuestros pronósticos meteorológicos."

"Me gustaría poder decir que siempre tengamos tanta información útil," comentó el sargento Ryan. "A veces no tenemos ningunos datos en absoluto, y tenemos que producir los pronósticos basados solamente en nuestras propias observaciones meteorológicas. El sargento Taylor y el cabo Washburn trabajan turnos de 12 horas durante los despliegues y anotan las observaciones meteorológicas cada hora y otras observaciones especiales según sea necesario, igual que lo que hacen en la estación meteorológica de la base."

El sargento Taylor le mostró al teniente Warner su anemómetro táctico, barómetro, y el psicrómetro giratorio, que se utiliza para obtener la temperatura y punto de rocío, lo que permite luego calcular la humedad relativa.

Después de desmantelar y subir todo el equipo en su vehículo HMMWV, ya era hora de llevarlo todo de vuelta al fuerte Clayton y regresar a la base aérea de Howard a tiempo para terminar el día laboral. De vuelta en su habitación, la única cosa en la mente de Mark era tomar una ducha refrescante.

Dedicaba algo de tiempo por las noches para estudiar su libro de español. Aprendió que todos los verbos en español terminan en 'ar', 'er' o 'ir.' El libro presentaba tres ejemplos de verbos regulares, que son los siguientes: comprar, vender, y vivir. Mark también aprendió cómo utilizar los verbos en tiempo presente en las primera, segunda y tercera personas. Hasta ahora, nada más podía utilizar el infinitivo de los verbos, tal como aparecían en el diccionario. Pues ahora, en lugar de hablar como un Tarzán bruto, ya podía hablar como un Tarzán un poco más educado.

El resto de la semana fue bastante ocupado. Cuando Elena asistía a sus clases de inglés, no había ninguna posibilidad que le permitía a Mark ir a la YMCA. Mark y Elena conversaron brevemente por teléfono el miércoles y confirmaron su plan para verse en el baile de la YMCA el viernes. Tenían que repetirse una y otra vez para hacerse entender.

Durante su conversación, Elena comentó, "Estás haciendo buen progreso con tu español. Estoy bien impresionada."

Mark respondía, "Ahora yo hablo más cosas contigo."

Elena sonreía y tenía que corregir su pronunciación de la palabra *hablo*. "¡Muy bien! Pero has pronunciado la 'h' en la forma en que se oye en inglés, en lugar de la pronunciación correcta en español en que la 'h' no se oye."

"La verdad es que yo sabía eso. Solo que se me olvidó."

"De todas maneras estoy sorprendida por la rapidez con que estás progresando."

"Gracias," respondió Mark.

Después de una semana muy ocupada, el teniente Warner y su equipo núcleo de meteorología terminaron su día el viernes y regresaron a la estación meteorológica en la base aérea de Howard a las 15:45 horas (3:45 PM). Mark se quitó su uniforme, se duchó, se vestía de ropa civil, y se dirigió a la YMCA. Él sabía que iba a llegar mucho antes de las 7:00 PM, pero no aguantaba las ganas de ver a Elena. Llegó a las 5:30 de la tarde y cenó en la cafetería de la YMCA. Observaba cómo el vestíbulo se llenó de un gran número de estudiantes panameños que poco a poco subieron a la segunda planta de la YMCA para asistir a sus clases de inglés.

El conjunto de salsa

Elena llegó a las 6:30. Las chaperonas también habían llegado, así que Mark tenía cuidado de no expresar ningún cariño con Elena. Mark y Elena se sentaron en los sillones colocados alrededor de las mesas en el vestíbulo de la YMCA y conversaron casualmente. A las 7:00 PM entraron en el salón de baile por separado, pero se sentaron juntos a una de las mesas.

Tal como era para la cena y baile en el hotel, había un conjunto en vivo para la música Latina y música grabada para la música Americana. El conjunto se llamaba Conjunto Brisas Istmeñas. La música comenzó. Mark y Elena bailaban, se miraban a los ojos el uno al otro, se reían, disfrutaban de estar juntos, y, aunque no se daban cuenta, el amor entre los dos nació.

Mark se fijaba para ver si el infante de la Marina aparecía. No llegó.

A las 8:30 el conjunto tomó un descanso. Anunciaron un viaje de dos días a la playa de Santa Clara para el próximo sábado, y explicaban los costes y los plazos para hacer el pago.

"¿Nos vamos?" Preguntó Mark.

"Me encantaría."

"Bueno. Vamos a hacer la reserva ahora. También quiero que me ayudes con una conversación que quiero tener con los miembros del conjunto."

Reservaron sus puestos en el autobús y las habitaciones en el hotel en Santa Clara. Luego fueron a hablar con los miembros del conjunto.

Mark, con la ayuda de Elena, le dijo al líder del conjunto, "Me gusta su música. Mi nombre es Mark."

Respondió el líder del conjunto, "Gracias. Me llamo José. Estos son Carlos, Pepe, y Pablo."

"Es un gusto conocerlos. Quiero decirles que toco la flauta, y quiero saber si están interesados en tener un flautista en su conjunto."

"¿Así que eres músico también?" Preguntó Elena.

"No soy profesional, pero me encanta tocar la flauta, y me gustaría ver si pudiera participar en este conjunto."

"Podemos hacer un ensayo," respondió el líder con cierto reacio. "¿Se puede reunir con nosotros mañana?"

"Sí. Creo que puedo."

José escribió la dirección en una hoja de papel, y respondió, "Ensayamos a las 4:30 PM. Aquí está la dirección."

"Muy bien. Nos veremos mañana."

"Nunca dejas de sorprenderme," respondió Elena.

El conjunto comenzaba a tocar de nuevo y bailaban un poco más. Poco después, decidieron irse. Elena se fue primero y luego Mark, y se reunieron en la parada de autobús.

Luego llegaron al apartamento de Bill y Susana. Esperaban hasta que el próximo autobús llegó para llevar a Mark de vuelta. Cuando apareció el autobús, se besaron, y se abrazaron. Luego Mark subió al autobús, y al instante los dos comenzaron a extrañarse, sabiendo que no volverían a verse hasta el domingo.

~ * ~

Mark se levantó tarde el sábado por la mañana, desayunaba, consiguió su flauta, y se dirigió a la ciudad de Panamá. Puesto que no podía ver a Elena, planeaba pasar todo el día en la ciudad.

Se bajó del autobús en la terminal, y se fue a la derecha por la avenida central, como lo había hecho durante su primera visita a la ciudad. Esta vez se aventuró más allá de la primera vez y llegó a un lugar donde la Avenida Central se separó en dos calles. Él escogió el camino menos transitado, así que fue a la izquierda. Esto era obviamente una sección pobre de la ciudad. Las tiendas eran más pequeñas y las diversas cafeterías eran más austeras. Se detuvo en una de las cafeterías para tomar una taza de café, y luego continuó con su exploración.

De pronto se dio cuenta de que alguien lo seguía. Mientras se fijaba en su alrededor, vio a varios jóvenes pobremente vestidos, que aparentemente eran miembros de una pandilla, y que seguían su camino. Lo miraban como quien dice, *¿Qué haces aquí? No perteneces en este barrio.*

No quería dar la vuelta para regresar, porque intuía que podría estar en peligro.

Mientras continuaba caminando, veía a una anciana que llevaba un paquete bastante grande. Parecía tener unos sesenta años. Buscando con prisa en su diccionario de bolsillo para encontrar las palabras que necesitaba, se acercó a ella y le dijo, "Permítame ayudarle con su paquete."

Ella dudó al principio, hasta que Mark se extendió la mano para darle su flauta. Ella tomó la flauta y Mark tomó el paquete, y fueron juntos para la casa de la anciana. El paquete pesaba mucho, y Mark se sorprendía de ver cómo la mujer tenía fuerza para llevarlo. Con el calor y la humedad, Mark comenzaba a sudar profusamente. Hicieron varias vueltas para llegar a la casa, y Mark ahora estaba totalmente perdido. Pero se dio cuenta de que la pandilla ya no lo seguía.

Al llegar a la casa de la anciana, ella lo invitó a entrar. Mark puso el paquete en la mesa del comedor, y ella le devolvió su flauta. También le ofreció un vaso de jugo de naranja recién exprimido, que él aceptó de buena gana.

"Me llamo Mark,"

Ella respondió, "Yo me llamo Carolina. Gracias por ayudarme con el paquete"

Mark estaba contento porque entendía lo que le dijo la anciana, que se llama Carolina, y que le daba las gracias por llevar su paquete.

Preguntó Carolina, "¿Qué estás haciendo en esta área? Y ¿Por qué me ofrecías tu ayuda?"

Mark respondió, "Estoy recién llegado a Panamá, y debido a mi curiosidad, simplemente quería ver más de la ciudad. En cuanto a la razón por la que ofrecía ayudarle, sentí que me siguieron unos pandilleros que tenían malas intenciones para conmigo."

"Aunque vivo en esta área," respondió ella, "Recomiendo que no vuelvas más por aquí. Tu oferta de ayuda probablemente fue el factor decisivo que detuvo a los que lo acosaban."

"Tengo que decirle que ahora estoy totalmente perdido, y no sé cómo volver a la terminal de autobuses para el área del Canal de Panamá."

"No te preocupes. Te puedo ayudar con eso. Pero primero déjame ofrecerte algo de comer."

Mirando lo que Mark llevaba, le preguntaba, "¿Qué llevas en el estuche?"

"Eso es mi flauta. Voy a ensayar con un conjunto esta tarde."

"¿Me puedes tocar algo?"

"¡Claro!"

Mientras Carolina preparaba algo de arroz con pollo, Mark armaba su flauta y tocaba la canción, "Ramona."

"Tocas muy bien. Hace muchos años que no oigo esa canción."

"Gracias."

Carolina puso dos platos de comida en la mesa con más jugo de naranja, y los dos se sentaron a comer. Mark nunca había comido arroz con pollo que incluía tantos ingredientes. Lo que más le gustaba era un ingrediente que hallaba extraño para incluirse en el arroz con pollo, que eran las aceitunas verdes que Carolina le había agregado.

"El arroz con pollo es muy sabroso."

Hallando gracioso como Mark dependía tanto de su diccionario de bolsillo, Carolina explicó, "El arroz con pollo es un plato muy típico en la cocina panameña. Sabes que hace bastante calor aquí durante el próximo par de horas. ¿Por qué no te quedas aquí un rato para descansar, y obtendré la ayuda que necesitas para encontrar tu camino de regreso?"

"Le agradezco su hospitalidad. Gracias. ¿Puedo preguntarle cuál es su dirección postal?"

Lo que dijo fue demasiado para Mark y no entendía, así que ella escribió su dirección en una hoja de papel.

Mark se sentó en un sillón y pronto se quedó dormido. Carolina lo despertó a las 3:30 PM. Mientras dormía, llamó a un policía para ayudar a Mark a regresar a la terminal de autobuses.

Cuando salía con el policía, Mark le explicó que tenía que ir a la dirección donde el conjunto iba a ensayar, y le pidió, "¿Puede usted ayudarme a conseguir un taxi?"

Mirando el papel con la dirección, el policía le hizo señas a un taxista. Mark le agradeció al policía, y se fue. El taxista lo dejó en un taller para la reparación de automóviles.

José era el único miembro del conjunto que había llegado, y dijo, "Has llegado muy temprano."

"Bueno, José, estoy ansioso por ver si podemos tocar bien juntos. ¿Hay alguna floristería aquí cerca?"

"Sí. Siga esta calle hasta la esquina, y ahí verás una floristería."

"Gracias. Vuelvo ahorita."

Mark compró dos ramos de flores: Uno para Carolina y otro para Elena. Escribió unas breves palabras de agradecimiento en la nota para Carolina. En la nota para Elena escribió, "No aguanto las ganas de verte mañana. Te extraño. Con amor, Mark."

El florista le aseguró a Mark que ambos ramos llegarían antes del atardecer.

Al regresar Mark al taller, veía que habían llegado los otros miembros del conjunto. Luchando con problemas de idioma, discutieron cómo integrar a Mark en el conjunto.

"Tenemos partes de piano para nuestra música. Tal vez puedes utilizarlas para identificar, algún acompañamiento de flauta."

"Sí. Afortunadamente, la flauta se toca en el tono de *do*, igual que el piano; así que creo que puedo hacerlo con facilidad. Déjame ver lo que hago."

Mark subrayó algunas de las partes en las cuales creía que la flauta contribuiría al sonido del conjunto.

"Estoy listo para probar esto."

"¡Estupendo!" Respondió José, "Vamos a ver qué pasa."

¡Se sorprendieron! Lo que pasó fue bastante bueno. Mark tendría que darle más tiempo para perfeccionarse y tal vez identificar otras partes de piano que funcionarían. Pero era obvio que la flauta de Mark haría una gran contribución al sonido del conjunto.

Concluyeron su ensayo a las 7:00 PM.

José le preguntó, "Entonces, Mark, ¿Crees que puedes tocar con nosotros en la YMCA el próximo viernes?"

"¿Van a tener otro ensayo?"

"¿Podemos reunirnos el miércoles a las 7:00?"

"Creo que puedo hacerlo. Así que sí, iré el viernes con la intención de tocar con el conjunto."

"Eso podría ser muy bueno para el conjunto," comentó Carlos. "Creo que nunca he visto un conjunto de salsa o merengue con un músico estadounidense."

"Sí. Me pregunto si eso nos hará famosos o infames," exclamó Pepe.

José volvió a Mark, "Vamos a ordenar una pizza. ¿Quieres acompañarnos?"

"Sí. Me gustaría mucho."

Fueron a una pizzería cerca del taller. La pizza era buena, pero no había comparación con la de Sorrento. Pero la cerveza estaba fría, y Mark tenía la oportunidad de conocer mejor a los miembros del conjunto. Mark volvió a su habitación en la base aérea de Howard antes de las 8:30 PM.

~ * ~

La mañana siguiente, Mark y Elena se reunieron en la terminal de autobuses a las 9:00, como habían planeado, y se dirigieron a la iglesia.

"Esa si es una flor bonita que llevas con tu vestido," comentó Mark.

Elena se animaba y dijo, "Yo estaba muy sorprendida al recibir tus flores anoche. Me encantan. ¡Gracias, muchas gracias! Me gustó especialmente tu nota." De hecho, las únicas palabras en la nota de Mark que le importaban eran las palabras al final, "Con amor."

Durante su viaje en autobús a la iglesia, Mark le contaba a Elena sobre su ensayo con el conjunto, "Creo que tuvimos un buen ensayo, y lo pasé muy bien con los miembros del conjunto. Después, fuimos todos a comer pizza. Tendremos otro ensayo el miércoles en la noche, y voy a tocar con el conjunto en el baile de la YMCA el viernes."

"No puedo creer que vas a tocar con ese conjunto. ¡Eso es tan maravilloso!"

"Sí. Estoy muy contento."

Después de la iglesia pasaron otro día maravilloso juntos que percibieron como demasiado corto.

Cuando llegó el momento para despedirse, Mark comentó, "Creo que no puedo esperar hasta el viernes para volvernos a ver, y espero que opines igual."

Elena no dijo nada; se limitó a mirarlo en los ojos y le dio un beso. Aún sin decir nada, para Mark era obvio que si estaba de acuerdo, y continuó, "Si funciona para ti, haré todo lo posible para verte en la YMCA los martes y jueves para la cena. Creo que puedo llegar a las 5:30, pero, por favor, entienda que, si no aparezco, será porque algo haya ocurrido en mi trabajo que no me permita llegar."

"Claro que me funciona. Y no te preocupes, comprenderé si no puedes."

Confirmando los planes para la semana, dijo Mark, "Aparte de martes y jueves, iremos al baile el viernes, saldremos para Santa Clara a las 8:30 de la mañana el sábado, y regresaremos el domingo. Estoy muy entusiasmado con este plan para el fin de semana."

"Yo también."

El autobús ahora venía. Su abrazo y beso apasionados al despedirse eran cada vez más importantes para los dos.

"Espero con ganas de verte el martes, Elena."

"Yo también."

Mark subió al autobús. En su corazón, estaba cantando de nuevo.

La semana siguiente estaba muy ocupado para Mark. Normalmente, una semana así haría que el tiempo pasara volando, pero Mark estaba tan entusiasmado con los planes para el fin de semana que el tiempo se le arrastraba lentamente. El trabajo de Mark hizo imposible que Mark fuera a ver a Elena el martes, y llamó para dejar un mensaje con Susana para asegurarse de que Elena supiera que su ausencia se debía únicamente a los requisitos de su trabajo. El ensayo del miércoles con el conjunto se cumplió con éxito, y Mark y Elena sí lograron cenar juntos en la cafetería de la YMCA el jueves.

El viernes llegó finalmente. Mark llegó a la YMCA a las 6:00 PM para ayudar con los esfuerzos de armar el equipo del conjunto. El baile comenzó a las 7:00, pero hubo una pausa significativa antes de que empezaran a bailar, ya que la gente contemplaba con curiosidad la presencia de Mark en el conjunto. Mark tocó con gusto. Todo el mundo comentaba que la participación de Mark en el conjunto fue una contribución excelente para su sonido. Elena no podía estar más orgullosa de Mark – de su Mark. A pesar de la participación de Mark en el conjunto, él y Elena lograron bailar un par de bailes latinos y casi todos los bailes no latinos, ya que la música no latina era grabada y no música que el conjunto tocaba.

El viaje a la playa para el fin de semana

A las 8:00 de la mañana del sábado, Mark y Elena estaban sentados en el autobús de la YMCA, esperando la salida a las 8:30 para la playa de Santa Clara. El autobús estaba casi lleno, e incluyó tres chaperonas.

Ya comenzó la excursión. El autobús cruzó el Puente de las Américas en la carretera Panamericana, pasó más allá del camino para la base aérea de Howard, e iba hacia el interior de Panamá. El viaje a la playa de Santa Clara toma 1,5 a 2 horas, y a Mark le fascinaba ver los pequeños pueblos que pasaban en el camino. Elena estaba contenta de ver de nuevo la curiosidad que Mark tenía, y le decía los nombres de todos los pueblos que se encontraban en el camino.

Cuando llegaron a Penonomé, doblaron a la izquierda, y pronto vieron el océano Pacífico en el horizonte con su color azul brillante. Al llegar a su destino, Mark notaba que en la playa había muchos bohíos bonitos, y cada uno tenía una hamaca. El hotel era de aspecto rústico, idílico, y acogedor. Todo el mundo se instaló en sus habitaciones, que incluía a Mark en la suya y a Elena en otra. Las chaperonas estaban muy atentas a estas cuestiones.

Mark y Elena no demoraron nada en salir de sus respectivas habitaciones, vestidos con sus trajes de baño. Corrieron directamente para bañarse en el mar. Chapoteaban y retozaban en el agua que estaba deliciosamente fresca, y estaban en constante contacto entre sí. Elena hacía un juego de fingir angustia de estar en agua muy profunda, y Mark estaba más que dispuesto a participar en este juego, corriendo para "rescatarla" y así ocultar el contacto íntimo de que disfrutaban–tal contacto que las chaperonas nunca tolerarían.

Al mediodía ordenaron un almuerzo para llevar, y se dirigieron a un bohío desocupado. Disfrutaron de su almuerzo, y se mecían en la hamaca del bohío. La sombra del bohío los protegía del ardiente sol tropical de la tarde, y saboreaban la suave brisa del mar que les acariciaba. Observaban a unas personas que construían un castillo de arena, y había otros que jugaban con una pelota de fútbol. Se escuchaba el ritmo latino de congas que emanaba del área del hotel. El sonido de las congas, junto con las olas que se rompían en la orilla, producían una música dulce y romántica.

Había poca conversación. Simplemente, gozaban del éxtasis de este ambiente encantador. La mejor parte era la calidez placentera de la piel blanca de Mark inseparablemente en contacto con la piel canela de Elena. Esta sensación de calidez y este contraste de colores eran preciosos para los dos. Cualquier otra cosa añadida a este momento habría sido una distracción inoportuna – todo era simplemente perfecto. Y estaban contentos de hacer nada más durante el resto de la tarde.

A las 6:30 disfrutaban de una cena en el restaurante del hotel que incluía ceviche hecho con camarones como aperitivo, un surtido de frutas tropicales, corvina a la parrilla bien sazonada (que se había convertido en el pescado predilecto de Mark), ensalada mixta, plátano, y arroz. Para el postre comían flan. Mark disfrutó de un mojito; Elena un vaso de vino blanco.

Ya se había puesto el sol. El sonido de las congas continuaba y su música era más dulce que nunca. Mark y Elena caminaban de la mano por la playa, y vieron como las primeras estrellas aparecían. A medida que la distancia entre ellos y el hotel se alargaba, la luz ambiente de las bombillas eléctricas comenzó a desaparecer, y llegaron a un punto en que ya no podían ver la luz de las bombillas eléctricas en absoluto. No había luna; solo había la luz de las estrellas. ¡Y qué luz más hermosa!

Mark comentaba, "Nunca he visto tantas estrellas en mi vida."

El cielo estaba tan lleno de estrellas que tenía un color blanco lechoso, y la iluminación de las estrellas era increíblemente viva, con una belleza impresionante. El sonido de las congas ahora estaba fuera de su alcance. Nada más podían escuchar el romper de las olas en esta playa totalmente aislada. La brisa del mar era deliciosamente fresca y agradable, no tan fresca para tener frío, sino lo suficientemente fresca para no tener calor. Mark y Elena saboreaban toda esta gloria estelar. Lo único que les distraían de esta visión vespertina eran la intimidad de sus abrazos y la creciente intensidad de los labios no satisfechos que se unían en besos ardientes y apasionados.

Ahora se hacía tarde. Mientras regresaban, comenzaron a ver como las luces eléctricas invadían el horizonte y borraban la mayor parte de estrellas maravillosas que habían disfrutado. Ya se podía ver las luces del hotel. Eran más o menos las 10:30. Había antorchas encendidas en la playa, y ahora podían escuchar de nuevo el ritmo hipnótico de las congas. Se dirigieron hacia el hotel sin decir una palabra. Llegaban a la habitación de Mark. No había chaperonas a la vista. Así que entraron. Dentro de su habitación, se sentaron en el sofá y hablaban de lo que habían disfrutado durante este día memorable. Se abrazaron, y hubo una pausa en la conversación.

Mark tenía un fuerte deseo de decirle algo, y, a la vez, se sentía tímido para decir lo que sabía que tenía que decir, así que ya no podía resistir más. "Elena, quiero que sepas que, con cada momento que paso contigo, es cada vez más claro que la única palabra que describe mis sentimientos por ti es amor. Así que si hay alguna duda en tu mente acerca de mis sentimientos por ti, permíteme decirte claramente: Te amo."

Lágrimas brotaron en los ojos de Elena al oír sus palabras, palabras que ansiaba oír. Se abrazaron, se besaron, y sabían que sus vidas ya habían cambiado para siempre de una manera muy profunda.

"Te amo también, Mark. Creo que empecé a amarte en ese momento en que me mostraste las palabras escritas en tu libro de apuntes durante el baile del hotel. Palabras que me pedían que bailara contigo."

"Y para mí, comencé a amarte en el mismo baile, justo después que me rechazaste. Cuando volví a mi asiento, notaba que me mirabas discretamente por el rabillo del ojo, con una sonrisa casi imperceptible en tu cara que me susurró pidiendo, 'Que me pidas de nuevo'. Eso es cuando empecé a amarte."

Ahora se quedaban sentados, sin decir más palabras, y abrazándose. El pensamiento en la mente de los dos era que había llegado el momento en que Elena debería ir a su propia habitación. Sus preocupaciones eran: *¿Qué dirían las chaperonas, o peor: que harían?* Pero no podían resistir la tentación de permanecer juntos. Se acostaron juntos en la cama más o menos a las 11:30. Ocurrió más profunda y más dulce intimidad. Algo después, se durmieron abrazados.

A las 4:30 de la mañana, Elena despertó de repente. Su movimiento repentino despertó a Mark. Susurró, "Tengo que volver a mi habitación."

"Creo que eso es cierto," Mark susurró. Luego añadió, "Yo te amo, sabes."

"Y yo también te amo."

Elena, en silencio y discretamente, se colaba para llegar a su habitación. Mark se preocupaba acerca de si o no llegó sin ser descubierta, hasta que se encontraron más tarde para el desayuno. Fue entonces que Mark sintió alivio, y contempló en su mente, *Estamos a salvo. Hemos eludido la vigilancia de nuestras chaperonas celosas.*

El autobús partió a las 10:30. Durante el viaje de regreso, Elena comentó, "Otra playa que tenemos que visitar está en la isla de Taboga."

"Una isla dices. ¿Cómo podemos llegar allí?" Preguntó Mark.

"Hay lanchas que salen del muelle 18 en Balboa. Podemos tomar la lancha que sale en la mañana y volver por la tarde, a menos que queramos conseguir una habitación en el hotel de la isla para la noche.

La isla es pequeña y muy hermosa. Hay nada más un carro en toda la isla, y la playa es increíble y muy popular."

"Me parece como un buen plan para el próximo sábado. Creo que es absolutamente necesario tener la habitación en el hotel."

"Maravilloso."

Volvieron a la YMCA a las 12:15. Mark y Elena almorzaron en la cafetería de la YMCA, y tomaron autobuses para llegar al apartamento de su hermana, Susana.

Mark tenía algunas cosas que hacer, por lo que no se quedó mucho tiempo. Besó a Elena para despedirse, y regresó a la base aérea de Howard.

Elena llamó inmediatamente a Leticia.

"¿Cómo fue tu viaje a Santa Clara?" Preguntó Leticia.

"Fue el momento más romántico que he tenido en mi vida. Mark hizo muy claro que está enamorado de mí, y estoy muy feliz de estar enamorada de él."

"Te felicito. Por cierto, creo que Mark es una excelente adición al conjunto que tocaba la noche del viernes."

"Estoy de acuerdo. Su participación en el conjunto, sin embargo, reduce mucho las oportunidades para bailar. Pero estoy orgullosa de verlo tocar con el conjunto."

"Entonces, ¿Cuál es el próximo plan?"

"La buena noticia es que tenemos planeado un viaje a la Isla de Taboga este sábado. La noticia no tan buena es que mi alojamiento con mi hermana está creando un problema. Bill se está poniendo algo fresco conmigo. No me gusta, y a Susana, obviamente, no le gusta tampoco. Y ni quiero pensar cómo reaccionaría Mark si se entera de lo que está sucediendo."

"Entonces, ¿Qué vas a hacer?"

"Estoy pensando en hacer una visita a mis padres para salir del apartamento. Me pesa hacer eso ahora, cuando mi relación con Mark está todavía en su infancia."

"¿Ya has hablado con Mark sobre tal viaje?"

"Todavía no."

"¿Podría ir contigo?"

"Tengo mis dudas. Él acaba de comenzar su nuevo trabajo. Puede ser difícil que consiga el tiempo libre."

"Bueno, espero que logres resolver esta inconveniencia efectivamente. Bueno, ya tengo que colgar."

"Está bien, Leticia. Hablamos de nuevo más tarde. Adiós."

Cuando Mark volvió a su habitación, una de las primeras cosas que hizo fue llamar a su amigo, Pedro Mendoza. Esperanza respondió a su llamada.

Después de saludarse, Mark le comentó sobre su viaje a Santa Clara con Elena, y Esperanza le preguntaba. "¿Qué tal les fue?"

"No podría ser mejor."

"Estoy contenta de saberlo. ¿Quieres hablar con Pedro?"

"Sí. Por favor."

Antes de pasarle el auricular, Mark escuchó que Esperanza le dijo a Pedro, "Vamos a invitar a Mark y Elena para que vengan a cenar con nosotros algún día de estos." Solo que Mark no entendía lo que dijo.

Pedro respondió, "Me gusta la idea. Se lo mencionaré."

Pedro le saludó a Mark, y Mark le relató lo de su viaje con Elena a la playa de Santa Clara.

Pedro replicó, "Supongo que tú y Elena tenían un buen tiempo."

"Sí. Elena y yo lo disfrutamos muchísimo."

"Eso no me sorprende. Yo sospechaba que ustedes dos iban a divertirse juntos. Escucha, Esperanza y yo queremos invitarlos a cenar. ¿Cuándo tienes tiempo para nosotros en tu agenda apretada?"

"¿Podríamos hacerlo el domingo?"

"Sí. Me parece bien."

"¡Perfecto! Déjeme confirmar que Elena estará libre, y luego te volveré a llamar para concretar el plan."

"De acuerdo."

Mark llamó a Elena enseguida.

Elena respondió, "¡Claro! Creo que sería genial visitar a Pedro y Esperanza."

"¡Qué bien! Ya le volveré a llamar para confirmar el plan. Hasta luego."

Al contestar el teléfono, Mark le dijo a Pedro, "Ya los veremos el domingo."

"Muy bien. Esperaremos tu visita con anticipación. Que tengas una buena semana."

Se pronostica un huracán

A las 07:30 horas (7:30 AM) el lunes por la mañana, el teniente Mark Warner escuchaba la conferencia meteorológica que incluía una discusión sobre el huracán Jane. Él y su equipo núcleo de meteorología luego salió de la estación meteorológica para el fuerte Clayton. Faltaba una semana para el ejercicio militar que iba a comenzar el 25 de junio en la selva de Panamá. El equipo del teniente Warner concentraba sus esfuerzos durante esta semana en las preparaciones finales para este despliegue, y una gran parte de la preparación incluía más adiestramiento para el teniente Warner. Mark cenaba con Elena el martes y jueves antes de sus clases de inglés en la YMCA, y ensayó con el conjunto musical el miércoles. Durante la semana el teniente Warner vigilaba el progreso del huracán Jane.

La mañana del viernes, el teniente Warner pidió ver al coronel Johnson.

La secretaria del coronel lo llamó por el intercomunicador, "El teniente Warner quisiera hablar con usted, señor."

"Está bien. Dígale que pase."

El teniente Warner tocó dos veces la puerta del coronel, y entró después de escuchar la palabra, "Entre."

Saludando, el teniente Warner anunció al coronel Johnson, "Señor, el teniente Warner llega de acuerdo con sus órdenes."

Volviendo el saludo, el coronel Johnson respondió, "¿De qué quieres hablarme, teniente?"

"Quiero informarle acerca del huracán Jane, que será una amenaza para nuestro ejercicio militar que ocurrirá esta próxima semana."

Después de darle un informe breve, el coronel Johnson le interrumpió, "Creo que el general Maxwell debe escuchar tu informe también. Un momento por favor."

El coronel Johnson llamó al general, el comandante del fuerte Clayton, y la secretaria del general le pasó la llamada.

"Buenos días mi general. Tengo conmigo nuestro oficial de asesoramiento meteorológico, el teniente Warner, y me comenzó a informar sobre el huracán Jane y su posible impacto en nuestro ejercicio militar de la semana que viene. Señor, creo que usted debe escuchar su informe también."

"Tráelo a nuestra conferencia matinal a las 10:00 horas (10:00 AM)."

"Sí, mi general."

El coronel Johnson volvió al teniente Warner, "Vas a darle tu informe al general en nuestra conferencia diaria de las 10:00 horas (10:00 AM). Que vuelvas a mi oficina a las 09:45 horas (9:45 AM)."

"Sí, mi coronel."

Llegó la hora, y el teniente Warner y el coronel Johnson se fueron juntos a la conferencia matinal.

Había varios oficiales que daban sus informes al comandante general. El informe del teniente Warner sería el último.

Cuando le tocaba al teniente Warner, el coronel Johnson le presentó, "Este es el teniente Warner, nuestro nuevo asesor meteorológico y el oficial encargado de nuestro equipo núcleo de meteorología. El ejercicio militar de esta próxima semana será su primer despliegue con nosotros. Quiero que escuchen lo que tiene que decir sobre el huracán Jane, que se aproxima hacia nosotros y que representa una amenaza potencial para nuestro ejercicio militar."

Nadie en la sala de conferencia parecía estar interesado en lo que el teniente Warner tuvo que decir. El general Maxwell le dijo, "Por favor, que vayas al grano."

Mostrando una imagen de satélite del huracán Jane en el proyector, el teniente Warner, respondió, "Sí, mi general. Ningún huracán en la historia ha tenido una trayectoria tan al sur como el huracán Jane. Hay una muy fuerte zona de alta presión ubicada sobre el océano Atlántico, y el huracán Jane se desplaza a lo largo de la periferia sur de esta zona de alta presión a unos 12 grados de latitud norte. Las condiciones son muy favorables para fortalecer este huracán y podría llegar a ser un huracán de categoría 4, con vientos que van desde 130 hasta 156 millas por hora."

"En este momento la península de la Guajira, en la parte norte de Colombia y Venezuela, se encuentra en su camino. Con una trayectoria a lo largo de 12 grados de latitud norte, el centro del huracán pasará cerca de 240 millas náuticas al norte de nuestra área del ejercicio. El área de los vientos huracanados pueden oscilar entre 100 a 150 millas náuticas desde el centro de la tormenta. Actualmente, mi pronóstico para el período de nuestro ejercicio es de lluvias muy fuertes con velocidades de viento a fuerza de tormenta tropical que oscilarán entre 39 a 73 millas por hora. Tenemos que vigilar bien este huracán. En el improbable caso de que el huracán llegue a desplazarse más hacia el sur, podríamos encontrarnos con vientos de fuerza huracanada que serían catastróficas para nuestro ejercicio militar."

El general Maxwell comentó, "Estoy decidido a continuar con este ejercicio, Teniente. Si tenemos que cancelar el ejercicio, ¿Cuándo necesitamos tomar esa decisión?"

"Mi general, yo diría que el lunes por la noche será la última oportunidad para tomar la decisión de cancelar el ejercicio. Yo recomiendo que volvamos a analizar la situación meteorológica el lunes por la mañana, antes de que comience el despliegue."

"Muy bien. Debes prepararte para informarme el lunes por la mañana a las 06:00 horas. (6:00 AM)"

Al salir de la sala de conferencia, el coronel Johnson comentaba al teniente Warner. "Tu informe estaba muy bien hecho. Nadie tenía mucho interés en escucharte, pero si prestaban mucha atención al oír lo que tenías que decir."

"Gracias, mi coronel."

Cuando regresó a su equipo núcleo de meteorología, el teniente Warner les informó, "Necesitamos estar en el fuerte Clayton a las 04:30 horas (4:30 AM) para el despliegue, ya que tengo que informar al general Maxwell sobre la situación del huracán a las 06:00 horas (6:00 AM)."

También le informaba al comandante del escuadrón meteorológico, el coronel Stone, sobre el informe que le había dado al general Maxwell y que tendría que darle otro informe al general el lunes a las 06:00 horas (6:00 AM), para ponerle al día.

"Hiciste muy bien, teniente Warner. Francamente, me sorprenderá si el general seguiría adelante con este ejercicio."

"Sí, señor. Si seguimos adelante, creo que va a ser un ejercicio en que se concentra en mantenernos a salvo del mal tiempo y en proteger nuestro equipo."

"Creo que tienes razón."

"Así que supongo que haremos lo que tenemos que hacer."

"Una vez más repito, hiciste un buen trabajo, Teniente."

"Gracias, mi coronel."

Cobertura de prensa

El equipo núcleo de meteorología pasó el resto del día viernes, haciendo los últimos preparativos para el despliegue el lunes. Mark llegó a tiempo a la YMCA para ayudar a los miembros del conjunto en sus preparativos para el baile de las 7:00 PM.

Se sorprendieron al ver aparecer un reportero del periódico *La Estrella de Panamá*.

"¿Puedo hacerles algunas preguntas, chicos?"

"Está bien. Nada más pido que tenga en cuenta que tenemos que alistarnos para el baile esta noche."

"Entendido. ¿Cómo se les ocurrió incluir a Mark en el Conjunto Brisas Istmeñas?"

"Mark se nos acercó, se presentó, nos dijo que tocaba la flauta, y dijo que le gustaría ver si pudiera tocar con nosotros. Era tan sencillo como eso."

A Mark, el reportero le preguntó, "¿Alguna vez ha tocado la música latinoamericana?"

"No, nunca."

"¿Cómo logró incorporarse con tanta facilidad en el conjunto?"

"Debo decirle que tenía que ensayar mucho con el fin de poder aportar algo valioso al conjunto. Afortunadamente, el conjunto tenía música para el piano, y la flauta toca en el mismo tono *do* que el piano, así que era fácil tomar secciones de las partes de piano que podía tocar con mi flauta, después de ensayar bastante, por supuesto."

"Así que ¿Presumo que le gusta tocar con el conjunto?"

"Claro. Me encanta."

Refiriéndose a los demás, "¿Están ustedes conformes con tener un músico estadounidense en su conjunto?"

"Nos llevamos bien con Mark, él toca bien, nos gusta lo que contribuye al sonido del conjunto, así que estamos muy contentos de incluirlo con nosotros."

"Muy bien. Tengo la intención de quedarme. Quiero saber qué opina el público."

"Está bien. Adelante."

Después de que el reportero se alejó, Mark dijo a José, "No voy a estar disponible para el ensayo del próximo miércoles. Tengo que participar en un ejercicio militar esta semana. Sin embargo, si planeo tocar para el baile del próximo viernes."

"Gracias por avisarme. Espero que estés adecuadamente preparado para el próximo viernes."

"Te aseguro que no tendrás por qué preocuparte."

El baile comenzó. La multitud era mucho más grande de lo normal. El conjunto tocó bien. Mark y Elena bailaron tanto como pudieran. El reportero hizo su trabajo, y, más importante, disfrutaba de la música.

Más tarde, antes de despedirse, Mark y Elena confirmaron sus planes para ir a la Isla de Taboga, el sábado.

Isla tropical

Mark y Elena subieron a la lancha en el Muelle 18 en Balboa a las 8:30 AM. El mar estaba un poco picado y los vientos algo recios, pero el cielo estaba despejado, con nada más unas cuantas nubes – condiciones climáticas típicas, ya que el huracán Jane concentraba el mal tiempo al este de ellos.

Mientras disfrutaban del paseo en la lancha, Mark le comentó a Elena, "Tú necesitas avisarles a tus padres a mantener una estrecha vigilancia sobre el huracán Jane. Ningún huracán en la historia ha tenido una trayectoria tan al sur y tan cerca de la línea ecuatorial como el huracán Jane. Muy probablemente la parte más fuerte del huracán se desplazará bien al norte de Panamá, pero tus padres van a experimentar condiciones de tormenta tropical, que incluyen fuertes lluvias que pueden producir inundaciones y vientos con velocidades entre 39 y 73 millas por hora, vientos que pueden causar daños menores para la propiedad y será una amenaza para los seres humanos y el ganado. Así que debes insistirles que tomen las precauciones necesarias."

"Está bien. Voy a llamarles tan pronto como volvamos." Elena estaba contenta porque Mark mostraba tanta preocupación por su familia.

Pronto vieron la Isla de Taboga, que ya aparecía en el horizonte. Era el panorama estereotipado de una isla romántica tropical, con palmeras que se mecían suavemente con la brisa. Se podía divisar el pintoresco pueblo de San Pedro que fue construido en el costado de la montaña volcánica de la isla. Mucho antes de su llegada, se podía oír el ritmo hipnótico de congas. A las 09:10 llegaron al muelle de la Isla de Taboga.

Mark y Elena se registraron en el hotel, que se ubicaba junto a la playa. Luego pusieron sus trajes de baño, y se dirigieron directamente a la playa. El agua era clara, prístina, y deleitosa, no tan caliente ni fría, sino refrescante y agradable. La brisa que soplaba suavemente hacia la playa les acariciaba.

También caminaban de la mano por las calles de San Pedro, un pueblo que fue fundado en 1524; y visitaron la iglesia de San Pedro, la segunda iglesia más antigua del hemisferio occidental. Gozaban de un almuerzo de mariscos en el restaurante Calaloo Fish Bar & Grill. No había tanta conversación y mínima intimidad. Para ellos la intimidad más importante durante el día era simplemente estar juntos y mirarse a los ojos, cosa que hallaban profundamente romántico.

Sentados a una mesa que estaba en frente del hotel, comían una cena de camarones, arroz frito, y plátanos con vino blanco, y observaban mientras se ponía lentamente el sol en el horizonte del mar. La suave brisa era aún más deliciosa. Después gozaban de un baile bajo las estrellas. La música no era tanto de salsa y merengues, sino de rumbas románticas. Bailaban muy pegados el uno al otro.

Al retirarse en su habitación del hotel, la intimidad se intensificó hasta muy tarde de la noche.

Después del desayuno, la lancha zarpó para Balboa el domingo a las 9:00 de la mañana. Al llegar al centro de Panamá, se detuvieron en el quiosco de un vendedor ambulante que asaba pinchos. El aroma de la carne era tentadora, y la carne estaba condimentada con una salsa ligeramente picante, así que tenía un sabor ahumado y picante que era difícil de resistir.

Mark comentó, "Me siento tan renovado."

"Eso es lo mejor de ir a Taboga," respondió Elena.

En su camino de regreso a la casa de Susana, pasaron por un puesto de periódicos y les llamaba la atención el titular de la primera página del periódico, *La Estrella de Panamá*, que decía, "Americano contribuye al sonido del Conjunto Brisas Istmeñas."

Entre otras cosas, el artículo decía, "Mark Warner es un músico talentoso que añade una dimensión única a la música cada vez más popular del conjunto." Citando a un miembro del público, su comentario era, "No puedo recordar cuando tuvimos tantas personas que asistían a nuestro baile. El conjunto realmente suena muy bien con la adición de Mark Warner y su flauta."

Mark compró seis ejemplares del periódico.

Elena estaba en éxtasis, "Eres increíble, ¿Sabes?"

Respondió Mark, "Para mí la única cosa que es increíble es estar contigo."

Llegaron donde Susana a las 11:00 AM. Enseguida, Elena llamó a sus padres para informarles sobre el huracán Jane.

"Nunca hemos tenido ningún problema con huracanes en el pasado. ¿Qué te hace pensar que tenemos que preocuparnos tanto ahora?" Preguntó su padre.

"Tengo un nuevo novio, un americano llamado Mark Warner. Es meteorólogo en la fuerza aérea, y me dice que la trayectoria del huracán Jane está más al sur que cualquier huracán en la historia. Cree que Panamá no tendrá un impacto directo del huracán, pero pronostica que Panamá experimentará condiciones de tormenta tropical, que incluyen fuertes lluvias que pueden producir inundaciones y vientos que pueden causar daños menores para la propiedad y será una amenaza para los seres humanos y el ganado."

"He visto algo acerca del huracán Jane en las noticias, pero no sabía que sería una amenaza tan seria."

"Papá, por favor, preste mucha atención a los informes futuros. Se podría ver el impacto de este huracán tan pronto como el lunes."

"No te preocupes. Voy a tomar las medidas adecuadas y les avisaré a mis vecinos también. ¿Cuánto tiempo llevas con este nuevo novio, Mark?"

"Tenemos unas tres semanas de estar juntos."

"Espero que sea mejor que ese tipo, Jack, con quien andabas."

"No hay comparación. Mark es simplemente increíble, y es un buen amigo de Pedro Mendoza."

"¡En serio! Tendré que hablar con Pedro para saber más acerca de este hombre 'increíble' con quien andas ahora."

"Adelante. Por casualidad, Mark y yo cenaremos con Pedro y Esperanza en su casa más tarde hoy."

"Bueno, si Mark le gusta a Pedro, eso es una buena señal."

"¿Y mi mamá?"

"En este momento, se encuentra de visita con nuestro vecino. Me aseguraré de que ella sepa que has llamado."

"Está bien. Gracias, papá. Te quiero. Adiós."

"Hasta luego, mi hija."

Invitación para una cena

Mark y Elena tomaron un taxi para la casa de Pedro y Esperanza. Elena consiguió el taxi, y luego Mark subió después de que ella estableció el precio, que era siempre más bajo que el precio que Mark tenía que pagar por ser americano.

Un empleado de la familia Mendoza abrió la puerta y condujo a Mark y Elena a la sala. En pocos minutos aparecieron Pedro y Esperanza y les dieron la bienvenida. Pedro tenía una copia de *La Estrella de Panamá* en la mano, "Parece que tú te estás haciendo algo famoso, Mark. ¿Cómo lograste convertirte en miembro del Conjunto Brisas Istmeñas?"

"Cuando tocaban en el baile de la YMCA, Elena me ayudó a comunicarme con ellos. Les dije que me gustaba su música, que tocaba la flauta, y quería ver si podrían beneficiarse al incluir a un flautista en el conjunto. Me encontré con ellos más tarde, y me proporcionaron su música para el piano. Hallaba que era bastante fácil adaptar partes de la música de piano para mi flauta. Hemos estado tocando durante un par de semanas, y lo estoy disfrutando muchísimo."

"Tengo que decir que estoy bien impresionado." Respondió Pedro.

Esperanza comentó, "Pedro, tendremos que escucharle tocar con el conjunto algún día de estos."

"Estoy de acuerdo." Entonces le preguntó a Mark, "¿Qué más hay de nuevo?"

Antes de que Mark pudiera responder, una criada entró y anunció que la cena estaría lista en diez minutos.

En respuesta, Mark replicó, "Tengo que desplegarme con el ejército esta semana en mi primer ejercicio militar en Panamá. Supongo que has oído algo sobre el huracán Jane en las noticias. Quiero que sepas que esta tormenta va a crear algunas condiciones difíciles en Panamá."

"Sí. He visto algo sobre el huracán en las noticias," respondió Pedro, "Pero no he prestado mucha atención. Los huracanes típicamente no nos afectan tanto."

"Pedro, tienes razón, que la mayoría de los huracanes raras veces causan problemas en Panamá, pero la trayectoria del huracán Jane es otra cosa. Panamá tiene que prestar mucha atención en cuanto a esta tormenta. Ningún huracán en la historia ha tenido una trayectoria tan al sur como el huracán Jane. En este momento la península de Guajira en la parte norte de Colombia y Venezuela se encuentra en su camino. El pronóstico actual coloca el centro de la tormenta cerca de 240 millas al norte de Panamá; probablemente llegará a Nicaragua. Pero mi pronóstico para Panamá es de lluvias muy fuertes con vientos a fuerza de tormenta tropical, así que veremos vientos de 39 a 50 millas por hora y ráfagas que oscilarán entre 55 a 73 millas por hora, lo que provocará inundaciones locales, con alta probabilidad de daños significativos a la propiedad, heridos y quizás muertes, especialmente para aquellos que no tomen en serio esta tormenta. Pronostico que llegará el lunes por la noche. Tenemos que mantenernos bien informados sobre este huracán. En el improbable caso de que el huracán se desplazare más al sur, podríamos encontrarnos con vientos de fuerza a huracán que podrían ser catastróficos para Panamá."

"Dios mío, no tenía ni idea de que este huracán sería una amenaza tan peligrosa. Justo después de la cena, voy a informarle al presidente de nuestra cámara de comercio acerca de esta tormenta, para que se pueda correr la voz de manera más eficaz."

Elena comentó, "Mark también me mandó a hablarle a mi padre acerca de esta tormenta, y ya les está extendiendo la palabra a sus vecinos."

Ahora se sentaron para la cena, que consistía en bistec de res importado de Argentina, papas al horno y espárragos. Para tomar, había un vino tinto chileno, llamado Casillero del Diablo. El postre era pastel de chocolate con café expreso.

Elena normalmente no bebía vino tinto, así que tomó un par de sorbos y le dio el resto a Mark.

Mark exclamó, "No he comido un buen bistec desde que llegué a Panamá, y tengo que decir que este es probablemente el mejor bistec que he comido en mi vida."

"Estoy contenta de que disfrutes de tu comida, Mark," dijo Esperanza, "No hay lugar en el mundo que tenga carne de calidad superior a la de Argentina."

"Y se ha asado a la perfección," continuó Mark.

Elena hablaba de sus viajes a las playas de Santa Clara y la isla de Taboga.

Mark comentó, "Nos fuimos a dar un paseo después de la puesta del sol en la playa en Santa Clara, y cuando llegamos a un punto donde no había ninguna luz que venía de la tierra, las estrellas eran absolutamente impresionantes. No había luna, y nunca vi tal concentración de estrellas en mi vida. Me sorprendió la intensidad de la iluminación que teníamos de nada más la luz de las estrellas."

Cambiando de tema, Mark preguntó, "Entonces ¿Qué novedad hay de la familia Mendoza?"

Pedro respondió, "Voy a viajar a Akron, Ohio pronto con motivo de negocios."

"Interesante," comentó Mark. "Espero que tu viaje sea exitoso."

Mark casi comentaba que Akron estaba a pocos kilómetros de Cantón, Ohio, pero se cambió de idea porque temía que Pedro podría tener interés en conocer al padre de Mark. Mark pensaba que no sería una buena idea, porque su padre tenía una tendencia de ser racista.

Mark volvió a Esperanza y le preguntó, "¿Cómo va tu trabajo de caridad?"

"Estamos trabajando en nuestro próximo evento para la recaudación de fondos. Que bien que me lo preguntas. Se me ocurre que tal vez podríamos contratarnos con el Conjunto Brisas Istmeñas para tocar en uno de nuestros eventos. Apuesto que tu participación en el conjunto, Mark, convencería a muchos de nuestros seguidores con curiosidad suficiente para venir a escucharte."

"Estaría contento de ser parte de algo así," respondió Mark. "Mencionaré la idea la próxima vez que me encuentre con los miembros del conjunto. Creo que el conjunto se beneficiaría también de tal oportunidad."

"Bueno, Mark, ¿Qué tal te parece que jugamos unos partidos de billar?" Preguntó Pedro.

"Sí. Me encantaría."

Al irse Mark y Pedro a la sala de billar, Elena y Esperanza se sentaron en sala para continuar la conversación.

"Entonces, ¿Qué opinas de Mark?" Preguntó Esperanza.

"Bueno, estamos muy definitivamente enamorados, y creo que él es el hombre más maravilloso que he conocido."

"¿Crees que a tus padres les va a gustar?"

"Mi padre inicialmente parecía un poco preocupado por mi relación con Mark, dado lo que sabía de Jack. Pero cuando le dije lo que dijo Mark sobre la amenaza del huracán Jane y las recomendaciones que Mark quería darle a mi padre, pues tenía mucha más confianza en la bondad de Mark. En cuanto a mi madre, creo que le va a gustar de inmediato, una vez que llegue a conocerlo."

"Bueno, Elena, por lo que he visto de él, creo que tienes una joya de hombre. Es educado, con talento, parece tener buen juicio, y parece que le gusta mucho estar contigo."

Una lágrima brotó en el ojo de Elena, y ella exclamó, "Disfruto mucho estar con él también."

Mark y Pedro volvieron a la sala, y Pedro dijo en broma, "Creo que no podemos tener a este tipo por aquí de nuevo. Es demasiado talentoso como jugador de billar. ¡Yo nada más gané un partido!"

Esperanza se rio diciendo, "Supongo que es una indicación de que tendrás que tomar medidas para mejorar tu juego."

"Bueno, en serio, tuvimos un buen tiempo," respondió Pedro.

Mark dijo a Elena, "Ya debemos de irnos. Tengo que prepararme para mi despliegue mañana." Dirigiéndose a Pedro y Esperanza, dijo, "Quiero que sepan que tenía un muy buen tiempo. Muchas gracias."

"Yo también." Comentó Elena.

"Estamos muy contentos por su visita. No hay duda de que esto solo es la primera de varias invitaciones que recibirán de nosotros," respondió Pedro.

Mark acompañó a Elena al apartamento de Susana y Bill.

Elena dijo, "Así que no te veré hasta el fin de semana entonces."

"Me temo que sí, a menos que el huracán Jane le obligue al comandante a cancelar el ejercicio. Pero me parece que hay poca probabilidad de eso."

"¿Puedo contar con que nos veamos en el baile el viernes?"

"Yo si planeo estar allí."

"Bueno, ten mucho cuidado. Nuestra selva puede ser peligrosa."

"No te preocupes. Me cuidaré."

Se abrazaron, se besaron, y Mark subió al autobús. Elena se quedó mirando, hasta que se perdió de vista el autobús.

Mark volvió a su habitación y encontró una nota en su puerta para llamar al Coronel Stone. Marcó el número de inmediato, y cuando el coronel contestó, Mark respondió, "Buenas noches, coronel Stone. Le llama el teniente Warner, como usted pidió."

"¿A qué hora ocurrirá tu informe para el general Maxwell mañana?"

"A las 06:00 horas, señor." (6:00 AM)

"He decidido que voy a asistir a esa reunión también. Sé que vas a hacer una buena presentación. Nada más quiero estar disponible para promover la credulidad de lo que tendrás que decirle."

"No hay problema, mi coronel."

Al colgar, Mark inmediatamente les escribió una breve nota de agradecimiento a Pedro y Esperanza, y también le escribió una nota a Elena para asegurarle de que la echaría de menos y que la quería. Después de poner las dos notas en el correo, fue a la estación meteorológica para ponerse al día sobre el huracán Jane y luego regresó a su habitación para hacer los últimos preparativos para el despliegue.

En la selva con Jane

El equipo núcleo de meteorología llegó al fuerte Clayton el lunes por la mañana a las 04:30 horas (4:30 AM) en preparación para su despliegue. La mayor parte de la preparación ya estaba hecha. El teniente Warner ayudó con algunos de los preparativos finales, pero pasó la mayor parte de su tiempo en la preparación del informe sobre el huracán Jane para el comandante general.

El coronel Stone llegó a las 05:30 horas (5:30 AM) para revisar el informe del teniente Warner.

"Parece que estás bien preparado," comentó.

Se reunieron con el coronel Johnson y procedieron a la oficina del general Maxwell a las 06:00 horas (6:00 AM).

El general Maxwell dijo, "No quiero tantos detalles. Que vayas al grano."

El teniente Warner comenzó, "El huracán Jane es ahora un huracán de categoría 4, con vientos máximos sostenidos de 145 millas por hora. Según el pronóstico, la trayectoria actual coloca el centro del huracán sobre Nicaragua el jueves por la noche. Los vientos huracanados se extienden desde el centro hacia afuera hasta 100 millas. Vientos a fuerza de tormenta tropical se extienden hacia fuera hasta 260 millas. Es una tormenta muy grande. Estoy pronosticando fuertes lluvias para el área de nuestro despliegue a partir del lunes, después de la medianoche. El martes hasta el miércoles sufriremos vientos con fuerza de tormenta tropical de 40 a 50 millas por hora, con ráfagas de 60 a 79 millas por hora, y veremos que las fuertes lluvias continuarán. Habrá inundaciones en áreas bajas, y los vientos serán lo suficientemente fuertes para tumbar nuestras tiendas de campaña y causarán algunos daños a nuestro equipo. Es posible también que algunos sufran heridas. La tormenta se apartará de nuestra área de despliegue el jueves por la mañana."

El general Maxwell volvió a Coronel Stone, "¿Estás de acuerdo con el pronóstico del teniente Warner?"

"Sí, mi general."

El general comentaba, "Hay dos cosas que quiero saber de esta experiencia. En primer lugar, quiero ver cómo funcionamos bajo las condiciones de una tormenta tropical; y en segundo lugar, quiero ver qué tipo de cobertura tendremos en tales condiciones para avanzar de sorpresa en contra de una supuesta amenaza enemiga. Esto no va a ser nada fácil, pero creo que ganaremos información muy útil acerca de nuestras capacidades en estas condiciones. Teniente, quiero que tu equipo documente en detalle lo que suceda, y quiero lo mismo de todo el personal de inteligencia que se desplegarán con nosotros. ¿Entendido?"

"Sí, señor," respondió el teniente Warner.

El coronel Johnson también respondió, "Sí, señor."

El general Maxwell luego comentó, "Buen trabajo, teniente Warner. Me alegro de que seas parte de nuestra brigada."

"Gracias, mi general."

"Eso es todo," concluyó el general.

Justo antes de comenzar el despliegue, el coronel Stone y el teniente Warner se reunieron con los miembros del equipo núcleo de meteorología. El teniente Warner les dijo, "Quiero, en primer lugar, destacar que el general Maxwell cuenta con nosotros para proporcionar documentación detallada sobre lo que suceda mientras que soportamos el azote del huracán Jane. Habrá otros que también producirán documentación, pero sin duda nuestras detalladas observaciones meteorológicas serán la mejor fuente de toda la documentación recogida, así que es importante por favor entender la importancia del trabajo que hacen."

"También, quiero saber que opinan sobre una cosa. Este es mi primer despliegue, y aprecio como me han ayudado en cuanto a la buena preparación que me proveyeron. Dada la situación con el huracán Jane, creo que es obvio que no debemos usar las hamacas de selva en este despliegue, y me pregunto si nuestra tienda de campaña puede aguantar el mal tiempo que ocurrirá. Tenemos dos buenos asientos en nuestro camión, donde dos personas pueden dormirse, y hay espacio en la cabina posterior del camión, detrás del pupitre de campo, donde una tercera persona puede dormirse. Eso es todo lo que necesitamos para las necesidades de dormirnos. Ya que el cabo Washburn anotará las observaciones meteorológicas durante su turno de noche de 12 horas, puede elegir dónde desea dormirse durante el día. Así que cuestiono si es prudente usar nuestra tienda de campaña. ¿Qué opinan ustedes?"

"Eso tiene sentido para mí," replicó el sargento Ryan. "La única cosa que nos puede causar un problema es si uno de los inspectores del general reporta que no estamos usando nuestra tienda de campaña."

"Bueno, eso es una posibilidad. Pero apuesto a que no vayamos a ver ningunos inspectores durante el tiempo en que todo el mundo se está alistando. Y después, las condiciones climáticas comenzarán a deteriorarse, y sospecho que tales inspecciones no serán tan importantes en la lista de prioridades. Así que no quiero armar la tienda de campaña."

"Nos parece bien a nosotros, señor."

Antes de marcharse, el coronel Stone le dijo al teniente Warner, "Tu informe al comandante general y tu liderazgo con tu equipo han sido muy profesionales y efectivos. Te felicito."

"Gracias, mi coronel."

~ * ~

El equipo núcleo de meteorología llegó a su lugar de despliegue, y de inmediato todos comenzaron a erigir su estación meteorológica. El teniente Warner insistió en que se seleccionara un sitio elevado para evitar inundaciones. Por las 14:00 horas (2:00 PM) la estación meteorológica ya funcionaba. Tenían comunicación por radio de alta frecuencia con la estación meteorológica de la base aérea de Howard, recibían mapas meteorológicos en su equipo facsímil, y también recibían fotos satelitales que daban buenas imágenes del huracán.

El sargento Taylor empezó a anotar sus observaciones meteorológicas cada hora, trabajando en la cabina trasera del camión.

El teniente Warner pidió al sargento Ryan que imprimiera una imagen satelital que mostrara lo impresionante que era el huracán Jane. En la imagen se notaba claramente que la porción sur del huracán iba, sin duda, a afectarles en el área de despliegue. Los vientos ya comenzaban a ponerse recios, y las observaciones meteorológicas de cada hora mostraban claramente el aumento de la nubosidad. La red de camuflaje que ocultaba su campamento se sacudía en el viento.

El teniente Warner tomó un momento para apreciar la estación meteorológica que acababan de erigir. Era impresionante cómo se ocultaba su campamento con la red de camuflaje que sus hombres levantaron, junto con las ramas de árboles naturales que habían tejido entre la red de camuflaje. Los cuatro miembros del equipo llevaban sus uniformes de la selva y se pintaron las caras con los dos tonos de verde de sus lápices de camuflaje. Desde afuera la estación meteorológica estaba virtualmente invisible, y era muy difícil detectar cualquier presencia humana debido a sus esfuerzos de camuflaje. La cuestión era si la red de camuflaje pudiera resistir los vientos del huracán.

También tomó un tiempo para visitar otras unidades desplegadas, y todas también estaban prácticamente invisibles para cualquier persona en el exterior. La brigada entera era como un pequeño pueblo, pero totalmente oculta del mundo exterior. Pero en su interior había un ajetreo continuo de actividad, que incluía la defensa de perímetro, planificación táctica, preparación de comidas, y el mantenimiento de los recursos desplegados. Mark encontró la complejidad de todo bastante sorprendente y bastante invisible. Contemplaba, sin embargo, como se vería el despliegue después de las consecuencias del huracán Jane.

El teniente Warner aprendió que normalmente durante el primer día de un despliegue, todo el personal desplegado comía comidas empaquetadas, que se llaman en inglés, *Meals Ready to Eat* (MRE). Pero, debido al huracán que se aproximaba, se tomó la decisión de proporcionar una comida caliente para todo el mundo. La idea era que las malas condiciones meteorológicas no permitirían la preparación de comidas calientes durante el próximo par de días.

La cena estaba prevista para las 17:00 horas (5:00 PM), y el general Maxwell ordenó una reunión de los oficiales a las 19:00 horas (7:00 PM). Así que el teniente Warner y el cabo Washburn fueron a comer primero, para que el teniente Warner tuviera tiempo después de la comida para prepararse para la reunión. Durante ese tiempo, el sargento Ryan hizo su parte para preparar la información meteorológica para la reunión.

Para una cena en la selva, la comida era bastante buena. Había pollo frito, macarrones con queso, guisantes verdes, y un pudín de tapioca para el postre. Había café para beber, y también Kool Aid. Después de comer, todo el mundo seleccionó suficientes MRE para durar hasta la tarde del jueves. Cada MRE se contenía en una bolsa de plástico grueso de color marrón, y todo el mundo recogió ocho MRE – tres para el martes, tres para el miércoles, y dos para el jueves. El teniente Warner pronosticaba que la tormenta se les alejaría el jueves por la mañana, así que el plan era que tuvieran una comida caliente para el almuerzo el jueves. Pero recogieron el segundo MRE para el jueves por en caso de que el mal tiempo se prolongara.

El teniente Warner llegó para la reunión justo antes de las 19:00 horas (7:00 PM). Él fue el primero en la lista de los presentadores.

El general Maxwell llegó a la reunión justo después de las 19:00 horas (7:00 PM) y todos los que estaban presentes en la tienda de campaña se pusieron en posición de atención. El General ordenó, "Siéntanse."

Todos se sentaron.

"Teniente, ven a hablar con nosotros."

El teniente Warner se puso de pie, y apuntando a su foto satelital, comenzó su informe, "Esta es la imagen del huracán Jane, y se ve que la tormenta ya pasó por encima de la península de Guajira que se comparte entre Venezuela y Colombia. Esta península recibió el impacto directo del huracán. En Venezuela, 11 personas murieron debido a las inundaciones repentinas, causadas por las fuertes olas del mar y las lluvias. Los deslizamientos de tierra e inundaciones mataron a 25 personas en Colombia. Las lluvias e inundaciones dejaron alrededor de 27.000 personas sin hogar. A lo largo de la parte Colombiana, se estima que los daños ascenderán a un mil millones de dólares. Tenga en cuenta que esta península se encuentra, en cuanto a su latitud, unas doscientas millas al norte de Panamá, así que no se esperan daños tan graves en Panamá. Dicho esto, mi pronóstico para nuestra ubicación de despliegue no ha cambiado. Pueden contar con fuertes lluvias que comenzarán después de la medianoche. El martes hasta el miércoles veremos los vientos con fuerza de tormenta tropical de 40 a 50 millas por hora, con ráfagas de 60 a 79 millas por hora, y las fuertes lluvias continuarán. Habrá inundaciones en áreas bajas, y los vientos serán lo suficientemente fuertes para tumbar nuestras tiendas de campaña y causarán otros daños. Es muy importante buscar refugio adecuado para evitar heridas. La tormenta partirá de nuestra ubicación de despliegue el jueves por la mañana."

"¿Así que no crees que vamos a tener un impacto directo aquí?" Preguntó el general Maxwell.

"Realmente tengo bastante confianza de que eso no ocurra. Pero por favor, que comprenda, mi general, Dios no presta atención a mi pronóstico antes de decidir lo que el tiempo nos traiga. Si se golpeare en Panamá directamente, el huracán Jane, como una tormenta de categoría 4, produciría muertos y daños catastróficos en todo el país, y nuestra capacidad de supervivencia en esta selva sería muy poco probable."

El general subrayó, "Entiendes que sí me digas que vamos a recibir un golpe directo del huracán Jane, mandaría nuestra brigada de vuelta al fuerte Clayton inmediatamente."

"Sí, mi general. Entiendo. Mi pronóstico sigue siendo que no recibiremos un golpe directo del huracán Jane."

Había una inquietud intensa en toda la tienda de campaña. Si no le tomaron al teniente Warner y este huracán en serio antes, ahora sí. Incluso, aún sin un golpe directo, todo el mundo entendía que se enfrentaban a una situación arriesgada.

Otros oficiales dieron también sus informes, todos de acuerdo con el escenario del ejercicio militar.

Al terminar los informes, preguntó el general Maxwell, "¿Están todos listos para enfrentar esta tormenta?"

Todos los oficiales respondieron al unísono, "Sí, señor."

"Está bien. La reunión ha terminado. Están todos despedidos, excepto por el teniente Warner."

Después de que todo el mundo saliera de la tienda de campaña, el general Maxwell preguntó al teniente Warner "¿Cómo vamos a documentar este evento?"

"Mi general, anotamos observaciones meteorológicas de rutina cada hora, 24 horas por día, y anotamos observaciones especiales cuando ocurran eventos claves, como cuando comience la lluvia y cuando escampe. Y también cuando se producen varios cambios de clima, que, en este caso, el cambio más pertinente sería un aumento significativo en los vientos. Y registramos otros comentarios que se consideren pertinentes."

"Muy bien. ¿Qué has hecho para proteger a tus tropas y tu equipo?"

"Hemos decidido no utilizar nuestra tienda de campaña. No creemos que permanecerá parada en esta tormenta. Creemos que nuestro camión nos proporcionará un mejor refugio. Además, cuando las condiciones meteorológicas comienzan a deteriorarse, estamos preparados para bajar las antenas para nuestra radio de alta frecuencia y nuestro equipo satelital meteorológico."

"¿Tus tropas tienen dónde dormir?"

"Sí, señor. Somos solamente cuatro personas, y uno de nosotros siempre estará trabajando para nuestras operaciones de 24 horas. En consecuencia, necesitamos nada más tres lugares para dormir, y tenemos esos lugares disponibles con los dos asientos de banco en el vehículo y un área en la parte posterior de la cabina del camión. Creo que estaremos bien, señor."

"Muy bien. Puedes retirarte."

"Gracias, mi general."

Cuando regresó a la estación meteorológica, le preguntó al sargento Ryan sobre los últimos datos.

El sargento Ryan respondió, "Los vientos están empezando a aumentar de velocidad. Hablé con el pronosticador de la jornada en la base aérea de Howard hace unos diez minutos, y me dice que el radar meteorológico indica que las lluvias comenzarán sobre el istmo, en cualquier momento ahora. Ya hemos bajado las antenas para protegerlas."

Eran ya cerca de las 20:30 horas (8:30 PM), y era todo muy oscuro. Una de las medidas claves para la formación de una ubicación de despliegue camuflada era el uso prudente de las luces. Por lo tanto, no había ninguna luz que era visible en todo el campamento. Todo el mundo utilizaba linternas con lentes de color rojo, que proporcionan muy poca iluminación que un enemigo no puede ver, pero dan una iluminación adecuada para el individuo que usa la linterna.

Todo el mundo se durmió, excepto el cabo Washburn que estaba anotando sus observaciones meteorológicas.

Las condiciones del tiempo comenzaron a deteriorarse rápidamente después de las 23:00 horas (11:00 PM). Comenzaban las lluvias muy fuertes, y ya había vientos cada vez más recios. Ocurrían truenos y rayos frecuentes. La frecuencia de los relámpagos era tal que el campamento estaba iluminado de manera casi continua con efecto de luces estroboscópicas. Los árboles en el área y las redes de camuflaje se golpeaban con furia en el viento y chocaban contra su vehículo. El sonido del viento era ensordecedor, y fue acentuado por el sonido de la caída de escombros y equipos que chocaban contra los árboles y otros elementos.

El cabo Washburn despertó al teniente Warner y le informó, "Los vientos están cambiando actualmente del oeste hacia el noroeste a 50 millas por hora, con ráfagas de 75 millas por hora."

El teniente Warner comentó, "Eso indica que la parte principal de la tormenta está pasando ya por encima del campamento."

De repente, una rama grande de un árbol se cayó en el vehículo y rajó el parabrisas, justo por encima de donde el sargento Ryan estaba dormido en el asiento delantero. Él despertó con un salto.

Procuraron conseguir el sueño, pero despertaron con frecuencia por la furia de la tormenta.

A las 06:00 horas (6:00 AM) el sargento Taylor reemplazó al cabo Washburn de sus labores, y comenzó su turno para anotar las observaciones meteorológicas de cada hora y las especiales. El cabo Washburn se acostó para dormirse en la cabina posterior del camión.

Tres de los cuatro miembros del equipo núcleo de meteorología ya estaban despiertos.

El teniente Warner sacó su primera comida MRE, que nunca había comido antes. En la bolsa de plástico grueso, leyó que la comida era buena hasta el año 2001. Se preguntó cuánto tiempo había estado la comida en la bolsa. Imprimido en la bolsa había una descripción de su contenido, y el teniente Warner leía que su primera comida MRE consistió en sobres individuales que contenían carne de vaca y una croqueta de papas que se parecía a un trozo alargado de carne molida para una hamburguesa. También había galletas saladas con una pasta de queso para untarlas, chocolate en polvo, café instantáneo en polvo, una galleta dulce, y cubiertos de plástico.

Diseñado para ser consumido frío o caliente, el teniente Warner no tuvo otra opción, sino de comer su comida MRE fría, ya que no había facilidades para calentarla. La comida no era tan mala, pero ciertamente el teniente Warner no comería una comida MRE, si había algo mejor disponible. Sin embargo, tenía mucha hambre, así que estaba contento de tener su comida MRE.

Le preguntó el sargento Ryan, "Creo que esta mezcla de chocolate es para ser mezclado con agua y consumido como una bebida, ¿Verdad?"

"Ese es su propósito previsto. Se mezcla mejor y tiene mejor sabor si hay agua caliente. Cuando no hay agua caliente, es mejor mezclarla con menos agua, para formar un tipo de pudín de chocolate."

El teniente Warner siguió ese consejo y encontró que el pudín de chocolate no era tan malo.

No había mucho que hacer durante el día o en la mañana del miércoles. El teniente Warner y los miembros de su equipo se quedaron sentados casi continuamente en el camión, que fue fuertemente bofetado por el viento. Prácticamente, la única actividad productiva entre todos en el campamento de despliegue eran las observaciones meteorológicas de cada hora y las especiales que el sargento Taylor y el cabo Washburn anotaban. Debido a los fuertes vientos, tenían que tener mucho cuidado al aventurarse afuera para evaluar la cobertura de nubes, la dirección y velocidad del viento, la temperatura, el punto de rocío, y la visibilidad. Se resignaron al hecho de que iban a estar continuamente empapados y fríos. No tenían ninguna comunicación con la estación meteorológica de la base aérea de Howard, porque habían bajado las antenas de la radio de alta frecuencia y del equipo satelital para protegerlas de la tormenta.

El avance de la tormenta parecía haber aumentado de velocidad hacia finales de la tarde del miércoles, y las condiciones meteorológicas comenzaron a mejorarse. Todavía hacía lluvia a cántaros, pero los vientos habían disminuido significativamente. El teniente Warner y el sargento Ryan decidieron aventurarse afuera. En algunas partes había agua en el suelo por encima de sus botas de combate. Y con el lodo bajo la superficie del agua se hundían aún más, así que el agua llegaba hasta la mitad de sus pantorrillas, y en ocasiones hasta las rodillas.

El camuflaje en todas partes estaba roto y desgarrado, y no servía mucho para ocultar nada. Erigieron la antena para la radio de alta frecuencia y lograron hacer contacto con la estación meteorológica de la base. Se enteraron de que los fuertes vientos y lluvias torrenciales causaron siete muertos en Panamá y dejaron $60 millones en daños. Mark se preocupaba sobre si Elena y su familia estaban a salvo.

El general Maxwell envió a un corredor para avisar a los oficiales claves que habría un informe en la tienda de campaña informativa a las 19:00 horas (7:00 PM).

Elena estaba muy preocupada por Mark, sabiendo que estaba en la selva durante ese tiempo tan peligroso. Un vecino de su padre fue al palacio municipal de Volcán, llamó a los Mendoza, y dejó un mensaje para hacerle saber a Elena que su familia estaba bien. Elena llamó a Pedro Mendoza, y, cuando respondió, le preguntó, "¿Estáis bien tú y Esperanza?"

"Sí. Estamos bien. Tuvimos algunos daños menores en nuestra propiedad, pero nada serio. ¿Qué hay de ti?"

"Estoy bien, pero hay unas inundaciones serias en las calles. Estoy muy preocupada por Mark. Sabes que se desplegó a la selva con el ejército."

"No comprendo por qué alguien querría estar en la selva durante una tormenta tan fuerte de este tipo."

"Mark no tenía otra opción, pues tenía que seguir las órdenes. ¿Hay alguna manera de saber si está bien?"

"Puede que tenga algunos contactos que me puedan proporcionar alguna información. Déjame ver qué puedo averiguar."

Cuando colgó, llamó a un amigo que conocía en el Estado Mayor del ejército Sur en el Cerro Ancón.

"Coronel Rivera aquí."

"Ignacio. Te llama Pedro Mendoza. ¿Cómo estás?" Preguntó Pedro en español.

"¡Pedro! Me da gusto oír tu voz. Estoy bien. Espero que no sufrieran daños por esta tormenta."

"No. No hay problemas serios. ¿Y tú?"

"Estamos bien. No tuvimos ningún problema con la tormenta en absoluto. ¿Qué puedo hacer por ti?"

"Espero que esto no sea una molestia para ti, pero tengo una amiga que es novia de un teniente de la fuerza aérea. El nombre del teniente es Mark Warner; es meteorólogo. Lo que pasa es que se desplegó con la brigada de infantería número 193 a un lugar en la selva de Panamá, y mi amiga está preocupada por su bienestar. ¿Tienes alguna manera para averiguar cómo está él?"

"Sí. Puedo llamar al comandante del escuadrón de meteorología en la base aérea de Howard. Seguramente él debe saber algo. Te volveré a llamar cuando sepa algo."

"Gracias, Ignacio."

Después de unos minutos, el coronel Rivera volvió a llamar.

"Ignacio. Veo que no demoraste nada."

"No fue nada difícil. Pedro, el teniente Mark Warner está muy bien. Es probable que esté bastante empapado, fangoso, y cansado. Pero si está bien."

"Muchas gracias, Ignacio. Mi amiga, Elena, estará muy aliviada al saberlo."

Pedro volvió a comunicarse enseguida con Elena. "Mark está bien. Como dijo mi amigo, el coronel Rivera, probablemente está bastante empapado, fangoso, y cansado. Pero está bien."

"Gracias. Pedro. Me siento mucho mejor ahora."

El teniente Warner llegó a la tienda de campaña informativa justo antes de las 19:00 horas (7:00 PM).

Una vez más el general Maxwell había programado que el teniente Warner diera su informe primero.

El teniente Warner comenzaba, "Panamá reporta siete vidas perdidas y $60 millones en daños. Anotábamos nuestras observaciones meteorológicas cada hora a lo largo de la tormenta y continuamos anotando observaciones. Tuvimos 14 pulgadas de lluvia y vientos máximos de 75 millas por hora. La tormenta aumentó la velocidad de su trayectoria, y las condiciones meteorológicas se están mejorando ahora."

"¿Cualquier daño para reportar?"

"Nuestras redes de camuflaje están hechas jirones y están rotas, y una rama de un árbol se cayó en nuestro camión y rajó el parabrisas. Creo que eso es todo."

Todos los demás oficiales reportaron daños parecidos. Uno de los oficiales, sin embargo, informó que uno de sus soldados fue golpeado en la cara por los escombros que volaban y sufrió una fractura en la nariz y laceraciones en el rostro.

El general Maxwell respondió, "Está bien. Mañana por la mañana tendremos un desayuno caliente, y luego terminaremos el ejercicio y volveremos al fuerte Clayton. Si ustedes pueden limpiar y guardar su equipo antes de que termine el día laboral, pueden gozar de un fin de semana extendido de 3 días. Teniente Warner, tú y tus hombres hicieron un trabajo excepcional."

Todos los presentes aplaudieron.

"Gracias, mi general."

Cuando el teniente Warner volvió a la estación meteorológica, explicó las órdenes del general Maxwell. Que, después del desayuno el jueves, terminará el ejercicio y todos volverán al fuerte Clayton. "Y si podemos limpiar y guardar nuestro equipo antes que termine el día laboral, podemos tener el viernes libre." Luego comentó, "El general nos felicitó por el buen trabajo que hicimos, diciendo que era un trabajo excepcional. Pueden estar orgullosos de sí mismos."

Todos respondieron, "Gracias, señor."

El sargento Ryan comentó, "Creo que podemos guardar todo nuestro equipo mañana temprano, y luego podemos volver a la estación meteorológica de la base aérea de Howard. Entonces será suya la decisión, mi teniente, en cuanto a lo que hacemos."

"Bueno, creo que después de la semana que hemos experimentado, cumpliremos nuestro día laboral mañana cuanto antes. Confío en que eso no va a dolerle el corazón a nadie aquí."

"No, señor. Creo que no nos quejaremos amargamente," respondió el sargento Taylor en tono de burla.

En la madrugada el equipo núcleo de meteorología estaba ya de pie y trabajando, y, al llegar la hora del desayuno, ya habían guardado casi todo su equipo. Se fueron a desayunar, regresaron, y antes de las 10:00 (10:00), ya estaban en camino de regreso al fuerte Clayton. Cumplieron todo el trabajo antes de las 14:00 horas (2:00 PM), y llegaron a la estación meteorológica de la base aérea de Howard a las 14:30 horas (2:30 PM).

El teniente Warner fue directamente a su habitación, se dio una ducha muy necesaria, puso su uniforme de combate en la lavandería, y dejó sus botas en un quiosco donde los indios Kuna tenían un pequeño negocio de limpieza de zapatos. Él no quería ni pensar en hacer ese trabajo. Las botas eran un desastre.

De vuelta en su habitación, Mark llamó a Elena en su puesto de trabajo. "Hola, Elena. ¿Me extrañaste?"

"Me preocupaba todo el tiempo que estuviste en la selva. ¿Estás de vuelta en la base aérea de Howard ahora?"

"Sí. Acabo de regresar hace rato. Estoy bastante agotado, así que solo quiero descansar hoy, pero estoy libre mañana. ¿Qué tan pronto podemos reunirnos?"

"Creo que puedo terminar mi trabajo a la 1:30 PM mañana. ¿Qué quieres hacer?"

"Entiendo que hay un muy buen restaurante en el Club de Oficiales en Amador. ¿Puedo llevarte allí para la cena?"

"Me parece maravilloso. ¿Podemos encontrarnos en la terminal de autobuses del área del Canal de Panamá? Sabes que tendremos que tomar un autobús desde allí para llegar a Amador."

"Está bien. Así es como haremos, mi amor."

"Perfecto. Hasta mañana."

Amenaza de separación

El viernes por la tarde, Mark consiguió su flauta y tomó el autobús en la parada de la base aérea de Howard. En la terminal de autobuses, Mark y Elena se encontraron, y charlaban mientras esperaban el autobús para Amador. Otro autobús se detuvo en la terminal. Después de bajarse los pasajeros, el conductor fue al despacho.

De repente, el autobús comenzó a rodarse hacia atrás. Mark notaba que nadie no hacía nada, y veía que el autobús se dirigía hacia un grupo de peatones. Mark corrió y subió al autobús. En ese momento, la gente empezó a gritar. Mark se sentó en el asiento del conductor, aplicó los frenos, arrancó el motor, puso el autobús en marcha, lo dejó de nuevo en su lugar de estacionamiento, y aplicó el freno de seguridad.

La gente empezó a aplaudir, pero el despachador salió corriendo, gritándole a Mark en español. Le acusaba de no tener derecho de manejar el autobús. Mark no sabía qué decirle al hombre en español, así que trató de explicar lo que sucedió en inglés. El despachador no le entendía y estaba claramente enfadado. Un oficial de policía de Panamá llegó cuando vio la confrontación. Ahora ambos le estaban gritando a Mark, y el oficial de policía sacó sus esposas. Elena trató de explicar lo que pasó, pero no le hicieron caso. Entonces un hombre, que era testigo, intervino y explicó lo que pasó y que Mark había evitado una tragedia. Al comprender la buena obra que hizo Mark, el despachador y el oficial de policía pidieron sus disculpas y le dieron las gracias por su acción rápida.

Mark y Elena volvieron a sus asientos para esperar el autobús de Amador. Mark comentó, "Esta ha sido una semana tremenda. Acabo de aguantar un huracán en la selva, y hoy casi me llevan a la cárcel."

Elena respondió, "Al contrario, ¡Probablemente salvaste algunas vidas hoy! Estoy muy orgullosa de ti, mi héroe."

"Lo único que hice fue parar el autobús."

"No. Todo lo que hiciste fue hacer lo que nadie más hizo. Por lo que debes de estar orgulloso de ti mismo."

Mark se sentía algo incómodo con este momento de fama, pero estaba contento de haber hecho tal buena obra.

Al llegar a Amador, el autobús los dejó cerca del Club de Oficiales, donde disfrutaron de una comida placentera. Después de cenar, Elena, con aspecto de preocupación en su cara, le dijo a Mark, "Necesito hablar contigo. Creo que no puedo seguir viviendo con mi hermana, Susana."

"¿Por qué no?"

"Bill se queja de que él y Susana no tienen privacidad suficiente. Y comprendo eso. El problema es que no sé qué hacer. Con lo que gano, no tengo dinero suficiente para alquilar mi propia vivienda. Estoy pensando que debo de volver a casa por un tiempo."

"¿Pueden darte un poco de tiempo para ver si podemos encontrar una mejor solución?"

"Tal vez. Pero me siento cada vez más incómoda con la situación. Están empezando a pelear." Elena pensó que era prudente no mencionar que Bill también estaba comportándose de una forma inapropiada con ella.

"Tengo todo el día disponible mañana. Vamos a ver lo que podemos hacer. Me imagino que hay poca probabilidad de que encontremos la solución perfecta mañana, así que puede que tengamos que ver lo que podamos hacer durante la semana también. Pero tenemos que encontrar algo. No quiero que te vayas."

"Yo no quiero irme tampoco." Respondió Elena.

"Estoy esperando que podamos encontrarte posada a un costo que yo pueda alcanzar," dijo Mark.

"Puedo ver que realmente quieres que me quede, pero no estoy conforme que tú pagues mi posada."

"Ni lo pienses más, pues no hay ninguna cuestión sobre esto. Nos amamos, y una separación ahora sería difícil en el mejor de los casos."

"Tienes razón."

Salieron del club de oficiales y llegaron a la YMCA a tiempo para que Mark pudiera ensayar con el conjunto. El conjunto tocaba bien, bailaban, y tenían un buen tiempo. Pero su nuevo problema estaba continuamente en su mente. Cuando el baile terminó, Mark acompañó a Elena al apartamento de Susana. Se pusieron de acuerdo para reunirse en la terminal de autobuses a las 8:00 AM. El plan era desayunar juntos, y dedicar el día para ver lo que pudieren hacer. Mark le abrazó a Elena, la besó, y le dijo, "No te preocupes. Te amo, y vamos a encontrar una solución."

Con una lágrima en el ojo, le replicó, "Te amo también, Mark. Espero que tengas razón."

~ * ~

Mark y Elena ahora estaban sentados en un restaurante en la Avenida Central, y Mark dijo, "Elena, se me ocurre que tal vez Pedro conozca a alguien que tenga una vivienda disponible. Después de comer, vamos a darle una llamada para ver si sabe de alguien."

"Esa es una buena idea. Mientras esperamos que traigan la comida, voy a comprar un periódico."

Dentro de poco regresó con la última edición de *La Estrella de Panamá*, y lo leía cuando la mesera traía la comida. El restaurante era el mismo donde Mark comió su desayuno durante su primer paseo en la ciudad, así que la mesera lo reconocía, y le saludó.

Mark respondió, "Hola. Gracias por cuidar tan bien de nosotros."

Elena bajó el periódico, y su cara reflejaba celos. "Así que ya conoces a esta mesera."

Mark le tocó la mano, y le sonreía. "No te preocupes. Realmente no la conozco en absoluto. Ella solo me reconocía como quizás uno de los pocos estadounidenses que ha venido a este restaurante. Vine aquí mi primer día en Panamá. Probablemente, se acuerda de mí también, porque hallaba chistoso que le enseñaba lo que había apuntado en mi libro de apuntes para pedir el desayuno # 1."

Elena también hallaba eso chistoso, y se reía. "Ya que te conozco, eso que ocurrió no me sorprende."

Cuando terminaron su desayuno, notaban que aún era muy temprano para llamar a Pedro, así que revisaban la sección de clasificados del periódico.

"Tengo que decirte, Elena, los apartamentos que están disponibles cuestan más de lo que puedo alcanzar."

"Ni siquiera pensar en eso. No necesito un apartamento entero. Lo único que necesito es habitación con comida."

"Bueno, quiero que sepas que mi preferencia sería la de instalarte en un apartamento."

"Pero nuestra meta es no separarnos."

"Esa si es la meta," Mark respondió. Estaba contento de saber que Elena estaba tan dispuesta a hacer lo que fuera necesario para que no tuvieran que separarse.

Encontraron varias habitaciones para alquilar, y las marcaban con círculos en el periódico. Ahora eran casi las 9:30, así que tomaron otra taza de café, Mark pagó la cuenta, y fueron a buscar un teléfono público para llamar a Pedro.

Después de escuchar la voz de Mark, Pedro comentaba, "Después de pasar la semana soportando un huracán en la selva, pensé que estarías durmiendo tarde hoy."

"Eso lo hice ayer."

Mark le explicó la necesidad de encontrar un lugar donde Elena pudiera vivir. "Tengo que decirte que un apartamento está fuera de la cuestión. Basado en los alquileres que piden en el periódico, yo simplemente no puedo alcanzar lo que quieren cobrar por un apartamento. Así que estamos buscando nada más una habitación que quizás incluya comida. Queremos saber si estás enterado de alguien que nos pueda ofrecer algo."

Pedro respondió, "Quiero que sepas que estaríamos encantados de ofrecerle posada a Elena, pero, como es de esperar, el transporte público aquí no está fácilmente disponible, y eso es algo que Elena necesita. No estoy al tanto de lo que sería adecuado, pero déjeme preguntarle a Esperanza. Ella puede saber de algo."

Después de un momento, Esperanza cogió el teléfono, "Es posible que sepa de una buena opción. Tengo una amiga que quizás tenga una habitación disponible. Creo que se utiliza actualmente para el almacenamiento. Déjeme darle una llamada para ver si la habitación puede estar disponible para Elena."

"Eso sería estupendo," respondió Mark, "Ahora mismo estamos en el centro. ¿Cuándo puedo volverte a llamar?"

"Le daré una llamada a mi amiga de inmediato. Llámame en 30 a 45 minutos."

"Está bien. Gracias por tu ayuda."

"De nada."

Mark volvió a Elena, "Esperanza pueda saber de una buena opción para nosotros. Tengo que volver a llamar en 45 minutos. ¿Dónde podemos ir ahora?"

Elena examinaba las opciones que había marcado en el periódico y encontró la que estaba más cerca de ellos. "Vamos a echar un vistazo a esta," dijo.

"¿Hay que llamar primero?"

"No. No es tan lejos. Vamos a ir allí."

El viaje en autobús tomó unos 10 minutos y al llegar, Elena tocó a la puerta. Una mujer abrió la puerta, y Elena le dijo, "Estamos interesados en la habitación que ofrece para alquilarse."

"Muy bien. Venga y se la enseño."

La habitación era muy pequeña y estaba en el segundo piso de la casa de la mujer. Uno de los requisitos para alquilar la habitación era que Elena tendría que proveer algunos servicios domésticos. Mientras que Elena no se oponía a este requisito, explicó que su trabajo podría limitar su tiempo para proporcionar tales servicios.

La mujer respondió, "Puedo ser flexible para los servicios que necesito. ¿Por qué no toma algo de tiempo para pensarlo mejor? Y si todavía tiene interés, que vuelva a comunicarse conmigo."

"Me parece bien," respondió Elena. "Gracias."

Luego Mark y Elena buscaron un teléfono, y Elena llamó a Esperanza.

Esperanza dijo, "El nombre de mi amiga es la señora Pérez. Ella si tiene una habitación que puede estar disponible, así que le dije que te mandaría a verla enseguida."

"¡Qué bien, Esperanza! Gracias." Elena tomó prestada la pluma de Mark para anotar la dirección.

Después de un corto viaje en autobús llegaron. El lugar era muy conveniente, ubicado en la Vía Porras, no muy lejos del apartamento de Susana. La parada de autobús estaba cerca y también el supermercado Gago.

Llamaron a la puerta, y, cuando la señora Pérez abrió la puerta, dijo Elena, "Mi nombre es Elena de la Vega. La señora Esperanza Mendoza me mandó a verla a usted sobre una habitación que quizás tenga disponible."

"Sí, señorita Elena. Se la enseñaré. Debo decirle que actualmente estoy usando el espacio para almacenamiento, así que no estará disponible inmediatamente hasta que se pueda desocupar."

"Creo que tenemos la flexibilidad de lidiar con eso, ¿Verdad?" Dijo Mark, al entender la situación.

"Este es mi novio, Mark. Creemos que tenemos flexibilidad para esperar hasta que la habitación esté disponible."

Señora Pérez volvió a Mark, "Mucho gusto."

Mark respondió, "Es un gusto para mí también."

La casa era grande; tenía tres pisos. La habitación estaba situada debajo de una escalera ancha en la planta baja. La señora Pérez explicó, "La habitación tendrá una cama, una mesa pequeña con dos sillas y una estufa de queroseno para cocinar. Justo fuera de la habitación hay una refrigeradora y un baño con ducha. Puedo alquilarle la habitación por 90 balboas al mes. ¿Qué les parece?"

"¿Podemos ver la habitación?" Preguntaba Mark.

"Por supuesto. Hay que tener en cuenta de que no está en condiciones para ser ocupada todavía."

"Entendemos."

Los tres fueron abajo para ver la habitación. Elena respondió, "Me gusta. Tendré un poco de privacidad, y podré preparar mis propias comidas. ¿Qué te parece, Mark?"

"Creo que hemos encontrado una buena solución."

Elena volvió hacia la señora Pérez, "Nos gusta la habitación. ¿Puedo hablar brevemente con Mark al respecto?"

"Por supuesto. Simplemente, llamar a mi puerta cuando estén listos."

"Gracias." Elena volvió a Mark, "Realmente quiero salir del apartamento de Susana cuanto antes. Sugiero que le proponemos a la señora Pérez que yo vuelva para ocupar la habitación para el primero de agosto. Eso le da tiempo a la señora Pérez para alistarla. Mientras tanto, puedo ir a ver a mi familia en Chiriquí. ¿Qué te parece?"

"Así que no voy a verte hasta que vuelvas a finales de julio. Creo que puedo soportar una ausencia tan larga. Vamos a ver si ese plan será aceptable para la señora Pérez."

Volvieron con la señora Pérez. A ella le gustaba el plan, y preguntó, "¿Cuándo se puede pagar el alquiler del primer mes?"

Elena tradujo la pregunta para Mark, y él respondió, "¿Sería aceptable si volvamos a traerle el pago después del servicio de la iglesia mañana?"

Elena tradujo la respuesta de Mark, y la señora Pérez respondió, "Claro. Muy aceptable."

"Muchas gracias, señora Pérez," dijo Elena.

Mientras se alejaban, Mark comentó, "Bueno, eso si salió bien. ¿Cuándo piensas viajar a Chiriquí?"

"Necesito comunicarme con mis padres para que sepan de mi viaje, y por supuesto que necesito avisarle a Susana. Estoy pensando que podría partir el próximo jueves."

"Tomaré algo de tiempo libre para llevarte a la estación de autobuses. ¿Y cuándo volverás?"

"Ya que la habitación no estará disponible hasta el primero de agosto, creo que ese mismo día sería el mejor día para volver."

"Obviamente, no tengo que decir que no estoy nada contento de contemplar tu ausencia."

"Yo también te voy a extrañar."

"¿A qué hora piensas salir el jueves?"

"Me gusta tomar el autobús a las 7:00 AM. De esa manera llego a la ciudad de David antes de las 3:00 de la tarde, y todavía tengo tiempo para tomar el autobús para Volcán que siempre llega antes del anochecer, por lo general más o menos a las 5:30 PM."

"¿Sus padres tienen teléfono?"

"No. Han aplicado para obtener un teléfono, pero ni siquiera tienen líneas telefónicas que llegan hasta a donde viven."

"Entonces, ¿Cómo vamos a comunicarnos?"

"Hay un teléfono en el pueblo de Volcán que puedo usar para dejar mensajes con los Mendoza, y así puedes recibir los mensajes de ellos."

"Así que mi soledad será total," respondió Mark.

Elena sonreía. "A menos que quieres ir conmigo."

"Me encantaría ir contigo. Ya que estoy tan recién llegado aquí, sería imposible conseguir tanto tiempo libre ahora."

"Bueno, algún día quiero que conozcas a mi familia."

"Y de todo corazón tengo muchas ganas de hacer eso."

Después del servicio de la iglesia el domingo por la mañana, Mark y Elena pasaron a pagar el alquiler de 90 balboas en la casa de la señora Pérez.

Pasaron cada momento posible juntos desde el domingo hasta el miércoles. Elena aún fue al garaje donde el Conjunto Brisas Istmeñas ensayaba el miércoles por la noche, solo para estar en la misma presencia con Mark. Mark avisaba que iba a llegar al fuerte Clayton tarde, para poder llevar a Elena a la estación de autobuses el jueves en la mañana. Elena estaría ausente durante unas tres semanas, que normalmente, no sería tanto tiempo, pero para Mark y Elena, les parecía como una eternidad.

El sargento Ryan se puso de acuerdo para recoger al teniente Warner a las 05:00 horas (5:00 AM) y llevarlo a la terminal de autobuses. Pues los autobuses que circulaban en el área del Canal no comenzaban a funcionar hasta las 7:00 AM. De ahí Mark tomó un taxi para recoger a Elena y llevarla a la estación de autobuses Tranchiri.

Temor de amor perdido

Tranchiri, la línea de autobuses, se encontraba en una plaza justo al lado de la Avenida Central, ubicada varias cuadras de la terminal de autobuses del área del Canal de Panamá. La plaza era atractiva con una variedad de plantas y árboles tropicales, y había numerosos bancos en la plaza, que proporcionaban asientos alternativos a los que estaban disponibles en la terminal de autobuses. Las luces de la calle todavía estaban encendidas durante este período del crepúsculo, antes del amanecer que ocurriría justo después de las 6:00 AM.

Mark y Elena llegaron a las 5:45 AM. Elena compró su boleto. Luego fueron a una pequeña cafetería donde comieron el desayuno.

Preguntó Mark, "¿Hay otra manera para comunicarnos durante tu ausencia, aparte de los mensajes telefónicos que puedes dejar con la familia Mendoza?"

"Las opciones son muy limitadas. Podríamos enviar cartas, pero mi familia solo recoge el correo una vez a la semana cuando van a la estafeta de correos en el pueblo."

Elena escribió la dirección postal de sus padres en el libro de apuntes de Mark.

"Bueno, si solo recogen el correo una vez por semana, voy a escribirte una carta cada semana."

"Y te escribiré también. Pero por favor entienda que la entrega del correo no es muy confiable."

A Mark no le gustaba escuchar eso.

"¿Y cuándo es que vas a regresar?"

"Como ya te dije antes, pienso volver el primero de agosto."

Terminaron su desayuno. El autobús para Chiriquí ya había llegado, y faltaban 20 minutos para la salida. El conductor guardó el equipaje de Elena. El autobús era de segunda mano, de tipo escolar, y de marca Blue Bird, como la mayoría de los autobuses utilizados para el transporte público en todo el país. También era igualmente decorado de color llamativo y pintoresco, con música alegre a todo volumen.

Mark y Elena encontraron un rincón oscuro en una calle lateral, y ahí se abrazaban. No hablaban mucho. Nada más querían saborear el contacto entre sí durante los minutos que se les quedaban, antes de que Elena tuviera que subir al autobús – contacto que tanto les haría falta durante la ausencia de Elena.

A las 6:50, se dirigieron al autobús. Había vendedores ambulantes que se habían reunido y se acercaban agresivamente a las personas por donde quiera: en los bancos del parque, en la terminal de autobuses Tranchiri; y aún entraron en el autobús para vender a los pasajeros también. Todos los asientos en el autobús estaban ocupados, y varias personas se quedaban de pie en el pasillo.

Mark preguntó, "¿Tendrás que estar de pie durante todo el camino para Chiriquí?"

"No. Es probable que alguien me ofrezca su asiento ahorita. Y mucha gente se bajará en los muchos pueblos a lo largo de la carretera. Aunque tenga que estar de pie hasta llegar a la primera parada en Arraiján, seguramente conseguiré un asiento al pararnos ahí."

Mark y Elena se abrazaron, se besaron por última vez, y Elena subió al autobús. Un joven le ofreció su asiento, así que Mark y Elena aún podían conversar y verse por la ventana del autobús. Mark notaba que Elena no podía contener las lágrimas. Él también estaba triste. A las 7:05 AM, Mark observaba mientras que el autobús se alejaba, dobló a la izquierda en una calle lateral, y desapareció de la vista. Tomó un taxi para la terminal de autobuses del área del canal, donde tomó el siguiente autobús para el fuerte Clayton. Nunca sentía tanta soledad en su vida. Más que nunca, Mark se dio cuenta de lo mucho que amaba a Elena.

~ * ~

Los días pasaban tan lentamente como los monos perezosos de tres dedos que abundan tanto en Panamá. Mark tocaba su flauta los viernes de la noche con el Conjunto Brisas Istmeñas, y se aprovechaba de su tiempo libre adicional para estudiar el español. Hacía buen progreso en sus esfuerzos de dominar los verbos irregulares. Como había prometido, enviaba cartas semanales a Elena, que escribía en español. Las cartas estaban llenas de expresiones de su amor por ella y decían que anhelaba tenerla en sus brazos pronto.

¡No recibió ninguna respuesta de Elena! Esto empezaba a pesar en su mente. Incluso, en la tercera semana de su ausencia, todavía no había recibido ninguna carta de Elena. Mark estaba preocupado, y comenzaba a deprimirse. Se preguntaba, *¿Qué estará haciendo? ¿Me extraña a mí tanto como la extraño a ella? ¿Será que se haya encontrado con algún novio anterior? ¿Iba a volver?* Empezaba a pensar lo peor.

Le llamó a Pedro. Él no estaba disponible, pero Esperanza contestó el teléfono. No había recibido ningún mensaje de Elena tampoco. Esperanza hizo todo lo posible para animarle a Mark, "Creo que no tienes por qué preocuparte por Elena. Sé que ella te ama. Hay que comprender que las comunicaciones telefónicas y los servicios postales no son tan fiables como lo son en los Estados Unidos, y eso es especialmente cierto para el interior de Panamá."

Las palabras de Esperanza le ayudaron, pero Mark todavía estaba bastante preocupado.

El primero de agosto, Mark tomó el día libre y se plantó en un banco del parque en la plaza adyacente a la terminal de autobuses Tranchiri. Llevó su libro de autoaprendizaje de español y trataba de estudiar, pero su preocupación y su esperanza de ver a Elena no le permitían hacer mucho progreso.

Pasó todo el día en la plaza. No había señales de Elena. El último autobús llegó, pero no llegó ella. Fue un día largo y caliente. Sin embargo, le dio un sudor frío mientras que iba de regreso a la base aérea de Howard. Llamó a los Mendoza, pero todavía no habían recibido ningún mensaje de Elena.

Visitó a la Señora Pérez y le explicó en su mejor español posible que Elena se retrasó, pero aún tenía esperanza de que siempre iba a ocupar la habitación.

Ella respondió, "No se preocupe. La habitación está lista para ella cuando vuelva. Y, por cierto, que está haciendo muy bien con su español."

"Gracias. ¿Puedo obtener la llave ahora?"

"Por Supuesto. Aquí está."

"Gracias de nuevo. Hasta pronto."

Antes de partir, echó un vistazo a la habitación y pensó, *No hay lujo aquí, pero creo que va a satisfacer las necesidades de Elena bastante bien.*

Pasaron tres días más, y todavía no había ninguna noticia de Elena. El teniente Warner habló con el coronel Stone, su comandante, y le explicó lo que pasaba, "Señor, me gustaría tomar una semana de vacaciones. Quiero ir a Chiriquí para ver si puedo encontrarla."

"Tú nunca has estado allí y, dadas tus limitaciones con el lenguaje, ¿Qué te hace pensar que puedes encontrarla?"

El teniente Warner respondió, "Tengo la dirección de la estafeta de correos allí, su familia está bien conocida, y la verdad es que he hecho muy buen progreso en mis estudios del español. Así que estoy seguro de que puedo encontrarla."

"Está bien. Sigue adelante y toma la semana de vacaciones."

"Gracias, señor."

Esa noche, uno de los meteorólogos, el capitán Bradford, se suicidó, lanzándose del puente de las Américas.

Entre todas las otras cosas que tenía que hacer, el coronel Stone le mandó al teniente Warner a que viniera a su oficina.

El teniente Warner entró y saludó diciendo "Mi coronel, el teniente Warner se presenta de acuerdo con sus órdenes."

"Debido a este suicidio totalmente inesperado, necesito aplazar tu viaje por un día. El capitán Bradford fue programado para ser el oficial de servicio hoy en día, y no tengo a nadie más para reemplazarlo. Sé que esto no es algo que has hecho antes, pero debo tener un oficial disponible para este deber."

Con gran dificultad el teniente Warner saludó con orgullo y respondió, "Sí, señor." Entonces le preguntó, "¿Tenemos alguna idea de por qué el capitán Bradford se quitaría la vida?"

"Lo único que yo sé es lo que el teniente Davis me dijo, que había algunos problemas en la familia del capitán Bradford, pero nada que nos diera una pista de que se suicidaría. Es realmente difícil aceptar que haya hecho tal cosa. Por supuesto que habrá una investigación."

"¡Qué triste! Me gustaba el capitán Bradford."

"Sí. Creo que para todos era un oficial bien estimado. Solo deseo que hubiera buscado algo de ayuda que podría haber evitado esta tragedia."

Si los otros días habían pasado tan lentamente como un mono perezoso de tres dedos, este último se arrastró como un mono perezoso con una pierna fracturada. Afortunadamente, el día transcurrió sin complicaciones. Sin embargo, era otro día de preocupación y ansiedad para Mark.

Hacia el final del día, el coronel Stone le avisó al teniente Warner, "Te necesito aquí hasta las 13:00 horas mañana. (1:00 PM) Después de eso, estarás libre para irte a Chiriquí."

Una vez más, el teniente Warner hizo todo lo posible para responder profesionalmente con porte militar, "Sí, mi coronel."

El teniente Warner no dejaba de fijarse en el reloj a lo largo de la mañana y hasta el momento de terminar su servicio a las 13:00 horas (1:00 PM). Tenía todo listo en su habitación para su viaje a Chiriquí. Todo consistía en una sola bolsa de papel que contenía una muda de ropa, la navaja de afeitar, el desodorante, y el cepillo de dientes.

Saliendo tan pronto como pudo, llegó a la estación de autobuses Tranchiri y compró su boleto. El próximo autobús llegaría pronto y saldría para Chiriquí a las 3:00 PM.

A las 2:45, vio llegar el autobús. Dobló la esquina y se paró en frente de la terminal de autobuses. De pie a la puerta del autobús, esperaba que los pasajeros se bajaran. Para la gran sorpresa de Mark, ¡Una de los pasajeros era Elena!

Llamó su nombre, y ella respondió, "Mark" y se apresuró a bajarse del autobús tan pronto como pudo.

"¿Cómo sabías que venía?" Preguntó.

"No lo sabía," y le enseñaba su boleto, y continuó, "Yo iba a tomar el autobús para ir a encontrarte."

Se quedaron mirando el uno al otro. Las lágrimas brotaban en los ojos de Elena. Lágrimas brotaban en los ojos de Mark también. Se abrazaron y el beso que compartían era apasionado e intenso. Estaban juntos de nuevo.

Fijándose en la bolsa de papel que llevaba, Elena se reía, y le preguntó, "¿Es este el único equipaje que tienes?"

"Estaba convencido de que iba a ser un viaje corto. No estaba seguro de si ibas a estar feliz de verme o no, o si lograría encontrarte. Así que no veía la necesidad de llevar tanto equipaje."

"¿Qué quieres decir que si estaría feliz de verte? ¡No aguantaba las ganas de estar de nuevo en tus brazos!"

"Elena, te escribí tres cartas, pero no recibí ninguna respuesta de ti, y vienes llegando con cuatro días de retraso. ¡Creo que no me he preocupado tanto en mi vida!"

"Lo siento mucho. Nada más he recibido una de las cartas tuyas, y yo también te enviaba una carta cada semana. Es probable que todavía recibas las mías. Puede que lleguen todas a la vez. Las líneas telefónicas no funcionaban debido al mal tiempo, y mi madre necesitaba que me quedara por unos días más. Pero siempre te extrañaba, y no dejaba de pensar en ti."

Mark respondió, "Lo importante es que estés de vuelta, y estoy tan contento de que estemos juntos de nuevo."

"Yo también."

"Bueno, mi comandante me dio una semana entera para ir a buscarte, así que podemos utilizar ese tiempo para la mudanza a tu nuevo hogar debajo de la escalera."

Elena oía a Mark, pero había algo más importante en su mente y comentó, "No puedo creer que ibas a Chiriquí para buscarme. ¿Cómo me ibas a encontrar?"

"Como le dije a mi comandante, pues, tenía tu dirección en la estafeta de correos, y pensé que no sería tan difícil encontrar a alguien en Volcán que supiera dónde estaba la Hacienda de la Vega. Así que tenía bastante confianza de poderte encontrar. ¿Qué opinas tú?"

"De saber de la tenacidad tuya, creo que si me hubieras encontrado."

Elena hallaba romántica y divertida la idea de que Mark se arriesgaría para buscarla en un lugar que le era muy extraño y desconocido, y especialmente que llevaba una sola bolsa de papel para su equipaje.

Se dirigieron al apartamento de Bill y Susana, e hicieron planes para la mudanza de sus pertenencias a su nuevo hogar el día siguiente en las horas de la mañana temprano.

Mark le dijo "Tengo un par de cosas que hacer mañana por la mañana, así que voy a llegar tan pronto como pueda para ayudarte con la mudanza."

Comían una cena ligera con Bill y Susana, y Mark regresó a la base aérea de Howard.

El hogar debajo de la escalera

Mark se levantó temprano y se dirigió al almacén militar en Corozal, que estaba ubicado en el camino para el fuerte Clayton. Ahí Mark le compró a Elena algunas cosas que iba a necesitar para su hogar debajo de la escalera. Entre las cosas que compró se incluyeron: un juego de platos, cubiertos, ollas y sartenes, y utensilios de cocina. Después, tomó un taxi para ir donde Elena.

Elena había empaquetado sus pertenencias y estaba lista para mudarse. Cuando Mark llegó y vio sus pertenencias empaquetadas, dijo, "Tendremos que hacer por lo menos dos viajes. Tengo un taxi esperando abajo con algunas cosas que traje, así que necesitamos marcharnos en seguida."

Mark y Elena bajaron las escaleras y subieron al taxi. Cuando llegaron a su nuevo hogar, el taxista abrió el maletero para revelar las cosas que Mark había comprado.

Sorprendida, Elena exclamó, "¡No puedo creer que me compraste todas estas cosas!"

"Bueno, vas a necesitarlas, ¿Verdad?"

Muy contenta por la consideración de Mark, Elena simplemente respondió, "Te quiero, Mark. Gracias."

Después de llevar los paquetes a la habitación, tomaron un momento para contemplar este lugar donde Elena iba a vivir. Era tal como la Señora Pérez la había descrito. Ciertamente, no era tan amplia, pero estaba limpia, acogedora, y recién pintada. Y lo que a Elena le gustaba más que todo fue el sentido de que ella tenía un lugar donde ella estaba libre para arreglar las cosas a su antojo. Había una bonita ventana a la derecha junto a la puerta de entrada, y su primera observación fue, "Voy a necesitar una cortina para esta ventana."

"Probablemente, tengamos tiempo aún hoy para comprar una cortina," respondió Mark, "Vamos a buscar tus pertenencias personales."

Al llegar al apartamento, su hermana, Susana, les sirvió un almuerzo ligero.

Susana comentó, "Me hará falta no tenerte cerca, Elena."

"No te preocupes. Mi vivienda queda a poca distancia de tu apartamento, a tiro de piedra. Así que vamos a tener lo mejor de todo. Tú y Bill tendrán más privacidad, y tú y yo podemos vernos siempre que queramos. Creo que todos vamos a estar muy contentos con este arreglo."

Mark y Elena recogieron las pertenencias personales de Elena, las cargaron en un taxi, y las llevaron al nuevo hogar. Luego fueron al Supermercado Gago para comprar algunos comestibles. También encontraron una buena cortina para la ventana, y Mark vio un ventilador que sabía que Elena apreciaría. Cuando estaban a punto de salir de la tienda, Mark vio también una mola enmarcada, y la incluyó entre las compras. Después de volver y guardar los comestibles, Mark colgó la cortina y la mola. Entonces se sentaron para saborear la satisfacción de tener un hogar seguro para Elena.

La señora Pérez se bajó a ver cómo le iba a Elena y comentó, "Ustedes ya han hecho que este lugar aparezca como un hogar confortable. Estoy bien impresionada."

"Gracias," respondió Elena, "Yo no podría estar más contenta, tanto con la habitación y también con este hombre de mi vida."

"Ahora eso si es romántico. Me alegro de tenerte aquí."

La señora Pérez se fue, y Elena comenzó a preparar la cena, y comentó, "Sabes, Mark, esta será la primera comida que comeré en mi propio hogar. Hasta ahora, he vivido con mis padres, y he vivido con mi hermana, pero ahora vivo en mi propio hogar humilde pero feliz, gracias a ti, mi amor."

Su primera cena en el hogar de Elena consistió en pollo frito, ensalada, arroz, junto con una pequeña botella de vino chileno. En solo un par de días, Mark había pasado de la desesperación de que Elena no volviera a la alegría pacífica de estar juntos de nuevo. Fue realmente un momento romántico y precioso para los dos. Ninguno de los dos tenía mucho en cuanto a las posesiones, lo que aumentaba aún más la alegría de estar juntos.

La próxima semana, Mark recibió las tres cartas que Elena le había escrito. Las tres llegaron el mismo día. Las cartas estaban llenas de palabras de amor y expresiones de los deseos de Elena de estar de vuelta en los brazos de Mark.

~ * ~

En el baile del viernes por la noche, mientras que el Conjunto Brisas Istmeñas se preparaba para tocar, José mencionaba a Mark, "La señora Esperanza Mendoza se puso en contacto conmigo para pedir que nuestro conjunto tocara para su evento de caridad el próximo sábado. Mencionó que tú y ella habían hablado sobre la posibilidad de nuestra participación. En primer lugar, te agradezco por haber hecho esa conexión importante. En segundo lugar, necesito saber si estarás disponible para el próximo sábado."

"De nada. Y, de lo que sepa yo, creo que si puedo estar disponible para tocar."

"¡Estupendo! Vemos esto como una gran oportunidad para ganar algo de fama valiosa, tanto por esta invitación y por la presencia tuya en el conjunto."

"Bueno, me complace que así opinen los miembros del conjunto. Espero que sepas que estoy muy contento de ser miembro del conjunto."

El baile estaba muy concurrido. Las multitudes que venían a escuchar el Conjunto Brisas Istmeñas se aumentaban cada vez más. Elena lucía sensacional, y Mark enfatizaba que la hallaba así. Mark no perdía ninguna oportunidad de bailar con ella, a pesar de que su participación en el conjunto exigía mucho su presencia.

Un amor del pasado

Mark y Elena estaban juntos todo el día el sábado, pasando gran parte de su tiempo en el hogar de Elena. El domingo fueron a la iglesia como de costumbre, sin saber la gran sorpresa que los esperaba. Llegó el momento para que las personas se saludaran en la congregación. Cuando se dieron la vuelta para saludar a la gente detrás de ellos, Mark se sorprendió al ver a Irene.

Mark preguntó con asombro obvio, "¡Irene! ¿Qué haces aquí?"

Irene respondió, "Quería verte."

No había tiempo para conversar más. Ya tenían que sentarse para la siguiente parte del servicio de adoración. Elena no sabía nada acerca de Irene, pero era obvio para ella que Irene y Mark habían tenido una relación íntima. La mirada que le dio a Mark reflejaba duda, desesperación, y dolor. Mark pudo ver claramente la fuerte consternación en los ojos de Elena, y las lágrimas comenzaron a brotarse en sus ojos y mojaban las mejillas.

Mark no sabía qué hacer en ese momento crítico. Sacó su libreta de apuntes y escribió, "Por favor, confía en mí. Irene no ha tenido ninguna parte en mi vida desde hace tiempo. Hay una explicación buena y válida. No tienes ninguna razón para dudar de mi amor por ti ni de mi fidelidad para contigo."

Elena leyó su nota. Mark la tomó de la mano, y ella apretaba su mano con fuerza. La incertidumbre que Elena experimentaba era fuerte. La tensión de la situación para Mark era insoportable.

Cuando terminó el culto y al salir afuera, la primera pregunta que Mark le hizo a Irene fue, "¿Cómo demonios me has encontrado?"

"No fue fácil," contestó Irene, "Te extrañaba, y quería ver si pudiéramos volver a estar juntos."

"Lamento que hayas hecho tanto esfuerzo y tantos gastos para venir a Panamá en vano. Seguramente recibiste mi carta en la que rompí nuestro compromiso de matrimonio, y, además de las razones que mencionaba en la carta, ahora debe ser muy obvio que no hay ninguna posibilidad de que tú y yo restablezcamos cualquier relación íntima, aparte de la amistad. Elena y yo estamos muy enamorados, y nada va a cambiar eso."

Elena comprendía muy poco de lo que dijo Mark, pero comprendió con claridad la frase "compromiso de matrimonio." También comprendía cuando Mark enfáticamente afirmó su amor por Elena, pero el choque de encontrarse de repente y de forma inesperada con esta rival, la exnovia de Mark, completa y totalmente eclipsó todo lo que dijo Mark.

La tensión del momento era muy fuerte.

Al ver cómo este encuentro afectaba a Elena, hasta el punto de pánico que hizo palidecer su cara, Mark dijo seriamente a Irene, "No hay nada más que discutir. Te sugiero que tomes el próximo vuelo de regreso a los Estados Unidos. Hemos terminado aquí." A medida que las lágrimas comenzaban a brotarse de los ojos de Irene, Mark concluyó, "Lo siento."

Mark volvió a Elena, la tomó de la mano, y se alejaron. Concluyó que era prudente esperar hasta que Elena pareciera calmarse un poco antes de tratar de explicarle lo que había ocurrido entre Irene y él. Él sostenía su mano, pero la mano de Elena era bastante floja en la suya.

Cuando regresaron al hogar de Elena, dijo finalmente, "Elena, hay mucho que puedo decirte sobre mi relación con Irene, y te lo diré. Pero lo que es más importante, quiero reiterar lo que te escribí en mi libro de apuntes. Que no tienes ninguna razón para dudar de mi amor por ti y de mi fidelidad para contigo. Y permítame añadir: Eres el amor de mi vida, y cualquier sentimiento que tenía por Irene no tiene comparación con el amor que siento por ti."

Con lágrimas en los ojos, Elena miró a los ojos de Mark con la consternación que todavía persistía. Mark la abrazaba con mucha ternura, aunque ella se aferró a él con poco rigor. Cuando por fin ella comenzó a reaccionar con más cariño, Mark se enderezó, la miró a los ojos, y dijo, "Ahora escúchame."

Mark continuó, "Algún tiempo antes de aceptar mi comisión como oficial en la fuerza aérea, Irene y yo teníamos una relación íntima. Francamente, yo la quería, y yo creía que ella me amaba a mí. Le pedí que se casara conmigo, y ella aceptó. Así que sí, nos comprometimos. Sin embargo, después de comprometernos, ella se puso cada vez más distante de mí. Yo no entendía. Esta situación me desilusionó bastante, porque la amaba."

"Cuando entré en la fuerza aérea, yo trataba de mantenerme en contacto con ella, pero ella no quiso responder. Junto con mi desilusión, también empecé a perder interés en nuestra relación. Así que cuando llegué a Panamá, me sentí desilusionado, solo, y ansiaba desesperadamente una relación nueva y significativa."

"Al conocerte a ti, despertó emociones dentro de mí que ya habían desaparecido. Si antes había alguna esperanza para rescatar aquella relación, ya comenzaba yo a darla por terminada."

"Casi inmediatamente después de que veía alguna esperanza de una relación íntima entre tú y yo, le envié una carta a Irene en la que explícitamente rompí nuestro compromiso. Que se nos presentó hoy fue totalmente inesperado para mí, tal como te fue claramente un tremendo impacto a ti. Y no sé si entendiste todo lo que le dije, pero le dije claramente que no había ninguna esperanza de que ella y yo restableciéramos nuestra relación, que tú y yo estamos muy enamorados, y que nada va a cambiar eso."

Elena respondió, "Mark, te amo con todo mi corazón, y estoy totalmente convencido de que me amas también. Lo que pasó hoy fue un gran impacto para mí, y todavía estoy experimentando ese impacto. Te creo, y estoy seguro de que este suceso no afectará negativamente nuestra relación. Por favor, ten paciencia conmigo mientras me recupere de lo que pasó hoy."

"Por supuesto. No hay cuestión sobre mi paciencia para contigo. La preocupación mía era sobre el impacto de este suceso en cuanto a nuestra relación. Tú eres muy importante en mi vida, así que necesitaba escuchar lo que me acabas de decir para tranquilizarme. ¿Hay algo más que puedo hacer por ti?"

"No por el momento."

"Bueno, como yo te conozco, sugiero que hables con tus amigas que nos conocen bien. Creo que serán una fuente de aliento, consuelo, y ayuda para ti."

"Me alegra escuchar tu consejo, y yo sin duda voy a darles una llamada."

"Te amo profundamente y de todo corazón, Elena."

"Yo también te amo mucho."

Mark y Elena pasaron toda la tarde lidiando con el traumático encuentro con Irene, y ni siquiera pensaron en comer el almuerzo. Así que Elena preparó una cena temprana que no solo disfrutaron, sino que también servía para poner la mente de Elena más tranquila. Mark estaba convencido de que Elena necesitaba un poco de tiempo para sí misma y una oportunidad para hablar con sus amigas, como se lo había sugerido. Así que se despidió de ella. Mark la besó con ternura y afecto, le aseguró una vez más de su fiel amor por ella, y volvió a su alojamiento en la base aérea de Howard.

Siguiendo el consejo de Mark, Elena llamó enseguida a Leticia, Esperanza, y Susana, la hermana de Elena. Cada una dijo más o menos lo mismo: Que era bastante obvio que Mark estaba muy feliz de estar con ella, que es un hombre que sabe como tener una relación amorosa con una mujer, que valora y halla gusto en tal relación, y lo más importante, que Elena es precisamente la mujer con quien está tan profundamente enamorado.

Después de estas conversaciones, se puso a reflexionar en la determinación de Mark para ir a buscarla en Chiriquí, cuando temía que tal vez la perdiera, y lo dulce que era su reunión fortuita cuando Mark estaba a punto de abordar el mismo autobús en que ella venía llegando. Además de estas cosas, contemplaba otros maravillosos recuerdos que habían experimentado juntos. Así que Elena comenzó a sentirse cada vez más convencida de que no tenía nada de que preocuparse.

Todo el drama del día la hizo sentirse agotada físicamente. Así que se acostó temprano y durmió profundamente hasta la mañana. Cuando despertó, se sentía descansada y feliz de ser la mujer tan amada de Mark.

Misión de espionaje

Durante el próximo par de semanas, Mark se preparaba para la misión de espionaje en Chiriquí, prevista para el 25 de agosto, cuando iba a viajar con el mayor Juan López y el capitán Chris Crane.

El Conjunto Brisas Istmeñas tocó en el evento para la recaudación de fondos de la caridad, encabezada por Esperanza. Resultó ser, no solo un éxito para la recaudación de fondos, sino también una gran oportunidad para que el conjunto consiguiera algo de fama valiosa, que eventualmente le abriría la oportunidad de aparecer en la cadena de televisión RPC en Panamá.

Mark y Elena se aprovechaban de cada minuto disponible para estar juntos. Los viernes por la noche, después del baile, Mark acompañaba a Elena a su hogar, y por lo general no se iba hasta la mañana siguiente. Siempre salía lo suficientemente temprano antes de que la vecindad despertara, para asegurarse de que Elena no sería el blanco del bochinche local.

El español de Mark se mejoraba rápidamente, y fue oportuno porque su diccionario de bolsillo se iba desgastando. Ahora podía sostener una conversación decente con Elena y otros en español, y solo de vez en cuando tenía que usar el diccionario.

El mayor Juan López, el capitán Chris Crane, y el teniente Mark Warner dedicaban bastante tiempo en desarrollar los objetivos para su viaje inminente a Chiriquí. Todos se reunían con el general Maxwell y el coronel Johnson el 11 de agosto, dos semanas antes de su despliegue. En la reunión se discutieron los siguientes temas:

- La creciente probabilidad de que la intervención militar sería necesaria para remover al general Noriega del poder.
- La importancia de las ciudades a lo largo de la frontera de Panamá con Costa Rica, especialmente Paso Canoas y Río Sereno en la provincia de Chiriquí.
- Escenarios climáticos que pudieran proporcionar una ventaja durante las operaciones militares en el área.
- Líderes de la oposición que podrían proporcionar apoyo a las fuerzas militares estadounidenses en Chiriquí, tales como el alcalde de Río Sereno, Mario Lascano.
- Ubicación de las unidades de la Fuerza de Defensa de Panamá en Chiriquí.
- Identificación de los civiles que podrían ser blancos de represalias por parte del régimen de Noriega, como Arturo y Raúl de la Vega. (Padre y hermano de Elena)

El coronel Johnson decía, "No puedo enfatizar lo suficiente que estos temas que acabamos de mencionar son clasificados de alto secreto, y solo se pueden discutir con el personal que tiene el acceso necesario a la información clasificada y que tienen una necesidad comprobable de saber esta información. ¿Hay alguna pregunta acerca de eso?"

El mayor Juan López, el capitán Chris Crane, y el teniente Mark Warner todos respondieron al unísono, "No, señor."

"Y reitero la importancia de referirse el uno al otro por sus nombres, y no por sus rangos y apellidos."

El mayor López respondió, "Sí, señor."

Con la mención de los nombres Arturo y Raúl de la Vega, Mark experimentó cierta consternación, no solo porque se consideraban como posibles blancos para represalias, sino también porque sabía que tenía que revelar su relación con ellos. Por eso declaraba, "Tengo que informarles de que Arturo y Raúl de la Vega saben quién soy yo, porque la señorita Elena Victoria de la Vega, mi novia, es la hija de Arturo y la hermana de Raúl. Entiendo que lo más probable es que nos vayan a apoyar, pero podría ser peligroso para ellos saber de mi participación ahora, debido a la clasificación alta secreta de nuestra misión de espionaje."

El general Maxwell comentó, "Ese es un buen punto." Dirigiéndose al mayor López, dijo, "Si tienen por casualidad que reunirse con la familia de la Vega, es necesario asegurarse de que el teniente Warner no participe en tal reunión."

"Sí, señor," respondió el mayor López.

En la preparación para su salida, alquilaron un vehículo civil de tracción en las cuatro ruedas, y llevaban una balsa diseñada para el canotaje como parte de su imagen de ser turistas durante el espionaje encubierto. Tenían reservaciones en el Hotel Dos Ríos en Volcán. Planeaban salir temprano en la mañana del 25 de agosto, así que Mark pasó el último día antes de su salida con Elena.

Elena quería saber, "¿Hay alguna posibilidad de que puedas conocer a mi familia?"

Mark respondió, "Elena, tengo que asegurarme de que comprendas muy bien lo que te voy a decir. He mencionado muy poco acerca de este viaje, porque no puedo hablar de lo que vamos a hacer, y sería mejor que ni siquiera supieras que vamos a Chiriquí. Debido a la situación política actual, es extremadamente importante que no hables de nuestro viaje con nadie. Es crucial para la seguridad tuya, la seguridad de tu familia, y la seguridad mía. Para responder a tu pregunta, no puedo comunicarme con tu familia de ninguna manera durante este viaje."

"¿Puedes decirme al menos cuando volverás?"

"Espero estar allí más o menos una semana. Te llamaré en cuanto regrese. Lo más probable es que no pueda ponerme en contacto contigo durante el viaje."

Después de esta conversación en el hogar de Elena, se fueron a un restaurante que se llamaba La Cascada. Mientras viajaban en el autobús, Elena le dijo a Mark, "Creo que te va a gustar este restaurante. Los clientes se sientan al aire libre, y el ambiente es tal de estar en un pícnic. También tienen una cascada simulada. Y, en cuanto a la comida, tienen un muy buen plato de pescado de corvina que tanto te gusta."

A Mark sí le gustaba el restaurante. Había extensas plantas en todo el restaurante, y el agua que fluía simulaba no solamente una cascada, sino también una quebrada que circulaba por todo el restaurante, y había ventiladores colocados estratégicamente para proporcionar un ambiente muy cómodo y tropical. El restaurante se ubicaba en la Avenida Balboa, con una gran vista del Golfo de Panamá y la estatua de Vasco Núñez de Balboa.

Así que después de la cena disfrutaron de un agradable paseo por la orilla del golfo, caminando de la mano, en compañía de pelícanos que no les prestaban atención alguna. En el crepúsculo, justo antes de ponerse el sol, había gaviotas que volaban al azar en el cielo. Una brisa suave y refrescante felizmente los acariciaba y jugaba con el pelo largo y negro de Elena, y les bendecía con un maravilloso contraste con el calor y la alta humedad habitual, tan típico de la ciudad de Panamá.

Después de regresar al hogar de Elena, Mark y Elena se abrazaron brevemente, y concluyeron la noche con un beso de despedida que era tierno pero, para ellos, demasiado corto.

"Hasta luego, mi amor," Mark dijo cuando su autobús se acercaba.

Elena, con lágrimas en los ojos, le dio a Mark un último beso, y él se subió al autobús.

~ * ~

El mayor Juan López, el capitán Chris Crane, y el teniente Mark Warner (Juan, Chris, y Mark para este viaje) partieron justo después del desayuno.

Este fue el primer viaje de Mark a lo largo de la carretera Panamericana que iba más allá de Santa Clara. La carretera Panamericana pasaba por la selva y las montañas, interrumpida de vez en cuando con varios pueblos. Mirando a través de los valles de la selva,

Mark divisaba pequeñas comunidades de chozas que eran muy parecidas a los bohíos que había visto en la playa de Santa Clara, con sus techos de paja tejida. Más o menos cada hora se encontraron con los autobuses Tranchiri, tanto acercándose a ellos y rebasándoles a velocidades que eran excesivas para las condiciones de la carretera en la que viajaban. El límite legal de velocidad era de 80 kilómetros por hora, pero con frecuencia se encontraban atascados detrás de camiones bien cargados que andaban muy lento, especialmente en las cuestas arriba. Había que aguantar estas velocidades bajas hasta que se encontraran con un tramo recto de carretera que les permitía rebasar, pero solo después de una larga fila de carros por delante que también esperaban su oportunidad para adelantarse.

Se detuvieron en un restaurante chino para el almuerzo en Santiago, que está a medio camino para la provincia de Chiriquí. Santiago es un pueblo más grande, que probablemente la califica para ser llamado una ciudad. Unas horas más tarde, llegaron a la Provincia de Chiriquí. Las montañas eran más altas con más curvas, y en consecuencia los camiones eran aún más lentos y con menos oportunidades para adelantarse de ellos. De vez en cuando se veían indios Guaymí a lo largo del camino. Las mujeres Guaymí, al igual que las mujeres Kuna, llevaban ropa muy colorida, pero no tan pintoresca como la vestimenta única de las mujeres Kuna.

Cuando llegaron a la ciudad de David, la tercera ciudad más grande de Panamá, se detuvieron para obtener direcciones para llegar a Volcán. Decidieron que pasarían algo de tiempo en David, si fuere posible, en su camino de regreso al fuerte Clayton. Saliendo de David para Volcán, comenzaron a ascender a las elevaciones altas del volcán inactivo. En el camino, pasaron por el Hotel Bambito, y Mark, comentó, "Eso parece un hotel muy bonito. ¿Por qué no nos hospedamos allí?"

Juan respondió, "Sí, es un buen hotel, pero creo que te gustará el Hotel Dos Ríos. Además, el general Noriega es uno de los dueños del Hotel Bambito, cosa que aumentaría la probabilidad de enterarse de nuestra presencia en la región."

Pasaron por la pequeña área comercial de Volcán donde obtuvieron direcciones para el Hotel Dos Ríos, y poco después llegaron al hotel. El hotel era rústico pero cómodo. El personal era amable y cordial. Las habitaciones eran pequeñas pero atractivamente mantenidas. No había aire acondicionado, y no era necesario, ya que la temperatura media oscilaba entre los 22 y 26 grados, condiciones muy cómodas. Después de instalarse en sus habitaciones, Juan, Chris y Mark cenaron en el pequeño restaurante del hotel y disfrutaron de un par de cervezas.

Mark comentó, "Tienes razón, Juan, me gusta este hotel. ¡Buena elección!"

Juan respondió, "Nada más una entre dos opciones."

Preguntó Chris, "¿A qué hora vamos a empezar a trabajar mañana?"

Mark replicó, "Noté que no sirven el desayuno aquí hasta las 8:00."

Juan respondió, "Bueno, vamos a comer el desayuno a las 8:00, y luego nos marcharemos."

El desayuno consistía en huevos frescos, que eran mucho más sabrosos que los huevos que normalmente comían. También servían chorizos, yuca, jugo de naranja recién exprimido y café.

Después del desayuno partieron para Paso Canoas. Mientras que andaban en ruta, Mark comentó, "Sé que también iremos a Río Sereno. Cuando vamos allí, me gustaría llegar bastante temprano en la mañana. Como sabes, Juan, la palabra sereno, además de significar pacífico, también se refiere a una llovizna muy ligera. Esta llovizna es más como una niebla muy pesada, pero se compone de pequeñas gotitas de agua, mucho más pequeñas que las gotas de agua normalmente asociadas con la llovizna. En un terreno como este, el sereno se forma generalmente bastante temprano en la mañana, y reduce significativamente la visibilidad, pero se disipa rápidamente. Para las misiones de tipo de infiltración que contemplamos, dichas condiciones de sereno pueden proporcionarnos una buena cobertura para ocultarnos del enemigo."

Chris respondió, "Eso me parece bien, Mark. Es posible que hayas justificado tu participación en este viaje con nada más esa contribución."

Durante su visita en Paso Canoas, notaron que esta ciudad fronteriza estaba repleta de personas panameñas y costarricenses que cruzaban libremente entre las tiendas en ambos lados de la carretera que marcaba la frontera. Hubo una presencia significativa de la Fuerza de Defensa de Panamá, así como una presencia de personal de seguridad de Costa Rica, pero no había prácticamente ningún esfuerzo para controlar los cruces fronterizos. Juan, Chris, y Mark visitaron varias tiendas en cada lado de la frontera, y nadie les preguntó nada ni pidió sus pasaportes. Llegaron a la conclusión de que la Fuerza de Defensa de Panamá tenía la capacidad de cerrar la frontera en Paso Canoas con facilidad, y sin duda lo haría si ocurrieran hostilidades.

Para mejorar la percepción de que eran turistas, Juan, Chris, y Mark regresaron a su hotel, almorzaron, y fueron al río Chiriquí Viejo con su balsa de canotaje para enfrentarse al desafío de las aguas bravas. Conocido como uno de los mejores lugares en Centro y Sudamérica para el canotaje, Juan, Chris, y Mark pronto descubrieron que iba a ser un desafío fuerte, se quedaron empapados, y tenían un gran tiempo.

Volvieron al hotel a tiempo para una cena tarde, se relajaron en el salón, y bebieron un par de cervezas.

Al día siguiente se levantaron temprano y llegaron a Río Sereno antes de las 7:00 AM. Efectivamente, la visibilidad era menos de una milla debido al sereno que se había formado. Era prudente que alquilaron un vehículo con tracción en las cuatro ruedas, porque el camino desde el hotel hasta Río Sereno tenía numerosos boquetes grandes. Cualquier vehículo que no tuviera tracción en las cuatro ruedas nunca podría navegar por este camino. Después de comer un desayuno al aire libre en una pequeña cafetería, visitaron la frontera. Río Sereno no fue nada tan ocupado como Paso Canoas, y prácticamente no había personal de patrulla fronteriza. A las 9:30 de la mañana, el sereno pesado empezaba a disiparse, y Mark tomó nota de esto, al igual que su estimación de que la visibilidad se redujo a menos de una milla.

Fueron al palacio municipal en Río Sereno para reunirse con el alcalde Mario Lascano. El alcalde los invitó a su oficina y cerró la puerta. Les advirtió a mantener sus voces bajas, y les aseguró que él y muchos otros en el área apoyarían las operaciones militares para quitar al general Noriega del poder. Juan le pidió información acerca de dónde estaban ubicadas las tropas de la Fuerza de Defensa de Panamá, y le pidió también una lista de personas en el área que deben ser incluidas en una lista de evacuación. Mark le preguntó cómo los residentes locales en el área sabían cuándo iba a formarse el sereno que había observado, y si había alguna forma de predecir cuánto tiempo duraría.

El alcalde respondió, "Puedo tener la información disponible mañana sobre la ubicación de las tropas de la Fuerza de Defensa de Panamá y la lista de personas que deben ser evacuadas. Por supuesto, voy a estar en esa lista."

En respuesta a las preguntas de Mark, el alcalde explicó, "Si va a formarse el sereno aquí, casi siempre se forma temprano en la mañana, entre las 05:00 y 06:00 AM. La probabilidad de formarse es más alta cuando hace lluvia antes del mediodía, durante el día anterior, pero sin tormentas eléctricas. Los vientos normalmente son muy ligeros, y las temperaturas no pasan por encima de 24 grados. Cuando se produzcan estas condiciones, existe una alta probabilidad de que el sereno se forme durante la mañana siguiente. El sereno se disipa consistentemente entre las 09:00 y 10:00 AM."

"Gracias, señor. Esa información es valiosa para nosotros," respondió Mark, mientras revisaba las notas que había tomado.

Chris le preguntó a Mark, "¿Por qué esas condiciones son factores que aumentan la probabilidad para la formación del sereno?"

Respondió Mark, "La lluvia, cuando ocurra temprano en la mañana, aumenta la humedad relativa. Las temperaturas más bajas contribuyen a un ambiente estable y también son favorables para aumentar la humedad aún más. Y los vientos ligeros y variables en la noche, por lo general deben persistir durante toda la noche hasta la mañana. Vientos que no sean ligeros y variables impedirán la formación del sereno."

Chris preguntó al alcalde, "¿Está de acuerdo usted de que Río Sereno sería un lugar mejor que Paso Canoas para operaciones de infiltración para evacuar a la gente que se va a incluir en la lista que solicité?"

"Sin lugar a dudas. Todo es, en general, muy tranquilo aquí. La presencia de la Fuerza de Defensa de Panamá es mucho más grande en Paso Canoas. Sin embargo, estoy seguro de que ya saben que la presencia de la Fuerza de Defensa de Panamá se aumentará significativamente una vez que comiencen las hostilidades. Así que las evacuaciones deben ocurrir inmediatamente después de que comiencen las operaciones militares."

Juan le preguntó al alcalde, "¿Cuál sería la mejor manera para recibir la información restante que le pedimos?"

Preguntó el alcalde, "¿Dónde están alojados?"

Juan respondió, "El hotel Dos Ríos."

"Bueno. Mañana vamos a encontrarnos allí para el desayuno y traeré la información que pidieron."

"¿Cuál es el riesgo de que seamos descubiertos?" Preguntó Chris.

"El riesgo es bajo. Los dueños del hotel son amigos míos y no son amigos de Noriega."

Concluida la reunión, Juan le dijo al alcalde, "Gracias por reunirse con nosotros y por su ayuda. De vez en cuando es posible que queramos ponernos en contacto con usted de nuevo, por lo que nos gustaría mantener nuestras líneas de comunicación abiertas."

Respondió el alcalde, "Pueden contar conmigo para cualquier cosa que ayude nuestra causa. Hasta mañana."

Después de la reunión, regresaron al hotel, cenaron, y luego fueron a la habitación de Juan para organizar la información que habían recibido y para redactar su reporte.

Las conclusiones eran los siguientes:

- De las dos ciudades fronterizas de Chiriquí (Río Sereno y Paso Canoas), Río Sereno ofrece las mejores ventajas para las operaciones militares contra las fuerzas de Noriega.
- En Río Sereno, cuando se produzca la formación de sereno en la mañana, ofrece una buena cobertura para las operaciones de infiltraciones para las evacuaciones. Para fines de pronóstico, lluvias en la mañana del día anterior, sin tormentas eléctricas, la

temperatura máxima de 24 grados durante ese día, y vientos ligeros y variables durante la noche hasta la mañana son buenos predictores para la formación de sereno durante la mañana siguiente entre las 05:00 y las 06:00 horas (5:00 y 6:00 AM), con disipación que normalmente ocurre entre las 09:00 y las 10:00 horas (9:00 y 10:00 AM).

- El alcalde Mario Lascano es un contacto fiable y una fuente de información útil para la recolección de inteligencia.
- La ubicación de unidades de la Fuerza de Defensa de Panamá. (Que se incluirá en la información que será proporcionada por el alcalde Lascano.)
- La identificación de los civiles que podrían ser blanco de represalias por parte del régimen de Noriega. (Que se incluirá en la información que será proporcionada por el alcalde Lascano.)

Durante el desayuno, el alcalde Lascano, le entregó a Juan la información sobre la ubicación de las tropas de la Fuerza de Defensa de Panamá y la lista de los residentes locales que serían vulnerables a represalias por parte de los partidarios de Noriega. Mark notó que la familia de la Vega estaba entre los primeros en la lista.

Después del desayuno, el alcalde Lascano partió, y Juan, Chris, y Mark se reunieron de nuevo en la habitación de Juan para incluir la información recibida del alcalde en el reporte que comenzaron el día anterior. Juan usaba la máquina de facsímil del hotel para enviar el reporte al coronel Johnson. Después se comunicó con la secretaria del coronel Johnson para confirmar que llegó bien el reporte completo. Luego Chris quemó los papeles que habían creado para asegurarse de que no se encontraran por en caso de que personal de la Fuerza de Defensa de Panamá los detuviera para interrogarlos durante su viaje de regreso.

Pasaron el resto del día en actividades de ocio para ser consistente con su cobertura como turistas. Mark visitó varias tiendas pequeñas en Río Sereno, y compró un poco de tasajo (un tipo de carne seca) y un par de aretes de oro de 18 quilates para Elena, hecho por un artesano local. También compraron fresas frescas, cultivadas localmente en el clima fresco del volcán, y visitaron una granja de truchas, donde compraron pescado fresco junto con una hielera con hielo para preservar el pescado durante su viaje de regreso al fuerte Clayton.

A la mañana siguiente salieron del hotel a las 10:30 y comenzaron su viaje de regreso al fuerte Clayton. Tal como estaba previsto, se detuvieron en la Ciudad de David, donde hicieron más compras. Mark se compró un par de zapatos de cuero de alta calidad y un cinturón de estilo vaquero, todo hecho a mano por un zapatero local. Fueron a un restaurante local llamado *McPatos*, que imitó un restaurante McDonalds. Juan y Mark sospechaban que el restaurante fue nombrado así debido a la canción *Old McDonald Had a Farm* (El Viejo McDonald Tenía una Finca), y que los propietarios del restaurante creían que había una conexión entre la canción y el restaurante *McDonalds*. Cada uno pidió un *Gran McPato* (que era casi igual que un Big Mac), con trozos de yuca frita, y un batido de leche malteada. Y mientras comían, los tres comenzaron a cantar la canción, *Old McDonald Had a Farm.* Por supuesto, los otros clientes en el restaurante miraban con desconcierto confundido, como si fuera a preguntar, "¿Qué están haciendo estos americanos locos?"

Durante su viaje de regreso al fuerte Clayton, se detuvieron de nuevo en Santiago para una cena temprana en el mismo restaurante chino. Cuando llegaron a Río Hato, un miembro de la Fuerza de Defensa de Panamá los detuvo brevemente. Tenían que presentar sus pasaportes civiles estadounidenses. Cuando un teniente les preguntó sobre el propósito de su viaje, Juan explicó que tenían un buen tiempo en el Río Chiriquí haciendo el canotaje en las aguas bravas, y todos le mostraron sus compras al teniente. El teniente aceptó su historia y los dejó pasar.

Después de llegar al fuerte Clayton a las 19:00 horas (7:00 PM), Mark llamó al centro de vehículos para pedir a un chofer para llevarlo de vuelta a su habitación en la base aérea de Howard. Tan pronto como regresó a su habitación, llamó de inmediato a Elena para hacerle saber que estaba de vuelta. Por supuesto, Elena quería saber todo acerca de su viaje, y Mark dijo, "Ha sido un día largo, y estoy cansado. Estoy muy ansioso por verte. Vamos a reunirnos mañana para tener esta conversación."

"Muy bien. Entiendo. Que descanses bien. Te amo, y nos vemos mañana."

"Te amo mucho. Hasta mañana."

Al levantarse por la mañana, Mark se duchó, se afeitó, se vistió, y se puso sus nuevos zapatos y el nuevo cinturón. Luego tomó el autobús para ir a ver a Elena. Ella lo esperaba en la terminal de autobuses, y fueron a un restaurante para desayunar. Mark le dio los aretes que había comprado, y, por supuesto, ella era todo sonrisas y muy contenta.

Mark le contaba a Elena todo sobre su viaje a Chiriquí desde el punto de vista de un turista, sin ninguna pista que revelara su papel como miembro del equipo de espionaje y sus esfuerzos para la recopilación de información de inteligencia.

Planes para el futuro

Elena comentó, "Me pesa que no pudiste conocer a mi familia durante tu visita a Chiriquí."

Mark respondió, "Elena, créeme. Estoy muy interesado en conocer a tu familia, pero me sentiría mucho más cómodo de hacer tal visita cuando tú y yo podamos ir a allá juntos. Tú eres esencialmente la única razón importante para que yo conozca a tu familia. Sugiero que planeemos un viaje tan pronto como sea posible, específicamente con el propósito de que yo conozca a tu familia."

Ahora hablaba con entusiasmo efervescente, y Elena se apresuró a decir, "¡Eso es una gran idea! ¿Cuándo crees que nos podemos ir?"

Mark replicó, "Creo que tendrá que ser después de la época navideña."

Elena se desilusionó de nuevo. "¿Por qué no durante la época navideña? Pensaba que la Navidad sería un momento perfecto."

"A mí también me gustaría ir para la Navidad, y eso sería mi preferencia si tuviera esa opción. Lo que pasa es que habrá un gran número de militares que viajarán durante la temporada de Navidad. Y, debido a que soy recién llegado aquí en Panamá, otros tendrán mucha más prioridad que yo. Es más, para qué se planea viajar en Navidad, uno ya tenía que haber recibido la aprobación de su comandante y ya tenía que haber hecho su reserva de viaje con seis meses de anticipación. Por eso, simplemente no es posible para nosotros. Lo que sí puedo y voy a hacer enseguida es someter mi reserva para vacaciones durante la época navideña en diciembre de 1988. Pero, por el momento, vamos a planear un viaje que podamos hacer más pronto."

Elena frunció las cejas y se formó un ceño en la cara, "Creo que entiendo."

"Bueno, tengo que coordinar con mi comandante para las fechas específicas que queremos. También necesitaré coordinar las fechas con el Coronel Johnson en el fuerte Clayton. ¿Crees que una semana sería tiempo suficiente, o será mejor que pida diez días?"

"¿Por qué no pedimos los diez días? Si nada más pedimos una semana, puede ser más difícil de conseguir diez días si eso es lo que realmente necesitamos y queremos."

"Eso tiene sentido. Vamos a identificar dos períodos de tiempo ahora. De esa manera puedo pedir a mi comandante que él escoja cuál de los dos períodos funcione mejor, en lugar de pedirle que diga sí o no para un solo período de tiempo. Pues no quiero oírle decir que no."

"¿Qué fechas crees que funcionan mejor para ti?"

"En cuanto al período de tiempo más favorable, yo diría que lo mejor sería la segunda semana de enero o la segunda semana de febrero durante la estación seca, cuando hace mejor tiempo. Eso es también el período en que los niños no están en la escuela, así que supongo que probablemente funcione mejor con el horario de trabajo tuyo. ¿Qué opinas?"

Elena respondió, "Si vamos en febrero, también estaríamos allí durante el carnaval. Creo que si te gustaría eso."

"Eso me parece muy bien. Déjame ver lo que puedo hacer."

Mark y Elena estaban prácticamente inseparables a través del fin de semana. Fueron al baile la noche del viernes, y el sábado fueron a la playa en Amador por la mañana, y fueron al cine en la noche. Como de costumbre, fueron a la iglesia el domingo, y luego fueron a visitar a Pedro y Esperanza después. Estas fueron solamente las actividades previstas. Aparte de eso, solo disfrutaron de estar juntos.

El lunes por la mañana, antes de ir al fuerte Clayton, el teniente Mark Warner fue a ver a su comandante, el coronel Stone, para coordinar las vacaciones que quería tomar para visitar y conocer a la familia de Elena. Los otros miembros del equipo núcleo de meteorología lo esperaban en la estación meteorológica.

Preguntó el Coronel Stone, "¿Cómo es tu calendario de despliegues para enero y febrero?"

Respondió el teniente Warner, "No hay ningunos despliegues en enero o febrero. Después del nuevo año, el siguiente despliegue será a Perú en marzo."

"En ese caso, escoja el mes que quieras. Supongo que también coordinarás con el Coronel Johnson."

"Sí, señor. Tengo la intención de hablar con él hoy mismo, si está disponible."

"Muy bien. Que procedas así. Cambiando de tema, confío en que tu viaje a Chiriquí salió bien."

"Sí, señor. Logramos nuestros objetivos y también encontramos tiempo para disfrutarnos un poco. Hicimos el canotaje en aguas bravas del río Chiriquí, y era increíble."

"Que bien. Que tengas un buen día, Teniente."

"Gracias, mi coronel." El teniente Warner le saludó a su comandante, y se retiró después de que su comandante le devolvía el saludo.

El equipo núcleo de meteorología llegó a su oficina en el fuerte Clayton a las 09:15 horas (9:15 AM) y ahí el teniente Warner encontró una nota que dirigía que fuera a la oficina del Coronel Johnson. Al llegar, la secretaria le avisó al coronel que el teniente Warner había llegado.

El coronel Johnson le dijo a su secretaria, "Dile al teniente Warner que siga esperando, y que confirmes que el mayor López y el capitán Crane vienen llegando a mi oficina. Avísame cuando lleguen, luego diles a los tres que me vengan a ver. También dile al teniente Warner que quiero enterarme de los resultados de su viaje para Chiriquí."

Después de colgar, la secretaria les llamó inmediatamente al mayor López y al capitán Crane, como el coronel Johnson había mandado, para decirles que vengan a reunirse con el coronel Johnson. Luego se volvió hacia el teniente Warner, "En cuanto lleguen aquí el mayor López y el capitán Crane, el coronel Johnson quiere reunirse con los tres para hablar de su viaje a Chiriquí."

Después de unos quince minutos, el mayor López y el capitán Crane llegaron. Luego la secretaria le informó al coronel Johnson de su llegada, y los tres oficiales fueron a su oficina.

Después de los saludos militares de costumbre, el coronel Johnson comenzó, "Me alegra que regresaron bien. Por favor, díganme lo que necesito saber"

El mayor López, el capitán Crane, y el teniente Warner procedieron a informar al coronel Johnson sobre su misión de espionaje en Chiriquí, refiriéndose con frecuencia al reporte que habían escrito, que sirvió de base para su conversación con el coronel.

Preguntó el coronel Johnson, "¿Tuvieron algún contacto con la familia de la Vega?"

El mayor López, que era la persona principal que respondía a las preguntas del Coronel, respondió, "No, señor. Ni llegamos cerca de su hacienda."

El coronel Johnson respondió, "Eso es bueno. En Chiriquí, Arturo de la Vega y su hijo Raúl se encuentran entre los que más critican al régimen de Noriega. Y, como hemos comentado antes de su viaje, estábamos preocupados de que cualquier contacto con ellos podría haber llamado la atención no deseada de la presencia de ustedes en el área, suceso que pudo haber revelado nuestra misión clandestina para llevar a cabo el espionaje. Y dado el hecho de que el teniente Warner está saliendo con su hija, tal contacto correría el riesgo de ser aún más problemático. Cuando comiencen las hostilidades, la familia de la Vega estará entre los primeros en nuestra lista de personas para ser evacuados fuera de Panamá."

Preguntó entonces el coronel Johnson, "¿Tuvieron algún contacto con los miembros de la Fuerza de Defensa de Panamá?"

Respondió el mayor López, "Sí, señor. Nos detuvieron en Río Hato y querían saber los motivos de nuestro viaje. Les dijimos que fuimos a Chiriquí para hacer el canotaje en las aguas bravas del Río Chiriquí, y les mostramos algunas de las cosas que habíamos comprado. Luego nos dejaron pasar sin más preguntas."

El coronel Johnson luego se volvió hacia el teniente Warner, "Estoy especialmente interesado en tus comentarios acerca de la formación de sereno en Río Sereno. ¿Con qué efectividad podría este sereno proporcionarnos la cobertura que necesitaríamos para fines de infiltración?"

"Cuando el sereno esté presente, la cobertura sería muy efectiva. La reducción de la visibilidad causada por el sereno sería una gran ventaja que nos permitiría infiltrarnos sin ser detectados para evacuar a los refugiados de Panamá a Costa Rica. Para pronosticar el sereno se requiere la presencia de lluvias durante la mañana del día anterior, sin tormentas eléctricas. También necesitamos temperaturas máximas de 24 grados más o menos, y vientos ligeros y variables durante la noche. Cuando se produzcan estas condiciones, hay una alta probabilidad para la formación del sereno entre las 05:00 y 10:00 horas de la mañana. (5:00 AM y 10:00 AM). Al igual que cualquier pronóstico, no hay garantía absoluta de que estas condiciones ocurran de acuerdo con el pronóstico."

"¿Cuándo veré su informe final?"

El mayor López respondió, "Esperamos tenerlo listo para usted al final de esta semana, mi coronel."

"Muy bien. Su siguiente misión los llevará a la embajada de Estados Unidos en San José, Costa Rica, a principios de noviembre, y yo los acompañaré. El embajador organizará una reunión con el liderazgo político de Costa Rica para identificar y aprobar lugares cerca de la frontera con Panamá que funcionarán como centros de refugio para los panameños de alto riesgo que queremos evacuar fuera de Panamá. Voy a decirles ahora, si recibimos la luz verde para sacar a Noriega, ustedes tres van a ser participantes activos en esta misión de evacuación – en especial, el teniente Warner. Tus pronósticos de los mejores días para la formación de sereno en Río Sereno serán cruciales."

"Sí, señor." Respondió el teniente Warner.

"Bueno. Eso es todo. Pueden retirarse."

Los tres saludaron y se fueron, excepto por el teniente Warner, que le preguntó al coronel, "Señor, ¿Puedo coordinar con usted sobre otro asunto?"

"Por supuesto, teniente. Adelante."

"Como usted sabe, mi novia es la señorita Elena Victoria de la Vega, hija de Arturo de la Vega. Ella y yo queremos visitar a su familia, ya sea en enero o febrero. ¿Cuál de esos meses funciona mejor para nuestras operaciones?"

"Nuestro próximo despliegue después del Año Nuevo, que requerirá tu participación, ocurrirá en marzo. Así que creo que funcionará cualquiera de esos dos meses. ¿Tienes la intención de tomar un mes entero de vacaciones?"

"No señor. Pensamos tomar nada más diez días. Teniendo en cuenta lo que acaba de decir usted, vamos a planear el viaje para febrero. Elena quiere que vea yo las fiestas de carnaval en Chiriquí."

"Me gusta eso. Asistir a las fiestas de carnaval ayudará a no llamar la atención de que un militar estadounidense está visitando a la familia de la Vega. Creo que no tengo que enfatizar la importancia de estar incógnito mientras que estés allí."

"Desde luego, entiendo muy bien, mi coronel."

"Es posible que me aproveche de tu visita con la familia de la Vega para transmitir cierta información al señor Arturo. Volveré a comunicarme contigo sobre eso más tarde. ¿Hay algo más?"

"No, mi coronel."

"Está bien. Puedes retirarte."

"Gracias, señor." Respondió el teniente Warner. Le saludó, y el Coronel le devolvió el saludo, y Mark se fue.

Esa noche, Mark llamó a Elena, "Tengo la aprobación para tomar diez días de vacaciones en febrero."

"Eso está muy bien. Voy a mandar a decirles a mis padres que tenemos planeado visitarlos."

Durante el resto de la conversación, Mark le informó a Elena que él tendría que ir de viaje a Costa Rica en noviembre, pero omitió el motivo del viaje.

Viaje a Costa Rica

Llegó noviembre rápidamente, y el mayor López, el capitán Crane, y el teniente Warner hacían los preparativos finales para su viaje a Costa Rica. La semana antes del día de acción de gracias, el coronel George Johnson, el mayor Juan López, el capitán Chris Crane, y el teniente Mark Warner subieron un avión C-130 que despegó de la base aérea de Howard a las 07:30 horas (7:30 AM). Este vuelo rutinario llegaba a varios países de América Latina cada dos semanas para entregar suministros a las embajadas estadounidenses y proporcionar transportación para los mensajeros del departamento de estado de los Estados Unidos. El avión había llegado de Bogotá, Colombia la noche anterior, y la siguiente parada sería en San José, Costa Rica.

Al llegar a San José, se bajaron del avión y subieron directamente una limusina que se les acercó, y se paró justo al lado del avión. Justo después de poner su equipaje en la limusina, se dirigieron directamente a la embajada de Estados Unidos y se reunieron brevemente con el embajador Deane Hinton.

El embajador Hinton explicaba, "Tenemos reservas para ustedes en el hotel Barceló, un hotel de 5 estrellas, que se ubica a menos de 2 kilómetros de la embajada, y estamos seguros de que estarán cómodos allí. Nuestra reunión con los líderes políticos de Costa Rica tendrá lugar mañana a las 10:00 AM en la Casa Presidencial. El presidente Óscar

Arias Sánchez asistirá a la reunión. Servirán un desayuno a las 10:00 y nuestra reunión seguirá justo después. Un miembro del personal de la embajada los recogerá en su hotel a las 9:30. ¿Alguna pregunta?"

"No, señor," respondió el coronel Johnson.

"Bueno. La limusina los llevará al hotel. Que disfruten el resto del día. Nos vemos mañana."

Después de instalarse en el hotel, almorzaron en el restaurante del hotel. El coronel Johnson sugería que fueran al restaurante La Criollita para la cena. "Este es un gran restaurante que es muy popular entre los locales y sirve comida tradicional de Costa Rica."

"Parece bien," respondió Juan.

"Estupendo. Vamos a reunirnos en el vestíbulo del hotel a las 6:00 PM. Por cierto, nos llamaremos por nuestros nombres, sin rangos y apellidos, excepto en la embajada y la Casa Presidencial."

Puesto que tenían algo de tiempo libre, Chris y Mark decidieron pasear por la ciudad. El tráfico en San José no era muy diferente de la que circulaba en la capital de Panamá – ruidoso y caótico. Había un montón de taxis y autobuses. Debido a la elevación de algo más de 1.100 metros, las temperaturas eran cómodas, mucho menos que las de la ciudad de Panamá, pero no tan bajas como en Volcán. Con una población de más de 300.000 personas, San José es una ciudad grande. Había un montón de gente en todas partes, y Mark y Chris se encontraron con varios expatriados estadounidenses que se habían establecido como residentes en San José. Visitaron varias tiendas y se detuvieron en una cantina para tomar una cerveza cuando venían en camino de vuelta al hotel. Mark se detuvo en una joyería para comprar un collar de oro con un colgante de esmeralda para Elena.

De vuelta al hotel a las 6:00 PM, George, Juan, Chris, y Mark tomaron un taxi para el restaurante la Criollita. El restaurante estaba ubicado en un centro comercial. No había fachada de lujo, y no había nada para atraer a los turistas, ya que no se promovía como un restaurante para turistas. El restaurante estaba lleno de gente, y la mayoría de los clientes eran locales. A Mark le gustó lo que vio. No hablaban tanto. Entraron y tenían que esperar una mesa. La comida era excelente. Todos comenzaron con un ceviche de camarón. George, Juan, y Chris pidieron carne de res asada. Mark optó por probar la corvina. Las cenas venían con ensalada, arroz y frijoles. Todos pidieron flan de postre. El ambiente era sencillo y cómodo.

No había mucha conversación, porque los temas que motivaban su viaje eran cuestiones que no podían discutir en público. Disfrutaban su comida, el personal del restaurante era amable, y tenían un buen tiempo.

~ * ~

George, Juan, Chris, y Mark se reunieron en el vestíbulo del hotel a las 9:00 AM para tomar café. La limusina de la embajada los recogió justo a las 9:30, y se dirigieron a la Casa Presidencial. El conductor les dijo que el embajador Hinton y su personal se reunirían con ellos allí. Llegaron a las 9:50.

Un edificio nuevo, el estilo arquitectónico de la Casa Presidencial no incluía ninguna gran fachada distintiva. El interior, sin embargo, era lujoso y ostentoso. El embajador Hinton y su personal estaban esperando en el vestíbulo que estaba situado en la entrada principal del edificio. Cuando llegó la limusina, acompañaron al coronel Johnson, el mayor López, el capitán Crane, y el teniente Warner a un amplio comedor donde tomaron sus asientos a una mesa que estaba preparada para unas treinta personas. Había letreros que identificaban donde todo el mundo debe sentarse. Los miembros del equipo del presidente también llegaron y se sentaron. A las 10:05, un individuo entró en el comedor y anunció, "El presidente de la República de Costa Rica." Todo el mundo se puso de pie, y no se sentaron, hasta que el presidente tomó su asiento.

El presidente Arias luego dijo, "Bienvenidos a la República de Costa Rica. Anticipo una buena reunión hoy. Pero primero, por favor, vamos a disfrutar de un buen desayuno."

Para el teniente Warner era muy obvio que él era la persona de menor rango en el comedor, pero se contaba afortunado, porque estaba sentado bastante cerca del presidente.

Después de algo de conversación entre los que estaban sentados a la mesa, el teniente Warner, con cierto temor, le dijo al presidente en español, "Señor presidente, he leído que usted ha sido seleccionado para recibir el Premio Nobel de la Paz por su liderazgo en los esfuerzos para lograr la paz en América Central. Felicidades, señor."

"Muchas gracias, teniente Warner. Tu español es bastante bueno. ¿Hablaste español antes de tu llegada a Panamá?"

"No, señor presidente."

"¿Por cuánto tiempo has estado en Panamá?"

"Unos seis meses, señor presidente."

"Entonces, ¿Cómo aprendiste español tan rápido?"

"Me enamoré de una mujer atractiva de Panamá que no habla inglés, señor presidente."

El presidente se rio con ganas y comentó, "Puedo comprender cómo una mujer atractiva de América Latina podría acelerar fácilmente el proceso de aprendizaje para ti."

Un miembro del personal de la embajada traducía la conversación para las personas de habla inglesa que estaban presentes.

El mayor López miraba al teniente Warner con cierta sorpresa y le susurró al coronel Johnson, "Sabía que Mark estaba estudiando el español, pero me sorprende que haya aprendido tan rápidamente."

El teniente Warner luego le preguntó, "Señor presidente, ¿Cómo es el proceso de selección para competir por el Premio Nobel de la Paz?"

El presidente respondió, "Es un proceso muy laborioso. Se necesitan varios meses para participar en numerosas entrevistas. Debo decir que sin duda es un honor ser seleccionado para esta gran distinción, pero también era una carga exigente para cumplir el proceso de selección y ocuparse a la vez con las complejidades del gobierno."

Después de desayunar, procedieron a una sala de conferencias para comenzar la reunión. En el camino, el coronel Johnson susurró a Mark, "Teniente, nunca dejas de sorprenderme. Me alegra que te trajimos con nosotros."

"Gracias, mi coronel, por sus palabras tan amables."

Cuando todos estaban sentados en la sala de conferencia, un miembro del equipo del presidente les aseguró que la sala de conferencia era un lugar seguro para los temas que se iban a discutir.

El embajador Hinton presentó una visión de conjunto de los objetivos de la reunión, "El gobierno estadounidense ve la necesidad de un cambio de régimen en Panamá, a fin de que los futuros esfuerzos de paz sigan la trayectoria hacia el éxito. Gracias a usted, señor presidente, el impulso para lograr una mayor paz en la región está progresando bien. El general Noriega, sin embargo, es cada vez más un obstáculo para este impulso. Como se sabe bien, él es cómplice con el cártel colombiano de narcotraficantes, y proporciona un refugio seguro para el transporte de cocaína a través de toda América Central y en los Estados Unidos. Además, su colaboración con el régimen cubano es cada vez más problemático también."

Preguntó el presidente Arias, "¿Ve alguna posibilidad de eliminar a Noriega del poder por medios pacíficos?"

"La verdad es que sí, señor presidente," respondió el coronel Johnson. "Se anticipa que las elecciones panameñas ocurrirán en 1989. Creemos que los señores Guillermo Ford y Guillermo Endara probablemente sean candidatos de la oposición contra Noriega. Si ganan con éxito las elecciones, y si Noriega acepta los resultados, a continuación, tal resultado sin duda daría lugar a la transición pacífica de Noriega fuera del poder. Sin embargo, opinamos que hay una baja probabilidad de que tal transición pacífica del poder ocurra. Como se sabe, el gobierno de Panamá ha emitido órdenes de arresto contra seis dirigentes de la oposición, entre ellos el presidente de la Cámara de Comercio, el señor Aurelio Barría. Dos de ellos han abandonado el país y los otros, que están escondidos, están tratando de salir del país también. El general Noriega ha arrestado al coronel Roberto Díaz Herrera después de sus fuertes cargos en contra de Noriega. En consecuencia estamos planeando para el peor de los casos."

"Entonces, ¿Cómo ve el papel de Costa Rica en esto?" Preguntó el presidente.

El coronel Johnson continuó, "En realidad, vemos un papel mínimo, lo que creo que aliviará en gran parte sus preocupaciones sobre el rol de Costa Rica. Entendemos que no quiere involucrarse en los asuntos internos de Panamá o cualquier otro país, y le apoyamos en eso. Sin embargo, si Noriega intenta anular los resultados de las elecciones de 1989, creemos que habrá hostilidades significativas entre los líderes de la oposición y Noriega y los que le son leales a él. La muerte horrible del doctor Hugo Spadafora es un claro ejemplo de la violencia de la que el régimen de Noriega es capaz. Si este tipo de violencia entra en erupción, el gobierno de los Estados Unidos se verá obligado a tomar medidas militares para eliminar a Noriega del poder. Quiero reiterarle a usted que no habrá acción militar, a menos que Noriega tome medidas para anular las elecciones de 1989."

"Una parte importante de nuestra planificación será la de proporcionar un refugio seguro para las personas que forman parte de la oposición en contra de Noriega. Es en eso que el gobierno de Costa Rica puede ayudarnos. Vemos Río Sereno como la mejor ciudad en la frontera para evacuar a los ciudadanos panameños amenazados que viven en la provincia de Chiriquí, y colocarlos en refugios seguros en Costa Rica, donde estarán fuera de peligro, específicamente en las ciudades de San Vito, Limoncito, y Agua Buena."

El presidente respondió, "Normalmente, sería necesario colaborar con nuestra legislatura para aprobar cualquier medida como esta que ustedes solicitan. Sin embargo, en un escenario como este, donde la seguridad hermética es esencial, tengo la discreción para autorizar dichos centros de refugios para los que huyan de la violencia en su país de origen. Así que voy a asegurarles que pueden contar conmigo para autorizar los centros de refugios que se requieren."

El presidente continuaba. "Si hago esto, tendré que ir a la legislatura para pedir que ratifiquen mi decisión después de los hechos." Entonces, dirigiéndose al embajador Hinton, dijo, "Ahora es bien probable que necesite la ayuda de los Estados Unidos para ganar esta ratificación de nuestra legislatura. Por lo tanto, hago estas dos condiciones como criterios necesarios: Una, que los méritos de la decisión de Estados

Unidos de eliminar a Noriega del poder por medio de la intervención militar deben ser innegablemente evidentes. Dos, que muy probablemente voy a necesitar todo el apoyo diplomático que sea disponible con el fin de ganar la ratificación de nuestra legislatura para este curso de acción."

Respondió el embajador Hinton, "Estoy seguro de que podamos cumplir con ambas estipulaciones, señor presidente. Por supuesto, nuestra esperanza es que nada de esto sea necesario y que, de hecho, podamos ver una transición pacífica del poder en Panamá."

El presidente luego concluyó, "Entonces sí, pueden contar con que estos refugios estarán disponibles para proteger a los ciudadanos panameños que se enfrentan a la amenaza violenta de Noriega."

"Entonces, señor presidente, permítame decir que el gobierno de los Estados Unidos está agradecido por su apoyo en este asunto," respondió el embajador Hinton.

La reunión concluyó a las 11:30 AM. Dirigiéndose al coronel Johnson, dijo el embajador Hinton, "Ahora tengo que asistir a una reunión y almuerzo en la Cámara de Comercio. Así que los dejaré en el hotel, y ustedes estarán libres en cuanto al tiempo que se les queda y sus planes para regresar a Panamá."

"Muy bien," respondió el coronel Johnson. "Gracias por su ayuda. Fue bueno trabajar con usted y su equipo."

~ * ~

De vuelta al hotel, el coronel Johnson (George) se reunió con Juan, Chris, y Mark, y les dijo, "Como saben, vamos a tomar un vuelo comercial de regreso a Panamá. Ese vuelo sale de San José a las 9:30 mañana por la mañana y llega al aeropuerto de Tocumen a las 10:15. Habrá transporte disponible en el aeropuerto para llevarnos al fuerte Clayton. Así que están libres durante el resto de la tarde, pero vamos a cenar en el restaurante del hotel a las 6:00 esta noche."

"¿Qué va a hacer usted, señor?" Preguntó Juan.

"Tengo un buen amigo que vive en San José que quiero visitar."

Juan respondió, "Bueno, espero que tenga una buena visita."

Juan, Chris, y Mark fueron a un mercado al aire libre, donde comieron el almuerzo. Después del almuerzo visitaron dos de los varios museos interesantes que están en el área de San José: el Museo de Oro Precolombino y el Museo de Arte Costarricense, que los tres hallaban muy fascinantes.

Después de la cena a las 6:00 PM, todos descansaban al lado de la piscina.

Salieron de San José el día siguiente, y después de aterrizar en el aeropuerto de Tocumen en la ciudad de Panamá, pasaron por la aduana, subieron a un vehículo militar que salió a las 11:30 AM, y llegaron al fuerte Clayton justo antes de las 13:00 horas (1:00 PM). Un taxi militar llevó al teniente Warner a su alojamiento en la base aérea de Howard.

Mark le llamó a Elena tan pronto como pudo. "El amor de mi vida, ¿Cómo estás?"

"Te he echado de menos. Estoy muy contenta de escuchar tu voz. ¿Cómo estás tú?"

"Estoy bien pero con deseos de tenerte en mis brazos."

"Pedro y Esperanza Mendoza nos han invitado para cenar en su casa el domingo."

"Muy bien. Voy a contar con eso con ganas. ¿Quieres confirmar nuestro plan para unirnos con ellos?"

"Por Supuesto."

Mark tenía el resto de la semana para descansar; y, por supuesto, Mark y Elena pasaron cada momento posible juntos. Elena aceptó el collar que Mark trajo de San José con su típica alegría.

Aumento en las tensiones políticas

La cena con Pedro y Esperanza fue otro gran evento. La amistad de Mark y Pedro estaba cada vez más íntima, una amistad que los dos hombres valoraban. Mark notaba que Pedro parecía estar preocupado, y le preguntó, "¿Qué tienes en mente en estos días, Pedro?"

La pregunta le puso a Pedro a hablar en una manera que Mark no había observado antes, pero de una manera que no le sorprendió.

Pedro respondió, "Estoy seguro de que estás siguiendo el aumento de los conflictos entre los grupos de la oposición en todo Panamá y el régimen de Noriega. Esto es extremadamente problemático. Las órdenes de detención contra muchos de mis amigos, incluso al señor Aurelio Barría, presidente de la Cámara de Comercio, me han preocupado. Me duele que mi amigo, el coronel Roberto Díaz, está ahora en custodia. Él actuó con mucho valor cuando denunció públicamente al general Noriega. Y temo que los días del presidente Eric Arturo Delvalle estén contados también. Ni estoy seguro de que yo mismo vaya a escapar de este mayor escrutinio. Elena, tu padre y Raúl también son posibles blancos de la opresión de Noriega."

Elena se turbó visiblemente por los comentarios de Pedro acerca de su padre y hermano.

Pedro continuó, "La amenaza de los Estados Unidos de cortar la ayuda a Panamá y el aumento de la presión que le están imponiendo al general Noriega lo están acorralando en un rincón, lo que hará que él actúe como el animal salvaje que es. Como teniente, sé que no estarías directamente involucrado en nada de esto, pero falta poco para encontrarte involucrado si el alto nivel actual de hostilidad entre los Estados Unidos y el régimen de Noriega persista."

Esperanza parecía muy preocupada también y estaba inusualmente tensa.

Mark, sabiendo que no podía divulgar su participación actual y muy activa, comentó, "Estoy sin duda siguiendo estos eventos en las noticias, y también estoy muy preocupado. No me puedo imaginar cómo podría ayudarte, Pedro, pero si hay algo que pueda hacer, por favor que sepas que haría todo lo posible con gusto."

"Mark, me complace mucho escuchar eso, mi amigo."

Después de que Mark y Elena se fueron, y después de volver al hogar de Elena, Mark comentó, "Notaba que los comentarios de Pedro acerca de tu padre y Raúl te tienen muy preocupada."

Con lágrimas en los ojos, ella se aferró a Mark, y él la abrazó. Ella respondió, "Yo sé que mi familia está en peligro, y estoy más que preocupada. Tengo mucho miedo."

Mark le susurró, "No puedo entrar en detalles, y lo que te voy a decir no se puede repetir a nadie, pero quiero que sepas que se han formulado planes para evacuar a mucha gente en Chiriquí que se identifican con la oposición al régimen de Noriega. Y puedo decir que los miembros de tu familia están entre los primeros en la lista para la evacuación. Espero que esto te proporcione algo de alivio y esperanza. Pero por favor, que sepas muy bien que cualquier comentario sobre esto podría aumentar seriamente la amenaza contra tu familia."

"Gracias, Mark," replicó Elena. "No hablaré con nadie sobre esto."

Esa revelación si le proporcionaba un alivio a Elena, pero Mark comprendía muy bien que todavía estaba muy preocupada, y con buena razón.

Una Navidad solitaria

Ya entraban en la época navideña, y Elena se fue a casa para estar con su familia en Chiriquí. Antes de su partida, Elena le dio una nueva guayabera a Mark, y él le dio a Elena una cita con una modista para confeccionar un vestido hecho a la medida. Mark tenía trabajo que hacer, pero el deber era generalmente ligero. Esto, junto con la capacidad limitada de comunicarse con Elena en Chiriquí, le producía mucha soledad durante esta época navideña. Elena sintió la soledad también, a pesar de la ventaja de estar con su familia. Pues los días eran muy largos.

Mark no había hablado con sus padres desde que llegó a Panamá. La Navidad parecía un buen momento para darles una llamada. Hasta ahora no había mencionado su relación con Elena, y tenía muchas ganas de contarles todo sobre ella.

Para realizar la llamada, Mark tenía que ir a un centro de telecomunicaciones, donde pagó 15 dólares por una llamada de 15 minutos. Luego la operadora le marcó el número de teléfono. Cuando se realizaba la conexión, la operadora le dirigió a Mark a una cabina telefónica donde podía tomar la llamada.

"Hola."

Nancy, la madre de Mark, respondió, "Hola, Mark. Hace tiempo que no sabemos de ti. ¿Cómo estás?"

"Estoy bien. Es bueno escuchar tu voz."

"¿Cómo va tu trabajo?"

"Siempre estoy haciendo un montón de entrenamiento, y tendré que desplegarme por toda América Central y América del Sur durante mi período de servicio en Panamá. Mi primer despliegue fue a un lugar en la selva de Panamá el junio pasado, durante el huracán Jane. Mi pronóstico durante este ejercicio fue de condiciones de tormenta tropical. Como no pronosticaba condiciones de huracán para nuestra ubicación, el comandante decidió que deberíamos evaluar nuestra capacidad de explotar las fuertes lluvias y vientos a fuerza de tormenta tropical contra un enemigo hipotético. Al final del ejercicio estábamos muy empapados, muy embarrados de fango, y muy agotados."

"Lo siento por ti. Sé que no eres el tipo de andar en el campo. ¿Vas a estar en peligro?"

"La mayoría de los despliegues serán para fines de entrenamiento, así que los peligros más probables son amenazas naturales que pueden ocurrir en la selva – cosas como arañas venenosas, serpientes, y cosas como golpes de calor. Nos entrenan bastante bien con respecto a este tipo de amenazas. Por supuesto que nuestro adiestramiento también nos prepara para hacer frente a las posibles amenazas militares. Después de todo, este es la militar."

"Creo, pues, que tendré que vivir con esa preocupación. Pues, ¿Qué más hay de nuevo?"

"Hay varias cosas. En el vuelo de Miami a la ciudad de Panamá me encontré con un nuevo amigo. Se llama Pedro Mendoza. Es un hombre exitoso de negocios aquí en Panamá, y su amistad me ha permitido conocer a algunas personas interesantes aquí. Estoy aprendiendo español, y estoy tocando mi flauta en un conjunto latinoamericano. Pero lo mejor es que tengo una novia panameña muy atractiva. Su nombre es Elena Victoria de la Vega."

"¿Estás saliendo con una chica panameña? ¿Qué pasó con Irene?"

Cuando el padre de Mark escuchó lo que dijo Nancy, cogió el teléfono, "¿Qué quieres decir que estás saliendo con una chica panameña?"

"Hola, papá. ¿Cómo estás?"

"Estoy bien. ¿Qué es esto sobre una chica panameña? Creía que estabas comprometido con Irene."

"Sí. Yo estaba comprometido con Irene, pero rompí el compromiso. Mi nueva novia se llama Elena Victoria de la Vega. Es absolutamente hermosa, es una buena mujer, y viene de una familia respetable."

"No me importa quién es. ¿Por qué saldrías con una chica latinoamericana?"

"Bueno, hay una explicación muy sencilla. Casi todas las mujeres con quienes un chico puede salir aquí son latinoamericanas. ¿Cuál es el problema?"

"El problema es que no es una chica de la raza blanca."

"Me pesa que te sientas así, papá. En primer lugar, ella es de descendencia española, lo que significa que es de origen europeo. Tiene algo de sangre nativa de América Central, lo que significa que es mestiza. Pero, francamente, eso no me molesta nada. En segundo lugar, su piel de color canela contribuye en gran manera a su increíble belleza. En tercer lugar, y lo más importante, es la mujer más encantadora que he conocido."

"No me digas que estás enamorado de esta mujer."

"Así es. Estoy muy enamorado de Elena. Por favor, no la juzgues sin conocerla."

"Eso lo tendremos que ver. Pero quiero que sepas que prefiero que te encuentres con una mujer blanca de tu propia raza."

"Te escucho, papá. Pero tengo que decirte que creo que mi relación con Elena solo va a ser cada vez más profunda y significativa. Así que por favor prepárate para eso."

"Como te dije, tendremos que ver. Aquí está tu madre que quiere hablar contigo de nuevo."

"Mark, dime más sobre esta chica."

"Mis quince minutos casi se me acaban, mamá. Pero Elena es una persona maravillosa. Viene de una buena familia en la provincia de Chiriquí, ubicada cerca de la frontera con Costa Rica. Su familia vive en una hacienda en un área que se llama Volcán. Volcán quiere decir *volcano* en inglés, pero este volcán ha sido inactivo durante muchos años. Su familia cría ganado y caballos. No he conocido a su familia, a excepción de su hermana, Susana, que vive en la ciudad de Panamá con su marido estadounidense. Él se llama Bill. Me pesa mucho que papá no está nada contento con esto, pero realmente creo que ella les va a gustar, una vez que tengan la oportunidad de conocerla."

"Bueno, ya sabes cómo es tu papá. Hijo, me parece como una mujer muy buena. Te deseo lo mejor."

La operadora interrumpió, "Le queda un minuto más, señor."

"Gracias," respondió Mark. "Mamá, ya tengo que colgar. Feliz Navidad. Volveré a llamar pronto."

"Está bien, Mark. Feliz Navidad. Te amo. Cuídate."

"Te amo también, mamá. Adiós."

Mark sabía que su padre tenía prejuicios contra los negros, pero le sorprendía sus comentarios acerca de Elena. *Tendré que preparar a Elena, antes de que ella llegue a conocer a mi padre*, pensó.

~ * ~

La canción navideña más popular en el área del canal, dentro de la comunidad militar de Estados Unidos, era *Navidad en el Istmo*, que era una parodia de la canción, *Los doce días de Navidad.* La canción fue escrita por Corrie Nellis Willis cuando tenía 11 años, y cuando vivía en lo que solía ser llamada la Zona del Canal, mucho antes de la llegada de Mark a Panamá. Probablemente el único lugar donde se escuchaba la canción era en Panamá, en la radio AFRTS. En la canción, *Navidad en el Istmo*, los regalos durante los doce días son: *Un pico feo en un árbol de mango, dos cocodrilos, tres kinkajus, cuatro buitres gritando, cinco cocos, seis gatos solos, siete ranas de oro, ocho boas, nueve armadillos, diez iguanas, once tapires torpes, y doce conejos gordos.* Nadie podía escuchar la canción sin echarse a reír.

Mark pasó el día de Navidad con Pedro y Esperanza. Mark le dio a Pedro una caja de cigarros cubanos. Para Esperanza, le dio un juego de té muy bonito. Mark recibió un reloj de marca Rolex, cosa que, al verlo, se le abrieron grandemente los ojos, se le cayó la mandíbula, y le era imposible ocultar lo contento y sorprendido que era al recibir un regalo tan inesperado y costoso, lo que les agradó a Pedro y Esperanza inmensamente.

Elena sorprendió a Mark por su regreso temprano de Chiriquí, para que pudieran celebrar la víspera de Año Nuevo juntos. El Conjunto Brisas Istmeñas tocaba el 31 de diciembre para una gran fiesta organizada por la Cámara de Comercio, Industrias, y Agricultura de Panamá. Y, ya que se requería la presencia de Mark y su flauta en el conjunto, era en esta gran fiesta donde Mark y Elena celebraron el comienzo del nuevo año. La fiesta estaba llena de una felicidad y alegría típicamente panameña, pero también dominaba la preocupación por la inestabilidad política que tenía un impacto directo sobre todos los miembros de la Cámara de Comercio. Mark y Elena comenzaron 1988 con un beso apasionado, que arrancó los aplausos de la multitud. La pregunta en la mente de todos era: ¿Qué traerá este nuevo año?

El Año Nuevo sería tumultuoso. El statu quo persistiría, lo que significaba que la inestabilidad política se pondría cada vez peor.

En febrero de 1988, después que una corte de Estados Unidos acusó a Noriega por tráfico de drogas, el presidente Delvalle trató de despedir a Noriega. Sin embargo, Noriega no renunciaba. Al contrario, la Asamblea Legislativa, bajo amenazas, votó para destituir a Delvalle e instalar al ministro de Educación, Manuel Solís Palma, como presidente. Delvalle se vio obligado a buscar asilo en Venezuela.

Mark conoce a la familia de Elena

También en febrero, Mark y Elena viajaron a Chiriquí para que Mark pudiera conocer a la familia de Elena. Fueron a la terminal Tranchiri, y subieron al autobús que partió de la ciudad de Panamá a las 7:00 AM. Como en otras ocasiones, era un autobús de segunda mano,
También en febrero, Mark y Elena viajaron a Chiriquí para que Mark pudiera conocer a la familia de Elena. Fueron a la terminal Tranchiri, y subieron al autobús que partió de la ciudad de Panamá a las 7:00 AM. Como en otras ocasiones, era un autobús de segunda mano, de tipo escolar, y de la marca Blue Bird. Este autobús también estaba pintado en rojo y adornado con decoraciones llamativas, y tocaba la música salsa persistentemente, lo que proporcionaba una experiencia de viaje interesante para Mark.

El piso del autobús no estaba en buen estado, y Mark tenía que tener cuidado donde ponía los pies para que no se colgaran a través de huecos en el piso. Los viajeros incluían dos cerdos y un pollo que acompañaron a los pasajeros humanos. Afortunadamente, estaban encerrados en sus respectivas jaulas. Los animales de vez en cuando sonaban, tratando, pero sin éxito, de armonizar con la música salsa. El autobús se detuvo en Santiago en el mismo restaurante chino donde Juan, Chris, y Mark comieron anteriormente durante su viaje de espionaje en Chiriquí. Llegaron a la terminal de autobuses Tranchiri en David a las 2:30 PM, donde Raúl los esperaba.

Raúl lucía el vaquero estereotipado. Tenía bigotes bien cuidados y llevaba un pantalón vaquero azul con una camisa roja a cuadros. Usaba sombrero de vaquero, botas de vaquero, y un ancho cinturón de cuero, también de vaquero. Pues era toda la imagen de un vaquero.

Elena hizo las presentaciones, "Mark, este es mi hermano, Raúl. Raúl, que le saludes a mi novio, Mark."

Mark y Raúl se dieron la mano, pero Mark percibía que Raúl no tenía tanto ánimo de conocerlo.

Después de poner el equipaje en la camioneta, los tres subieron. Era una camioneta grande con tracción en las cuatro ruedas. Ya se dirigían a la Hacienda de la Vega, en Volcán, un viaje que tomó algo menos de una hora. La entrada a la hacienda fue agraciada con un letrero bien labrado y montado sobre dos columnas hechas de ladrillos. En el letrero había las palabras, *Hacienda de la Vega.* Subieron un camino de tierra cuesta arriba que los llevó a una casa grande y cómoda, que tenía una vista maravillosa de un amplio valle que se extendía hasta el horizonte en frente de la casa. Mark supuso que la temperatura fuera más o menos 21 grados – tiempo muy agradable, a pesar de que hacía una brisa recia.

Los padres de Elena, Arturo y Elma, estaban parados en la puerta principal de la casa, manifestando su gran alegría de ver a su hija. Arturo era un hombre bien fornido y algo más corto que Mark. Elma era aproximadamente del mismo porte y figura de Elena.

Elena, llena de sonrisas y ánimo, hizo las presentaciones, "Papá, mamá, esto es Mark Warner. Mark, mis padres, Arturo y Elma."

Mark respondió en español, "Mucho gusto en conocerlos."

Y Arturo respondió, "Mark, es para nosotros también un placer de conocerlo a usted."

Elma volvió a Elena, "Se nota que Mark habla bastante bien el español. Estoy bien impresionada y sorprendida."

Elena respondió, "A mí me sorprende también la rapidez con que aprende."

Mark comentó, "Dado todo el tiempo que Elena y yo pasamos juntos, creo que hablo español con más frecuencia que el inglés. Me parece increíble lo rápido que se puede aprender un idioma, cuando uno no tiene más remedio que utilizar el idioma. Estoy seguro de que mi visita con ustedes va a mejorar mi español aún más."

Arturo respondió, "Muy probable. Sin embargo, estoy de acuerdo con Elma, creo que lo está haciendo muy bien con su español."

"Gracias."

Durante el resto de su visita con la familia de Elena, Mark no hablaba ni escuchaba casi nada de inglés.

Elma dijo, "¿Por qué no desempacar sus maletas y ponerse a relajar por un rato? Entonces comeremos la cena más o menos a las 6:00 PM."

Elena respondió, "Está bien, mamá."

Después de desempacar las maletas, Mark y Elena se reunieron en el porche de la casa, y Mark comentó, "¡Qué bonito el panorama aquí! ¿Verdad?"

"Gracias. Siempre me ha gustado este panorama durante diferentes partes del día. Me gusta especialmente ver las luces de las viviendas que se propagan a través del valle durante la noche. Quiero mostrarte algo de la propiedad de la hacienda."

"Está bien."

Elena lo llevó por donde podía ver el ganado de la familia que pastaba en el campo. "Nos concentramos principalmente en productos lácteos aquí, así que es necesario ordeñar las vacas dos veces al día. ¿Alguna vez has ordeñado una vaca?"

"No. Tengo que decir que nunca he tocado una vaca. Soy más bien un chico de la ciudad. ¿Por qué preguntas? ¿Me vas a ofrecer un trabajo?"

Elena se rio, "No. Simplemente, quiero enseñarte, para que puedas decir que lo has hecho."

"Creo que sería interesante probarlo. Eso sí. Pero que no me dejes romper la vaca."

Elena se rio de nuevo, "Creo que no romperás la vaca. Pero tendrás que observar bien lo que te enseño, para que la vaca no te rompa a ti."

"Será mejor que eso no ocurra. Tendría dificultades para explicarle a mi comandante cómo me fui dañado por una vaca."

Elena también le mostró a Mark la huerta. "Tenemos yuca, plátanos, plantas de café, y muchas otras verduras. También tenemos árboles de cítricos que nos proporcionan naranjas, limones y limas."

"Recuerdo que me contabas lo bien que sabe una taza de café que viene de la cosecha propia, y que es tostado en casa. ¿Tendré la oportunidad de probar un poco?"

"Por supuesto."

A continuación, fueron a los establos para ver los caballos. En el camino, Elena le mostró a Mark donde guardaban sus pollos. Cuando llegaron a los establos, Elena le preguntó, "¿Alguna vez has montado un caballo?"

"Si he montado en caballo un par de veces."

"Bueno. Tal vez mañana podamos hacer un paseo a caballo."

"Eso sí me encantaría."

Cambiando de tema, Mark comentó, "Siento que estamos lejos de todo aquí. ¿Hay algún pueblo cerca?"

"Claro. El municipio de Volcán queda a unos tres kilómetros de distancia. Y tenemos vecinos a ambos lados de nosotros que quedan más o menos un kilómetro y medio de distancia de nosotros."

"¿Estamos muy lejos de Río Sereno?"

"Río Sereno no está tan lejos, unos 48 kilómetros, pero para viajar en carro tarda como 1,5 horas, debido a que las carreteras están en muy mal estado."

Mark recordaría esa información, pensando que tal vez tendría que saber eso en el futuro.

Ya se ponía el sol, y Elena dijo, "Creo que será mejor volver a la casa. Mi madre a lo mejor tendrá la cena lista."

Cuando regresaron, Elena fue a ver cómo le iba a su madre, y se fue de nuevo al porche, donde estaba Mark, y le dijo, "Voy a ayudar a mi madre con los últimos preparativos de la cena. ¿Por qué no te relajas en la hamaca?"

"Creo que eso sí voy a disfrutarlo."

A Mark le pareció bastante agradable relajarse en la hamaca y disfrutar de la temperatura confortable y la briza agradable. En el momento en que Elena salió a llamarlo para la cena, encontró que se había quedado dormido.

Mark encontró la comida deliciosa. Se servía pollo asado con cebollas salteadas, ensalada mixta que incluía el cilantro, que a Mark le gustó mucho, y el arroz blanco. Y había jugo de naranja recién exprimido. Mark hallaba asombroso que la comida era tanto más sabrosa que la que acostumbraba a comer, y lo atribuyó al hecho de que prácticamente todo lo que comían era de cosecha propia.

Haciendo un esfuerzo para iniciar una conversación, Mark le preguntó a Arturo, "¿Qué tan bien conoce usted al señor Pedro Mendoza?"

Respondió Arturo, "Caramba. He conocido a Pedro durante años. Él es uno de los hombres más honrados que conozco. ¿Cómo lo conociste tú?"

"Lo conocí en mi vuelo a Panamá desde los Estados Unidos, y ya nos hemos convertido en buenos amigos. Estoy de acuerdo con usted, que en el poco tiempo que lo conozco, me es obvio que es un hombre honrado y de integridad. Y si me lo permite decir, él tiene muy buena opinión de usted también, señor."

"Gracias. Es muy amable de tu parte decirlo así."

Mark notaba que Raúl no participaba en la conversación en absoluto.

Mark dijo entonces, "Señor Arturo, ¿Puedo hacerle una pregunta que puede tratarse de un tema delicado para usted?"

"Déjame escuchar la pregunta, y veremos dónde vamos."

"¿Cuál es la historia del doctor Hugo Spadafora?"

"Eso sí es un tema delicado en estas partes. ¿Por qué lo preguntas?"

"Me parece por lo que he leído que el doctor Spadafora era un hombre bien estimado, y hallo increíble que sufrió una muerte tan violenta."

"Tienes razón acerca de tu evaluación del hombre. El doctor Hugo Spadafora era un hombre respetado, honrado y muy estimado en

Chiriquí. La mayoría de nosotros no estábamos de acuerdo con su política de izquierda, pero los que lo conocían personalmente, lo consideraban un buen amigo. Nosotros también quedamos impactados al oír hablar de su muerte violenta. Todo el mundo sabe quién estaba detrás de su muerte, y puedo decir con confianza que Noriega tiene pocos amigos en Chiriquí, incluso los miembros de la Fuerza de Defensa de Panamá que están estacionados aquí. Además, lo que Noriega le hizo al presidente Delvalle solo ha puesto un clavo más en el ataúd de Noriega."

Al escuchar la respuesta de Arturo, Mark comprendía más claramente por qué el gobierno de los Estados Unidos estaba tan interesado en crear centros de refugio en Costa Rica.

Con la esperanza de incluir a Raúl en la conversación, Mark se volvió hacia él, "Elena me dice que usted es toda una estrella del rodeo. Me gustaría verlo competir. ¿Hay alguna posibilidad de eso mientras estoy aquí?"

Tratando de no manifestar que estaba contento con el cumplido de Mark, Raúl respondió, "Durante el carnaval, si voy a competir. ¿Tiene planes de asistir al carnaval?"

"Sí. La verdad es que Elena y yo planeamos este viaje para febrero, precisamente para que pudiéramos ir al carnaval. Y estoy bastante entusiasmado de verlo."

Raúl no hizo ningún esfuerzo para continuar la conversación.

Elena despertó temprano y ayudó a su madre con algunas tareas de la granja. Una hora más tarde, Elena despertó a Mark y le dijo que se preparara para el desayuno. Después de tiritarse fuertemente de una ducha muy breve con agua fría, pues no había agua caliente, Mark se asomó a la ventana y vio a Elena, vestida con ropa vieja mal concordada, y la observaba mientras cortaba leña. Consiguió su cámara, y, sorprendiéndola, le sacó una foto. Un poco avergonzada por la forma en que Mark la encontró, ella comenzó a reírse casi sin control, y Mark le sacó otra foto que decididamente resultó ser la mejor imagen de las dos fotos.

Riéndose con Elena, Mark comentó, "Creo que nunca voy a olvidar la imagen de verte cortar leña."

Elena respondió, "¿Por qué quieres recordar esa imagen que poco me favorece?"

"Porque te quiero de todas formas, no importa que sean favorables o desfavorables."

"Ya que lo dices así, creo que eso me gusta."

"Pues, ¿Por qué cortas la leña?"

"Mi mamá tiene una estufa de gas que funciona perfectamente, pero a ella todavía le gusta cocinar en su estufa de leña."

Para el desayuno había huevos frescos de la hacienda, chorizo, tortillas de maíz, al estilo panameño, yuca frita con cebolla salteada, y café cosechado, tostado, y hecho en casa.

Mark le comentaba a Elma, "No puedo recordar haber comido un desayuno más delicioso. Los huevos son mucho más sabrosos que los que normalmente me sirven. Me encanta el chorizo. Pero para mí, lo mejor es el café. Es, sin comparación, el mejor café que he tomado."

Muy contenta, Elma respondió, "Cuanto me alegra que te haya gustado. Gracias."

Elena le dijo a Mark, "He preparado un almuerzo para nuestra excursión al campo, y, como te mencioné ayer, iremos a caballo. ¿Qué te parece?"

"Estoy listo y seguro de que me va a encantar," respondió Mark.

"Quiero ayudar a mi madre con algunas tareas, y luego nos vamos, probablemente en más o menos una hora."

"Está bien. Nada más avísame cuando estés lista."

Mark se fue a descansar en la hamaca en el porche. El clima era más frío, y pudo ver que el sereno se había formado en las áreas bajas del valle. En su mente, recordó las condiciones meteorológicas que típicamente son necesarias el día anterior para la formación del sereno, y confirmó que tales condiciones sí habían ocurrido. Mientras se balanceaba casualmente en la hamaca, observaba la rapidez con que Elena cumplía sus tareas. Pensaba. *Además de la belleza física de Elena y su vibrante personalidad, también es muy productiva. ¿Cómo no amaría a esta mujer?*

Mientras le ayudaba a su madre, Elena le pidió a Raúl que alistara dos caballos. Ahora terminada con sus tareas, fue con Mark a los establos y dijo, "Ahora quiero ver si sabes cómo montar un caballo."

Mark consiguió montarse bien y comentó, "Debo confesar, no sé quién es más incómodo, yo o el caballo."

Riéndose, Elena respondió, "La verdad es que me sorprende que lo hiciste bien. Bueno, vámonos."

Mark la seguía por un área boscosa, y, después de unos treinta minutos, llegaron a un arroyo burbujeante. Desmontaron y se acomodaron en una loma cubierta de hierba en la orilla del arroyo, recostándose en una manta que trajo Elena. El follaje era muy verde, el calor del sol era agradable. El sereno que Mark observó anteriormente ya se disipaba rápidamente. Disfrutaron de una ligera brisa. Elena apoyaba su cabeza sobre el abdomen de Mark.

Mark comentó, "Creo que esto es lo más parecido al Jardín del Edén que se puede experimentar."

"Este es mi lugar favorito para venir cuando quiero descansar."

Conversaron, y gozaban de la gloria de este lugar idílico durante una mañana absolutamente maravillosa.

Entre las cosas de qué hablaban, Mark observó, "Me da la impresión de que Raúl no está tan contento de que estoy aquí. ¿He hecho algo que le cae mal?"

"No lo creo. Raúl anhela ir a los Estados Unidos, especialmente a Texas, donde le encantaría participar en los rodeos que son tan famosos y competitivos ahí. Él sabe que mi hermana, Susana, irá con Bill a los Estados Unidos algún día, y le es obvio que es simplemente más fácil para una mujer panameña ir a los Estados Unidos de lo que es para un hombre. Ve que las oportunidades para él casi no existen, y por esa razón, creo que es ligeramente resentido. No tiene nada que ver contigo, así que no te preocupes. Con el tiempo hallarás que se llevarán bien."

"Bueno, espero que algún día él y yo podamos llegar a ser buenos amigos."

"Estoy seguro de que eso sí ocurrirá. Qué tengas paciencia."

Después de comer el almuerzo al aire libre, hicieron su camino de regreso a la casa. Elena le avisó a Mark, "Esta tarde iremos a Concepción para el carnaval. Entre los eventos, veremos a Raúl competir en el rodeo, y habrá una corrida de toros."

"Eso será fascinante. ¿Qué más?"

"¡Mucha música alegre, mucho baile, mucha gente, mucha buena comida, mucha diversión!"

Arturo, Elma, Mark, y Elena salieron para Concepción a la 1:15 PM. Se reunieron con Raúl a las 2:00, pues él había llegado más temprano a Concepción a prepararse para su participación en el rodeo.

El rodeo comenzó a las 3:00 PM. Mientras que muchos rodeos incluyen eventos en bruto y eventos cronometrados, el rodeo en esta ocasión se concentró casi exclusivamente en lazar terneros – un evento cronometrado.

Arturo explicó el evento, "Este es un talento necesario en la cría de ganado. Las competiciones, mientras que sean un gran espectáculo deportivo, también proporcionan una forma divertida para desarrollar y mantener este talento. Notarás que el ternero se libera y se le da una ventaja inicial. El vaquero no puede cazar al ternero hasta un tiempo determinado. Si el vaquero comienza demasiado pronto, es penalizado 10 segundos. Cuando va cazando el ternero, le lanza un lazo alrededor de su cuello, ata el otro extremo del lazo al cuerno de la silla de montar, se desmonta, alcanza el ternero, lo tumba al suelo, y ata tres piernas juntos. El ganador es el vaquero con el tiempo más corto."

Ya veían como cada vaquero competía. Mark, mirando el reloj oficial, notaba que la mayoría de los vaqueros tomaron 8 a 10 segundos para ponerle la cuerda y atar el ternero. Raúl ganó la competencia con un tiempo de 7 segundos. El evento generó un gran entusiasmo y una gran cantidad de polvo.

Cuando Raúl se reunió con la familia con su trofeo, Mark le comentó. "Es muy obvio que su padre está orgulloso de verlo ganar hoy. ¡Felicitaciones! Eso es un trofeo muy impresionante que puede añadir a su colección."

La respuesta de Raúl era educada pero fresca, "Gracias. Este es mi trofeo número veintiséis."

A las 4:30 de la tarde llegó la hora para la corrida de toros. Preguntó Arturo, "¿Has visto una corrida de toros antes, Mark?"

"Nada más en las películas," respondió Mark.

Una vez más, Arturo estaba ansioso por explicar el evento. "Una corrida de toros no es un deporte. Es más como un arte o un ritual. Algunos lo comparan con una ópera. Así se describe en su novela, Muerte en la tarde, por Ernest Hemingway, que escribió, 'La corrida de toros es el único arte en el que el artista está en peligro de muerte y en el que el grado de brillantez en el rendimiento se deja al honor del luchador.'" Y Arturo añadió, "¡Es una parte integral de nuestra cultura!"

"Con todo respeto, señor Arturo," Mark preguntó, "¿Qué se les dice a los que critican que la tauromaquia es cruel?"

"La gente que critica la matanza del toro en la tauromaquia no se pone a pensar en lo que les sucede a los animales que se comen, como carne de res, pollo, cerdo, y otros parecidos. El ritual de matar al toro en una corrida de toros no es muy diferente de lo que ocurre con los toros y otros animales que se van a sacrificar para la comida. En ambos casos, el animal será comido, por lo que el toro que muere en una corrida no muere en vano. Y con un buen torero la muerte del toro llega rápido y pronto. Y los que lo critican raras veces expresan la misma preocupación por el peligro que enfrenta el torero. Un peligro con el riesgo de lesiones graves e incluso la muerte."

"Tiene razón. Creo que no he oído nunca las críticas sobre el destino potencial del torero."

"Ahora fíjate. Una corrida de toros es un evento de tres etapas, y cada etapa es anunciada por un trompetista. Verá que los honores que rinden las multitudes respetan tanto al torero como al toro."

Mark observaba con fascinación la pompa del evento, el torero con su vestido colorido, su danza pasodoble con el toro, la capa roja, la espada de matar – todos muy consistentes con la comparación a una ópera macabra. Pero el espectáculo también sorprendió sus sentidos. Aunque si entendía los aspectos culturales, antiguos, y profundos del evento, de todas maneras no estaba convencido de que las corridas de toros sean apropiadas en la cultura moderna. Sin embargo, él mantuvo prudentemente tales pensamientos para sí mismo. Era obvio que nunca iba a cambiar la opinión de Arturo y Raúl, y había toda una gran multitud de personas que alegremente gritaban con entusiasmo, "¡Olé!"

La corrida terminó a las 6:30 PM, y luego buscaban qué comer. Numerosos vendedores de comida proporcionaban una amplia variedad de opciones para la cena. Todos optaron por la pizza. Arturo, Raúl, y Mark tomaban cerveza. Elma tomaba un vaso de jugo de maracuyá, y Elena tomaba chicheme, una bebida únicamente panameña hecha de maíz dulce.

Después, Mark y Elena disfrutaban bailando, y apreciaban el desfile de la gran variedad de carrozas.

Más tarde, cuando estaba solo con Elena, Mark le preguntó, "¿Cuáles son las opiniones tuyas acerca de las corridas de toros?"

"Sé que mi padre y mi hermano son aficionados ávidos de la tauromaquia, pero francamente no me interesa para nada ver lo que hace el torero para matar el toro. Prefiero no ver cuando cualquier animal es sacrificado para la comida tampoco. Aunque, como la mayoría de la gente, me gusta un buen corte de carne. Y confieso que, de haberme criado en una hacienda, he arrancado las cabezas de numerosos pollos."

Luego, Mark opinó, "Creo que cuando la gente compre un corte de carne en una tienda de comestibles, nunca se pone a pensar que su pedazo de carne procedía de un animal vivo que tenía que morir, para que ese corte de carne llegada a su plato en una comida. Y la verdad es que soy parte de esa multitud, y confieso que por mi parte prefiero no contemplar esa realidad."

Elena llegó a la conclusión, "Cuando lo dices de esa manera, sin duda es una paradoja enigmática."

No regresaron a la hacienda hasta después de la medianoche. Sin embargo, la familia se levantó temprano para atender sus oficios. Elena, cuando despertó muy temprano a Mark, le dijo, "Hoy te voy a enseñar cómo ordeñar una vaca."

Mark respondió de manera chistosa, "¡Qué alegría! Casi no puedo aguantar la gana para tal experiencia." Mirando su reloj, notaba que eran las 5:00 AM, y continuó, "¡Y creía que solamente los militares se levantan tan temprano!"

Elena se rio. Estaba ansiosa por disfrutar al ver el intento de Mark para obtener leche de las ubres de una vaca.

Después de un poco de entrenamiento y algunos intentos fallidos, Mark logró rociar un poco de leche en el cubo. Se sentía mal por la pobre vaca. Elena se rio de buena gana.

Cuando Mark y Elena regresaron a la casa, Mark estaba ansioso por disfrutar de la hamaca en el porche. Elena encontró a su madre en la cocina y le preguntó, "Entonces, ¿Qué opinas de Mark?"

Elma respondió, "A mí me cae bien, y creo que tu padre ha formado una opinión favorable de él también. Es obvio que ustedes dos están muy enamorados. Espero que las cosas funcionen bien para los dos."

Mark disfrutó de su tiempo en la Hacienda. El estilo de vida de la familia de la Vega fue una combinación interesante de vivir en una casa grande y cómoda, pero con una dimensión muy rústica que le hizo a Mark sentir que estaba acampando.

La noche antes de su partida, Arturo se acercó a Mark y le dijo, "Quiero saber si me puedas hacer un favor."

"Estaría encantado de ayudarle en todo lo que pueda," respondió Mark.

"Bueno. Un amigo mío y yo queremos viajar juntos a la ciudad de Panamá, pero yo tendré que volver antes que él. Me gustaría si pudieras manejar mi jeep de vuelta a Panamá en lugar de tomar el autobús. Ya he hablado con Pedro Mendoza, y se puede dejar el jeep con él cuando regresen. De esa manera, cuando terminen mis asuntos en la ciudad de Panamá, puedo recuperar mi jeep en la casa de Pedro y conducirlo de vuelta a Chiriquí."

"Estoy contento de hacerle este favor a usted, señor. Nada más una pregunta. Si algún militar panameño me detiene en el camino de vuelta,

¿Me puede dar una carta o algo que demuestre que tengo permiso para utilizar su vehículo?"

"Eso si es prudente. En condiciones normales, sería satisfactorio que mi hija, Elena, te acompañara. Pero estas no son condiciones normales. Yo si te escribiré una carta."

Mark también se aprovechó de esta conversación para informarle a Arturo sobre los planes de evacuación, tal como el coronel Johnson pidió antes de que Mark se apartara para Chiriquí. "Señor Arturo, quiero que sepa que hay un plan para evacuar de Panamá a las personas de alta amenaza, para un refugio en Costa Rica, en caso de que ocurran operaciones militares para eliminar al general Noriega del poder. Usted y su familia están incluidos en este plan de evacuación, debido a la oposición abierta de Raúl y usted al régimen de Noriega. Obviamente, es muy importante ser discreto sobre con quienes compartan esta información. Si esta información cae en manos equivocadas, podría ser muy peligroso para usted y su familia."

Arturo respondió, "Gracias por informarme sobre este plan. Tal escenario ha sido una causa de preocupación para mí. Te aseguro que estaré bien discreto con esta información."

Después del desayuno a la mañana siguiente, Arturo le dio a Mark la carta que le autorizaba para conducir el Jeep. Luego Mark y Elena se partieron para la ciudad de Panamá. Se detuvieron en Santiago para el almuerzo, pero esta vez se fueron a un restaurante diferente.

Justo antes de llegar a Río Hato, se encontraron con un accidente automovilístico. Confirmaron que no hubo heridos, pero notaban que los dos carros estaban ocultados en una curva donde corría el riesgo de involucrar otros vehículos en el accidente. También había necesidad de un camión de remolque para remover los vehículos de la carretera. Al llegar a Río Hato, un soldado panameño los detuvo, y exigió ver la licencia de conducir de Mark, su pasaporte, y el registro del vehículo.

Mark dijo, "Con todo gusto le enseñaré mis documentos. Pero por favor, que mande primero un camión de remolque para ayudar con un accidente automovilístico. Los dos vehículos involucrados están obstruyendo la carretera en una curva peligrosa, y existe un riesgo alto de que otros carros se choquen con ellos."

El soldado le preguntó, "¿Hubo heridos?"

"No, señor. Todos dijeron que están bien."

Después de enviar un camión de remolque y un carro de patrulla para investigar, el soldado volvió para ver los documentos de Mark, con una actitud más amigable.

El soldado preguntó, "¿Por qué conduce usted un vehículo que pertenece al señor Arturo de la Vega?"

Mark respondió, "Esta es la señorita Elena Victoria de la Vega, la hija del señor Arturo. Él me pidió que le condujera su vehículo a la ciudad de Panamá. Él planea obtener su vehículo de nuevo más tarde, cuando llegue a la ciudad de Panamá con un amigo suyo. Me dio esta carta que me da autorización para conducir el vehículo."

El soldado leyó la carta, luego le devolvió sus documentos y la carta, y le dio permiso a Mark para proceder.

Llegaron a la casa de Pedro y Esperanza Mendoza a las 4:30 PM, y Esperanza los invitó a quedarse para la cena.

Pedro les dijo, "Después de la cena, los llevaré a casa."

Esperanza volvió a Elena, "Entonces, ¿Cómo fue la visita con tus padres?"

"Perfectamente. Estoy seguro de que Mark les haya caído bien a mis padres, y todos tuvimos un buen tiempo."

"Cuanto me alegro."

Comían una cena sencilla, y Pedro los llevó a Elena a su hogar y a Mark a su alojamiento en la base aérea de Howard.

Misión militar en Perú

El lunes, el teniente Mark Warner enfocó su atención en la preparación para el próximo despliegue en Perú durante el mes de marzo. En este despliegue, el teniente Warner formaría parte del equipo de planificación avanzada para coordinar con las fuerzas militares de Perú, la nación anfitriona, en preparación para ejercicios militares combinados y conjuntos. Ejercicios combinados incluían todas las fuerzas militares de los Estados Unidos, y conjuntos incluían fuerzas armadas de los países de América Latina.

Durante la preparación de este despliegue, Mark también tomó y pasó un examen para comprobar su dominio del idioma español, un examen administrado por el Departamento de Defensa. El examen documentó su competencia con el idioma y lo calificó para un aumento de salario. Y su rápido dominio del español fue una razón clave por la que iba con el equipo de planificación avanzada a Perú. El coronel Stone le felicitó al teniente Warner y le informó también que lo iba a mandar a la próxima reunión de la Comisión Interamericana de Meteorología de las Fuerzas Aéreas, que tendría su sede en Buenos Aires, Argentina en agosto.

Por supuesto, Mark y Elena eran prácticamente inseparables, y pasaron juntos cada momento posible. De vez en cuando, Mark y Elena todavía utilizaban el diccionario de bolsillo de español e inglés, pero solo en raras ocasiones. Y el Conjunto Brisas Istmeñas disfrutó creciente popularidad debido a la participación de Mark en el conjunto. Mark había llegado a ser bien integrado en la sociedad panameña.

~ * ~

El día para desplegarse a Perú ahora llegó. Se despegaron de la base aérea de Howard temprano en un avión C-130. El vuelo de tres horas y media los llevó por la costa oeste de América del Sur, sobre Colombia y Ecuador, y llegó a Lima, Perú. El vuelo sufrió algunas turbulencias mientras volaban a lo largo de las montañas Andes.

Llegaron a Lima a las 11:00 horas (11:00 AM). Un autobús militar, operado por un soldado peruano, transportó el equipo militar estadounidense al distrito exclusivo de Miraflores de Lima, donde pasarían la noche en el hotel de cinco estrellas Tierra Viva Miraflores Larco. El plan era salir por la mañana del día siguiente para una base militar peruana en Pisco, Perú. También, en el autobús en que viajaban, había dos soldados peruanos, armados con ametralladoras, y el coronel Rivera, el oficial de enlace de Perú, que les acompañaría a lo largo de su estancia en Perú. Debido a la amenaza de dos grupos terroristas en Perú, Tupac Amaru y Sendero Luminoso, el coronel Rivera les advirtió que había un toque de queda que comenzaba a la medianoche, y que era necesario debido a las actividades violentas de estos grupos terroristas. Mientras iban en camino al hotel, el general Maxwell, comandante general en el fuerte Clayton, informó al equipo que habría una reunión en el hotel a las 14:00 horas (2:00 PM).

El teniente Mark Warner estaba emocionado de estar en Perú, y el distrito de Miraflores de Lima fue la introducción perfecta a esta increíble ciudad, conocida como la Ciudad de los Jardines. Entrando en el distrito de Miraflores pudo ver un tramo de seis kilómetros de parques situados a lo largo del malecón de la ciudad, muy por encima del océano Pacífico. Artistas peruanos estaban trabajando con sus creaciones en diversos lugares en los parques. Al cruzar el puente Villena, que pasa por encima de un barranco profundo aproximadamente en el punto central del malecón, Mark le preguntó al coronel Rivera acerca de las dos estatuas que se ubican uno frente al otro en cada lado del puente.

El coronel Rivera explicó, "Tenemos aquí la estatua Intihuatana (ancla del sol), diseñada por Fernando de Szyszlo, y por el otro lado tenemos la famosa estatua grande de Víctor Delfín de una pareja en abrazo profundo, que se encuentra en el parque que se llama el Parque del Amor."

"Muy impresionante," respondió Mark. Viendo la estatua de la pareja abrazándose de pronto le hizo sentir la falta que Elena le hacía en ese momento.

El hotel era un edificio maravilloso, lleno del bullicio de invitados bien acomodados. Después que el teniente Mark Warner se instaló en su habitación, se encontró con el mayor Juan López y el capitán Chris Crane en el vestíbulo, y fueron a un restaurante cercano para un almuerzo ligero. Siempre listo para probar algo nuevo, Mark ordenó, y disfrutaba, el cuy (conejillo de indias). Juan probó el cuy también. No tan aventurero, Chris pidió una hamburguesa. No podían demorarse tanto, ya que tenían que volver al hotel a tiempo para la sesión informativa a las 14:00 horas (2:00 PM).

En la sesión informativa, el general Maxwell explicó que irían en avión a Pisco, Perú por la mañana, con salida a las 09:30 horas (9:30 AM). Estarían en reuniones durante todo el día el martes y miércoles, y el miércoles por la tarde regresarían a Lima. Luego volverían a Panamá el jueves. Aunque no entró en detalles, también aludió al aumento de los disturbios en Panamá.

La sesión terminó justo después de las 15:00 horas (3:00 PM), y Juan, Chris, Mark y otros tres miembros del equipo salieron para explorar Lima. Primero fueron a los parques, donde caminaron durante buen rato, parando de vez en cuando para ver las creaciones de varios artistas. Visitaron algunas de las tiendas, pero no compraron nada. Su plan era hacer algunas compras después de regresar a Lima el miércoles.

A las 5:30, fueron al restaurante Mayta, con la esperanza de disfrutar de la cocina peruana. Todos probaron el ceviche, con varias opciones para elegir. Muchos ordenaron corvina o carne. Mark y Juan pidieron anticuchos, o corazón de res, que hallaron muy sabroso, que era como comer carne asada, pero sin nada de grasa. Todo el mundo decidió probar el famoso pisco del Perú, un tipo de aguardiente producido en las regiones de viñedos en Perú, la misma región donde iban de viaje en la mañana.

Después de la cena se fueron a una discoteca cercana. Algunos en el grupo querían bailar con las mujeres peruanas, la mayoría de las cuales eran bastante atractivas. Juan y Mark no bailaban, pero ayudaron a establecer contacto en español con las mujeres con las que los otros miembros del grupo querían bailar. Todos tenían un buen tiempo, y regresaron al hotel a tiempo para llegar antes de que comenzara el toque de queda. En el camino de vuelta, vieron numerosos vehículos blindados que patrullaban las calles de Lima.

A la mañana siguiente llegaron al pintoresco pueblo de Pisco y se instalaron en un hotel. El hotel se encontraba en la playa, en vista de numerosas lanchas de pesca, pintadas de diversos colores. Cada habitación del hotel era más como una pequeña cabaña, con techos bajos y cubiertos de flores de buganvilla. Al este se divisaba una extensa zona desértica, sin ningún tipo de vegetación a la vista.

Dos sitios de interés para visitar eran: los famosos geo glifos candelabros de origen misterioso, que consisten en enormes grabados colocados en las laderas, y que retratan varias imágenes; y la Plaza de Armas, que incluye la estatua de José de San Martín y la mansión donde vivía. El hotel también alberga un pequeño museo con artefactos precolombinos en exhibición, que incluía la cerámica, armas, y cabezas reducidas. Mark halló este museo muy interesante.

La mayor parte de su tiempo en Pisco se gastó en hacer planes para los próximos ejercicios militares Unitas (una palabra en Latín que significa unidad), en los cuales participarían todos los miembros de las fuerzas armadas de Estados Unidos y las fuerzas armadas de varios países de América Latina. Al regresar a Lima, Juan, Chris, y Mark hicieron algunas compras y se prepararon para su viaje de regreso a Panamá. Mark compró un bolso fino de cuero para Elena. Volvieron a la base aérea de Howard el jueves por la tarde.

Durante su estancia en Perú, Mark pensaba mucho acerca de su relación con Elena. Contemplaba seriamente una propuesta de matrimonio. La única cosa que le causó dudas a Mark era la agitación política creciente dentro de Panamá y entre Panamá y los Estados Unidos. Aparte de eso, su amor por ella no podía ser más fuerte o más íntimo. Quería proponerle matrimonio de todas maneras, a pesar de los disturbios. Pero concluyó que simplemente no era un momento prudente.

Los vientos violentos de la guerra

De vuelta en su habitación en los alojamientos de oficiales (BOQ), Mark prendió la televisión y observaba con profunda consternación como CNN informó sobre disparos en la sede militar de Noriega en un intento de golpe de Estado. El coronel Leónidas Macías, los mayores Fernando Quesada, Arístides Valdomero, y Jaime Benítez, y el capitán Alberto Mazea fueron detenidos. Como resultado del intento de golpe, Noriega organizó una fuerza paramilitar, llamada *Batallones de Dignidad*, que no eran más que rufianes viciosos que eran leales a Noriega. CNN también informó sobre disturbios civiles violentos en la capital, cuando los miembros del *Batallón de Dignidad* dispararon indiscriminadamente contra una multitud de manifestantes que gritaban "¡Fuera con Noriega!" Y "¡Noriega, tirano, su fin está cerca!" Un camarógrafo de CNN fue herido en el estómago por un disparo de escopeta. Se realizaron numerosas detenciones. Mark estaba extremadamente preocupado por Elena.

Para agravar este caos, el presidente Eric Arturo Delvalle había regresado de Venezuela a Panamá y estaba bajo la protección del gobierno de Estados Unidos, que lo reconoció como el presidente legítimo y líder en Panamá. A petición del presidente Delvalle, el gobierno de Estados Unidos congeló todos los fondos del gobierno panameño que estaban en bancos de Estados Unidos. A diferencia de otros países de América Latina que podrían imprimir más dinero en efectivo en una situación así, esto no era una opción para el régimen de Noriega, porque la moneda de Estados Unidos es la moneda utilizada en Panamá. El general Noriega reaccionó, ordenando a cerrar todos los bancos panameños. Esto impuso una tensión inmediata sobre las empresas y los individuos panameños, porque los fondos limitados solo estaban disponibles en forma de dinero en efectivo – no se podían usar cheques ni tarjetas de crédito.

CNN citó al dueño de una tienda de ropa para hombres mientras cubría las ventanas de su tienda con madera contrachapada, y se preparaba para evacuar a su familia al interior. Dijo, "No tiene sentido permanecer abierto. Cualquiera que tenga dinero en efectivo lo está ahorrando para comprar alimentos."

Por otra parte, el señor Guillermo Endara, un buen amigo de Pedro Mendoza, surgió como un destacado oponente de la dictadura militar del general Manuel Noriega.

El viernes Mark trató desesperadamente de llamar a Elena. Después de varios intentos, finalmente la alcanzó.

"Elena. Es tan bueno escuchar tu voz. He estado muy preocupado por ti. ¿Cómo estás?"

"Mark, es bueno escuchar tu voz también. Supongo que estoy bien. Las cosas son muy feas en la ciudad de Panamá. Tengo mucho miedo, y estoy pensando en volver a la casa de mis padres."

Además de la preocupación por la seguridad de Elena, esto es lo que más le daba temor a Mark. Tal separación, si fuera extensa, podría poner en peligro la relación entre los dos.

"¿Cómo están Pedro y Esperanza? ¿Y cómo están tus padres?"

"Aparte del impacto de los bancos cerrados, están haciendo tan bien como puede esperarse. Pero los cierres de bancos están afectando significativamente las actividades comerciales, como es de imaginar."

"¿Y cómo van las cosas en tu hogar?"

"Las cosas son bastante tranquilas en este barrio. Cuando uno ve las noticias, parece que toda la ciudad está siendo atacada por los llamados *Batallones de Dignidad.* De hecho, la mayoría de las manifestaciones y la violencia están limitadas a ciertas áreas, especialmente en el área alrededor de la Universidad de Panamá."

"¿Tendré algún problema si quiero ir a verte?"

"Creo que no deberías venir aquí. Vamos a planear en vernos esta noche en el baile de la YMCA de Balboa."

"Estoy libre esta mañana. ¿Podemos reunirnos antes de eso?"

"Puedo salir de mi trabajo después de la 1:00 PM. Trataré de llegar a las 2:00."

"Está bien. Elena, estoy obviamente preocupado por tu seguridad y tu bienestar, pero también estoy preocupado por lo que va a pasar con nosotros, si tienes que ir a la casa de tus padres. Necesitamos hablar sobre esta cuestión."

"Estoy de acuerdo. Pero no veo nada que pueda disminuir el amor que tengo por ti, Mark."

"Igual que yo. Pero el riesgo de guerra es cada vez mayor, y la guerra podría tener un impacto devastador en el futuro de nuestra relación."

"¿Por qué dices eso?"

"Bueno, en el peor de los casos, uno o los dos podríamos morir."

Elena respondió sombríamente, "Entiendo lo que quieres decir."

"Elena, pase lo que pase, quiero que sepas claramente que tú eres la persona más importante en mi vida, y voy a hacer todo lo posible para asegurar nuestro futuro juntos."

"Esa es la mejor esperanza que tengo, Mark. Te quiero mucho."

"Y a ti, te amo con todo mi corazón también. Estoy muy ansioso por tenerte en mis brazos más tarde."

"Yo también. Hasta pronto."

Mark llegó a la YMCA justo antes de las 2:00 PM y se sentó en el restaurante para tomar una taza de café.

Elena llegó poco después, y cuando apareció, pensó Mark, *No recuerdo haber visto a Elena tan radiantemente bella como hoy en este momento.* No estaba seguro de si esta observación fue el resultado de su ausencia de ella o su preocupación acerca del riesgo de una separación. Pero una cosa de la que estaba seguro, ella nunca ha estado más bonita, y Mark se sentía muy afortunado de estar enamorado de ella y ser amado por ella.

Llevaba una falda de flores atractivas. El color principal era un color verde brillante con flores amarillas y rojas. Su blusa era de color amarillo brillante que no solo coincidía bien con la falda, sino que contribuía a su disposición alegre. Su ropa enfatizaba elegantemente su piel de color canela clara y su pelo liso, largo, y negro, que Mark adoraba. La encontró, no solamente hermosa, sino exóticamente bella. Y él se lo dijo, y añadió, "Tú iluminas todo el ambiente para mí."

Ya que estaban en un lugar público, Elena le dio nada más un beso en la mejilla y se sentó.

Preguntó Mark, "¿Cómo tenías que hacer para llegar hasta aquí?"

"No fue tan malo. Como te puedes imaginar, los que utilizan el transporte público por lo general no son blancos de la violencia política."

"¿Qué puedo hacer por ti? ¿Tienes hambre?"

"No. Comí antes de salir del restaurante. Nada más quiero una Coca Cola, por favor."

Después que la mesera trajo la Coca-Cola, Mark le dio el regalo que trajo de Perú. Ella lo abrió con la alegría exuberante que tanto era una parte natural de su ser, y ella brotó de emoción mientras quitaba el bolso del paquete.

"¿Te gusta?"

"Me encanta," respondió Elena. "Parece como cuero muy fino. Gracias."

"Ahora dime. ¿Qué tan urgente es la necesidad de ir a la casa de tu familia?"

"Tienes que entender que la mayor parte de la urgencia de que me vaya a casa es la preocupación de mis padres por mí. Creo que los he convencido de que, por el momento, no estoy en peligro. El hecho es que mi mayor preocupación es por la seguridad de mi padre y Raúl, debido a su abierta oposición al régimen de Noriega. Así que, en el caso mío, la pregunta es: ¿Dónde tendría yo el mayor peligro, aquí en la ciudad de Panamá, o con mis padres en Chiriquí, donde mi padre y Raúl son blancos potenciales del régimen de Noriega?"

"Así que, por el momento, no piensas irte."

"Así es."

"Pronto tengo que asistir a una conferencia para saber más sobre la amenaza para los militares estadounidenses que tienen que ir a la ciudad de Panamá. No me sorprenderá oír que se va a mandar a los miembros militares que viven en Panamá, como Bill y tu hermana, Susana, para alojarse temporalmente en las instalaciones militares estadounidenses."

"Mark, creo que no es necesario esperar para esa conferencia para saber que será mejor que no vengas a la ciudad durante el futuro previsible."

"Bueno entonces. Parece que no te podré visitar en tu hogar por el momento. Y será difícil ver a mi amigo, Pedro, también."

Mark y Elena continuaron conversando. Se sentaron en el vestíbulo de la YMCA por un buen rato y volvieron al restaurante para cenar. Mark ensayaba con el Conjunto Brisas Istmeñas, y el conjunto tocó para el baile. Debido a la inestabilidad en Panamá, había un estado de ánimo muy sombrío durante el baile, pero todo el mundo parecía divertirse lo mejor posible.

Cuando terminó el baile, Mark comentó, "Esta es la primera vez que no te acompaño a tu hogar, desde que empezamos con nuestra relación. Tengo que decir que eso me hace sentir incómodo."

Elena respondió, "No te preocupes. Tú sabes que yo iba a casa a solas después del baile desde hace tiempo, antes de conocerte a ti. Y la iluminación donde vivo ahora es en realidad mejor de la que había en el apartamento de mi hermana."

"Todavía me preocuparé por ti. Propongo que nos reunamos aquí en Balboa mañana y el domingo por la mañana. Podemos ir a una de las iglesias en esta área."

Debido a las chaperonas, Mark no pudo besar a Elena, o incluso ir con ella a la parada de autobús, que tanto Mark como Elena vieron como un castigo.

Después de la iglesia el domingo, Mark y Elena almorzaron, y dieron un paseo en la calzada de Amador que provee aceras para llegar a dos islas cercanas, y disfrutaron de una tarde agradable.

Las tensiones en Panamá continuaban, no solo en la ciudad de Panamá, sino también en las provincias del interior. El gobierno de los Estados Unidos envió 1.300 soldados adicionales a Panamá en abril para aumentar la seguridad a lo largo del canal para las fuerzas armadas y sus familiares. A pesar de las tensiones, Mark y Elena todavía podían reunirse con cierta frecuencia, solo que tenían que limitarse a las áreas a lo largo del Canal de Panamá. Eso incluyó la playa del fuerte Kobbe en el otro lado de la base aérea de Howard, visitas a las esclusas de Miraflores del Canal de Panamá, el Museo del Canal de Panamá, y el lago Gatún. También visitaron Portobelo donde hay un antiguo fuerte español en el lado Atlántico, el jardín zoológico del Parque Summit, el Instituto Smithsonian de Investigaciones Tropicales, y mucho más.

En una ocasión, Pedro y Esperanza se reunieron con ellos para hacer un día de campo en el lago Gatún y hacer algo de pesca de la lubina, la cual proporcionaba una abundancia de pescado fresco para el día de campo, con buenas sobras para comidas futuras.

Espías en Ecuador

El próximo despliegue del teniente Mark Warner ocurriría en Ecuador durante el mes de abril para el ejercicio militar Unitas combinado y conjunto. El teniente Warner iría con su equipo núcleo de meteorología para proporcionar apoyo meteorológico a la aviación del ejército. Establecerían una estación meteorológica en una base de la fuerza aérea ecuatoriana cerca de Salinas, Ecuador, un centro popular de turismo. La preparación para este ejercicio ahora ocupaba casi todo el tiempo del equipo núcleo de meteorología.

A mediados de abril, las tropas estadounidenses abordaron un avión C-141 que partió de la base aérea de Howard para Guayaquil, Ecuador, para el inicio de los ejercicios militares Unitas conjuntos y combinados. Desde allí un contingente de personal de la aviación del ejército y el equipo núcleo de meteorología del teniente Warner subieron a un autobús para Salinas, Ecuador. Los helicópteros del ejército de Estados Unidos fueron pre-posicionados en la base de la fuerza aérea en Salinas antes del despliegue.

A su llegada a Salinas, el teniente Warner y su equipo, junto con los miembros del ejército, se instalaron en un hotel cómodo situado en la playa. Utilizaron vehículos de alquiler para el transporte entre el hotel y la base de la fuerza aérea, y el equipo núcleo de meteorología llegó lo suficientemente temprano para establecer su estación meteorológica en un hangar de aviones en la base antes de que se iniciaran los ejercicios. Esa noche, después de un día muy largo, fueron a un quiosco cercano donde ordenaron su cena que consistía en pinchos (un tipo de brocheta kebab), choclos asados (un tipo de maíz en mazorca con granos muy grandes), y la cerveza Pilsener, elaborada en Ecuador, todos los cuales hallaron muy adecuados para su primera cena en el Ecuador.

A la mañana siguiente, Mark salió de su habitación en el hotel, bajó la escalera, y fue a la cafetería para desayunar. Ahí vio a dos mujeres que reconocía. Después de pensarlo por un momento, se acordó de que eran dos de las mujeres que había conocido anteriormente en la discoteca en Lima, Perú. Se acercó a su mesa para saludarlas, y, después de que le recordaban a Mark que sus nombres eran Rosita y Gabriela, lo invitaron a sentarse con ellas.

Mark les preguntó, "¿Qué están haciendo en Ecuador?"

Rosita respondió, "Somos estudiantes de periodismo en la Universidad de Lima, y tenemos una tarea de escribir un reporte sobre los ejercicios militares Unitas."

"Eso sí es una tarea interesante," respondió Mark. "¿Quién paga para que ustedes vengan aquí?"

"Nosotras estamos pagando," respondió Rosita. "Esperamos que podamos obtener algo de ayuda mientras estamos aquí, así que estamos contentas de verte a ti, y esperamos que nos puedas ayudar."

"¿Qué puedo hacer yo?"

"Bueno, en primer lugar, nuestros fondos son limitados, por lo que necesitamos encontrar a alguien que pueda compartir su habitación con nosotras. Y en segundo lugar, necesitamos conseguir acceso a la base de la fuerza aérea para que podamos entrevistarnos con los militares que participan en el ejercicio."

Luego Gabriela, con una sonrisa coqueta, preguntaba, "¿Nos puedes ayudar con estas cosas?"

"¿Qué quieren que comparta mi habitación con ustedes?" Preguntó Mark; mientras que, al mismo tiempo, pensaba que tendría que revelar esta conversación al personal de inteligencia militar. Había recibido entrenamiento sobre la posibilidad de recibir esta clase de solicitudes, y sobre la necesidad de reportar dichas solicitudes al personal de inteligencia. Por otra parte, no había manera de que cualquier miembro del servicio militar de Estados Unidos pudiera llevar civiles extranjeros a una base de la fuerza aérea ecuatoriana sin las autorizaciones necesarias. Como mínimo, el comandante de la base ecuatoriana tendría que dar su aprobación.

Rosita respondía, "Sí. ¿Te importaría compartir tu habitación con nosotras?"

Gabriela y Rosita eran provocativamente bellas. Las palabras son inadecuadas para describir cuán hermosas eran estas mujeres. Mientras Mark contemplaba su petición, las llamas de la pasión se quemaban en sus lomos. La tentación de ceder al canto de estas sirenas era muy intensa, pero la imagen omnipresente de Elena y el amor que él sentía por ella ardían aún más fuerte en su corazón, y no estaba nada dispuesto a traicionar ese amor que sentía por ella. Sin embargo, era todo lo que podía hacer para resistir la tentación de una solicitud tan lascivamente sensual.

Pero si resistió, y les respondió, "Por mucho que me gustaría compartir con ustedes mi habitación, yo no puedo hacer eso. Creo que no sería capaz de portarme bien con ustedes."

Las mujeres se miraron entre sí, y luego miraron a Mark, y sonriendo de una manera provocativa y muy diabólica, Gabriela respondió con dulzura, "Eso no nos molesta en absoluto. Disfrutaríamos portarnos mal contigo, Mark."

Ese comentario carnal alarmantemente despertó aún más las llamas de pasión en Mark. Pero a pesar de la tentación que le castigaba, se mantuvo firme, dijo que no, se despidió, y con deseos vergonzosos, que le atormentaban, se alejó decididamente. Después, la culpa le invadía debido a la tentación tan fuerte que le resultaba tan difícil de resistir – una tentación problemática que persistía perniciosamente, junto con las fantasías fervientes que cruelmente invadieron su mente, y la voz traviesa e interna que, sin cesar, le recordaba malignamente de la aventura amorosa que estaba perdiendo. Esa voz interna también trataba de persuadirlo para que cambiara de idea.

Pero no cedió, y Mark reportó este incidente a la inteligencia militar en seguida.

Más tarde, sentado en un restaurante con los miembros de su equipo núcleo de meteorología, Mark vio a Rosita y Gabriela entrar en el restaurante, y caminaban hacia donde estaban sentados. Al llegar a su mesa, Mark les saludó, y Gabriela se inclinó y totalmente le sorprendió a Mark con un beso muy sensual, y luego las dos siguieron para sentarse a otra mesa. Gabriela volvió la mirada para disfrutar del impacto de su acción atrevida.

El sargento Ryan preguntó maliciosamente, "Eh, teniente. ¿Qué es todo eso?"

Respondió el teniente Warner, "Es todo sobre nada."

Los tres miembros de su equipo se rieron y exclamó el sargento Taylor, "No nos parecía como nada a nosotros."

El teniente Warner respondió, "Es necesario comprender toda la historia," y les explicó lo que pasó y que él rechazó la propuesta de ellas con toda la fuerza posible.

Con un poco de envidia, el sargento Taylor respondió, "A mí, me gustaría tener la oportunidad de experimentar esa tentación. Creo que no sería ninguna molestia para la conciencia mía en absoluto."

El teniente Warner comentó, "Bueno, creo que no hemos oído el final de esta historia. Estas mujeres licenciosas lograrán causarle problemas a alguien. Ya verán."

Aparte de este incidente, el resto del ejercicio ocurrió sin otra controversia. Nada más se produjo otra dificultad mínima. Después de que terminó el ejercicio, el ejército se olvidó de enviar su autobús para recoger al equipo núcleo de meteorología y regresó a Guayaquil sin ellos. El teniente Warner explicó este problema al comandante de la base ecuatoriana, y el comandante solicitó un autobús ecuatoriano y un conductor para llevar el equipo núcleo de meteorología a Guayaquil. El autobús llegó, justo cuando el avión C-141 estaba a punto de despegarse, por lo que el equipo núcleo de meteorología tenía que correr con su equipo en la mano para coger el avión.

De regreso en Panamá, después de un par de semanas, al teniente Warner le ordenaron presentarse a la contrainteligencia para una reunión sobre el incidente con las presuntas estudiantes femeninas de periodismo. Antes de llegar a este encuentro, el teniente Warner fue instruido a documentar el incidente por escrito.

Cuando se presentó para la reunión con la contrainteligencia, le informaron que las mujeres no eran peruanas, y que no eran estudiantes tampoco, sino espías cubanas que recolectaban inteligencia sobre las actividades de las fuerzas militares estadounidenses y su interacción con las fuerzas militares de América Latina. Dieron las gracias al teniente Warner por haber reportado el incidente. También comentaron que un soldado había cedido a sus peticiones, que él y las mujeres fueron descubiertos, que había un juicio militar que terminó con la carrera militar del soldado, que las mujeres espías fueron detenidas, y finalmente fueron enviadas de regreso a Cuba.

Después, el teniente Warner convocó una reunión con los miembros de su equipo núcleo de meteorología, y les informó, "Las mujeres con quienes me encontraba en Ecuador eran espías cubanas. Otro miembro del ejército se cooperó con ellas, y las llevó a la base de la fuerza aérea ecuatoriana. Ahora el soldado sufrió las consecuencias de un juicio militar. Que recuerden este incidente para asegurarse de que nunca caigan en una trampa así."

Ahora la pregunta que pesaba en su mente era, *¿Qué le debería decir a Elena?* Después de todo, le contó la historia. Le dijo que Gabriela y Rosita estaban en la discoteca en Lima, Perú, donde sus amigos estaban bailando con ellas y otras mujeres que estaban allí, y que él y Juan López no bailaban con nadie, y su única función era la de servir como traductores. También explicó cómo vio a Gabriela y Rosita de nuevo en Salinas, Ecuador, que le pidieron que compartiera su habitación con ellas, y que las llevara a la base de la fuerza aérea ecuatoriana. Enfatizaba que rechazó sus peticiones, y que resultaron ser espías cubanas.

También explicó que otro soldado si compartía su habitación con ellas y las llevó a la base de la fuerza aérea, y que el soldado sufrió las consecuencias de un juicio militar. Luego explicó, "Las mujeres eran muy atractivas. Confieso que la tentación era fuerte, y, por eso, era difícil resistir sus ofertas sensuales y seductoras. Pero quiero que sepas que rechacé decidida y resueltamente sus seducciones, y así honraba el amor nuestro. Y enfatizo que te cuento todo sobre este suceso, para que no te enteres de esto en otra forma."

En cuanto al beso de Gabriela, Mark decidió que no era relevante, ya que él no era un recipiente dispuesto del beso, y por eso no le mencionó ese detalle.

Elena estaba obviamente muy sorprendida al oír esto, que no le gustaba nada, y dijo, "Aprecio que me has contado sobre este suceso, y estoy orgullosa de ti por la integridad que demostrabas." También estaba contenta de que la fuerza de su amor era mayor que la tentación de estas malas mujeres.

La calma antes de la tormenta

En mayo, las cosas se calmaron un poco en Panamá, pero sería la calma antes de la tormenta. Ahora era razonablemente seguro para que Mark pudiera ir a la ciudad de Panamá, y por eso había muchas cosas más que Mark y Elena podían hacer y lugares donde podían ir.

Un día, el teniente Warner fue a una función social en el Club de Oficiales de Amador y se sorprendió al ver al general Noriega allí. Acompañaba a tres generales americanos, uno de los cuales era el general Maxwell. Un traductor también los acompañaba. Mark decidió que iba a conocer a este general Noriega, así que se acercó para saludar a los generales.

Al llegar, dijo, "Buenas noches, mis generales. Soy el teniente Mark Warner, y quiero saludarlos."

El general Maxwell replicó, "Buenas noches, teniente Warner," y se los presentó a los otros generales, entre ellos al general Noriega.

El general Noriega comentó, a través del intérprete, "Tú eres el norteamericano que está tocando la flauta con uno de nuestros conjuntos de salsa, ¿Verdad?"

El teniente Warner respondió en español, "Sí, mi general. Ese sería el Conjunto Brisas Istmeñas. ¿Ha escuchado usted nuestra música?" El traductor traducía sus palabras para los otros generales.

El general Noriega respondió, "Sí, la he escuchado. Creo que tu flauta complementa el sonido del conjunto muy bien. Y, te felicito porque hablas muy bien el español."

"Gracias, mi general, por sus palabras amables. Me alegra saber que le gusta el Conjunto Brisas Istmeñas."

"De nada, teniente."

"Con permiso, mis generales," dijo Mark, y se les alejó.

Unos días más tarde, hablando con Elena, dijo Mark, "A que no adivines con quien hablé."

"La verdad es que no tengo ni idea, ¿Con quién hablaste?"

"El general Noriega."

"¡El general Noriega! ¿Cómo sucedió eso?"

"Estaba él con otros tres generales norteamericanos en el Club de Oficiales en Amador, y me acerqué para saludarlos."

"¿Y te habló?"

"¡Sí! No solo me habló, sino también me reconoció como el flautista estadounidense en el Conjunto Brisas Istmeñas, y dijo que le gusta nuestra música."

"¡Eso es increíble! Pero no sé si eso es bueno o malo. Puede que no sea bueno que él sepa quien eres."

"No sé si es bueno o malo tampoco, pero no hay nada que podemos hacer al respecto, ya que sucedió."

Conferencia en Buenos Aires, Argentina

En agosto, el teniente Warner se preparaba para asistir a la Conferencia Interamericana de Meteorología de las Fuerzas Aéreas (CIMFA), con su sede en Buenos Aires, Argentina. Iba a asistir a la conferencia con otro oficial de la fuerza aérea de los Estados Unidos, el coronel Miller. El teniente Warner asistía, porque hablaba español; el coronel Miller asistía, porque era un oficial de alto rango.

El coronel Miller le dio al teniente Warner instrucciones muy específicas acerca de cómo organizar el itinerario del viaje – un itinerario que les obligaba a pasar un fin de semana en Río de Janeiro, Brasil en el camino para Buenos Aires y otro fin de semana en Río de Janeiro en el camino de regreso a Panamá.

La conferencia, patrocinada por las Naciones Unidas, incluía a meteorólogos de las Fuerzas Aéreas de la mayoría de los países en todo el hemisferio occidental, y casi todos los oficiales eran de alto rango. Hubo presentaciones sobre muchos temas durante la conferencia, y el teniente Warner hizo una presentación muy técnica en español sobre el radar meteorológico Doppler.

Durante una noche hubo un banquete en el Club de Oficiales Militares en Buenos Aires. La fachada del club incluía un vitral enorme de varios colores. Uno de los oficiales argentinos explicó que Argentina adquirió el vitral de Alemania durante la Segunda Guerra Mundial, y Alemania de vez en cuando exige que se lo devuelvan.

Todos los oficiales de la CIMFA asistían. Ya que Argentina es famosa por la calidad de su carne de res, el Club de Oficiales ofrecía para la comida un novillo extendido sobre una mesa enorme, de lo cual cada oficial podía escoger porciones entre un gran surtido de diferentes cortes, muchos de los cuales eran irreconocibles para el teniente Warner. Probó varios cortes diferentes, incluyendo la morcilla.

Tenían un día libre durante la semana, así que el coronel Miller y el teniente Warner tomaron el subterráneo, o el subte, como se conoce en Buenos Aires, para ir a la delta del Río de la Plata. Allí tomaron uno de los muchos taxis acuáticos que viajan a lo largo de la delta y llegaban a lugares que estaban accesibles solo por medio de estos taxis acuáticos. Durante este paseo, vieron una cabaña de verano que mostraba un letrero que les llamó la atención. El letrero nada más tenía las siglas, *CAVOK*, que es un acrónimo que significa para la meteorología en inglés, *Ceiling and visibility OK*, que en español significa, *Techo y visibilidad OK*. En otra parada en la delta, se bajaron del taxi para almorzar en un restaurante. Después de su paseo en la delta, tomaron el subte para el centro de Buenos Aires, donde paseaban arriba y abajo por las numerosas avenidas peatonales, e hicieron algunas compras.

Mark entró en un almacén que vendía ropa para mujeres y encontró una falda negra muy única y una blusa blanca que quería comprar para Elena, pero no estaba seguro acerca de los tamaños. Así que, notando que la vendedora era más o menos del mismo porte que Elena, le pidió, "¿Me puede hacer el favor de probar esta ropa para ver como le queda?"

Estaba un poco tímida sobre eso de modelar la ropa para Mark, pero consintió.

Mark comentó, "La falda y la blusa le luce muy bien a usted. ¿Qué tal si compro dos de cada cosa, una falda y blusa para mi novia y una falda y blusa para usted?"

La vendedora se sonrojó y dijo, "Es usted muy amable, pero las reglas no me permiten sacar ropa de la tienda."

"Bueno. Entonces compraré las dos faldas y las dos blusas, y vamos a reunirnos usted y yo después de su turno para que pueda recibir las suyas. ¿A qué hora termina su trabajo?"

"Termino a las 5:00."

"¿Dónde podemos encontrarnos cerca de aquí?"

Salieron de la tienda brevemente, y la vendedora le enseñó a Mark una cafetería que quedaba a la vista de la tienda, y se pusieron de acuerdo para reunirse allí poco después de las 5:00.

El coronel Miller y el teniente Mark Warner llegaron a la cafetería a las 5:00, y poco después llegó la vendedora para recibir su paquete.

La vendedora respondió, "Muchas gracias, me encanta."

Replicó Mark, "Gracias por haberme hecho el favor de modelar la ropa. La falda y la blusa le lucían tan bien, por lo que me dio ganas de regalárselas."

El gesto de Mark si le dio a la vendedora un día especial.

Después, el coronel Miller y el teniente Warner fueron a un salón de tango donde también se servía comida. Ordenaron los dos un delicioso bife de chorizo, un bistec muy tierno, y disfrutaron de los bailes de tango. Fue una experiencia memorable para los dos.

Las dos visitas durante los fines de semana en Río de Janeiro, justo antes y después de la conferencia en Buenos Aires, eran maravillosas. Fueron a las playas de Ipanema y Copacabana. Las dos playas estaban tan llenas de personas, que era difícil caminar sin pisar a los bañistas.

Disfrutaron de más carne de res deliciosa, estilo brasileño, y probaron la Feijoa da brasileña, un delicioso estofado de carne de cerdo y frijoles negros, que tradicionalmente se sirve con arroz y rodajas de naranja fresca. Se hospedaban en un hotel muy elegante que se ubicaba en la playa.

Después del trabajo arduo de la conferencia que tuvieron que soportar durante este viaje, que en realidad no era nada arduo, pues la verdad es que gozaban de mucho lujo, ya estaban listos para regresar a Panamá. A pesar de haber tenido un tiempo divertido y memorable,

Mark estaba ya muy listo para volver a Panamá para ver a Elena de nuevo.

Después de regresar a la base aérea de Howard, Mark no perdió ningún tiempo en ir al hogar de Elena. Ella tenía una comida lista, y disfrutaron de una reunión muy íntima y feliz. El tiempo disponible para estar juntos era cada vez más raro, debido a las tensiones políticas, y saborearon al máximo los momentos íntimos que podían compartir.

A Elena le encantaba la falda y blusa que Mark trajo de Buenos Aires. Mientras que la vendedora de la tienda en Argentina se veía bien con la falda y blusa, Elena lucía estupenda. Elena estaba especialmente contenta porque el juego de ropa era tan de estilo único. Y, por eso, estaba segura de que nadie en Panamá tenía nada igual. Al día siguiente, el domingo, usaba la falda y la blusa cuando fueron a la iglesia, y recibió muchos cumplidos. Después fueron a la casa de Pedro y Esperanza para un almuerzo.

Debido a las tensiones políticas en Panamá, eran pocas las oportunidades que Mark tenía para ver a su amigo, Pedro.

Preguntó Mark, "Pedro, ¿Cómo ve las cosas en Panamá en estos días?"

"Me gustaría poder decir que la situación ha mejorado," respondió Pedro, "Los bancos siguen cerrados y es todo un desastre, y preveo un aumento en las peleas internas entre los grupos de la oposición en Panamá y el régimen de Noriega."

No pasaría mucho tiempo antes de que las palabras de Pedro resultaren ser proféticas.

Mark, Elena, Pedro, y Esperanza disfrutaron de un buen almuerzo. Elena y Esperanza charlaban sin cesar, mientras que Mark y Pedro jugaban al billar. Esta vez Mark no jugaba tan bien como antes, pues Pedro ganó la mayoría de los juegos. Pedro y Mark tomaron unos tragos de ron Carta Vieja Golden Cask Solera 18, el mejor ron de Panamá. Los dos apreciaban mucho su buena amistad.

En septiembre, las fuerzas leales a Noriega detuvieron a 26 panameños por supuestamente conspirar con el gobierno de Estados

Unidos para organizar otro golpe de Estado con el fin de derrocar al dictador.

La propuesta

Se acercaba la Navidad, y la situación en Panamá permanecía tenue, pero un poco menos tensa. Mark y Elena fueron a visitar a los padres de Elena en Chiriquí. Había un intercambio de regalos, y Mark se sentía cada vez más aceptado como parte de la familia de Elena, con la excepción de que Raúl estaba todavía bastante frío con él. A Arturo, por lo contrario, Mark le caía muy bien y se preguntaba cuándo habría una propuesta de matrimonio. No tendría que esperar mucho.

Por mucho que se preocupara por la proximidad de hostilidades en Panamá, Mark le sacó a Arturo a un lado un día y dijo, "Señor Arturo, Elena y yo vamos a caballo de paseo en el campo mañana. Pienso proponerle matrimonio, pero quiero asegurarme de que tenga la bendición de usted."

Arturo, siendo el hombre macho que era, luchó duro, pero no pudo impedir las lágrimas que se le brotaron de los ojos. Le dio un golpe cariñoso en la espalda, y exclamó, "Me preguntaba por qué tardabas tanto en este tema. ¡Por supuesto que tienes mi bendición!"

Por la mañana, Mark y Elena se montaron a caballos y se dirigieron hacia el mismo arroyo donde fueron antes. Disfrutaron de un pícnic tranquilo. El tiempo era perfecto, el sol brillaba, el arroyo burbujeaba, y Mark y Elena no podían haberse sentido más contentos de estar juntos.

Mark volvió a Elena, que no tenía idea de lo que estaba a punto de oír, "Este ha sido un año muy difícil, ¿Verdad?"

"Eso es muy cierto."

"Quiero que sepas que estoy muy feliz de ver cómo nuestro amor ha soportado estos tiempos difíciles. Tengo un regalo de Navidad único que espero que te guste."

Mark sacó una cajita de su bolsillo, y, cuando Elena la vio, de una vez sabía exactamente lo que era. Y antes de que Mark pudiera decir una palabra, a ella se le brotaban lágrimas.

Luego Mark dijo, "No puedo imaginar mi vida sin ti, Elena. Nunca he experimentado el amor como el nuestro, y yo sería el hombre más dichoso del mundo si aceptaras ser mi esposa."

Luego, Mark quitó el anillo de compromiso de la cajita, y esperaba que Elena extendiera su mano izquierda. Y con lágrimas en los ojos de los dos ahora, colocó el anillo en su dedo muy dispuesto.

Se abrazaron con alegría, y celebraron este momento más precioso que nunca. Para los próximos momentos se quedaron abrazados durante un silencio absoluto, con un éxtasis casi insoportable. Y desde ese momento, Mark y Elena veían este lugar, en la orilla de este arroyo placentero que emulaba la alegría burbujeante que había en sus corazones; veían este lugar como sagrado.

Gozando de esta ocasión tan romántica, tan importante, tan memorable que querían seguir saboreando, pues reunieron con desgana las cosas que trajeron, montaron en sus caballos, y se dirigieron a la hacienda de la Vega. A medida que venían llegando, vieron a Arturo y Elma de pie, en los escalones, en frente de la casa, abrazados, y observando mientras Mark y Elena se acercaban.

Y preguntó Elena, "Ellos saben, ¿Verdad?"

"Sí. Saben. Le pedí a tu padre ayer su bendición para pedir tu mano en matrimonio."

Al llegar, Elena desmontó a toda prisa, corrió a enseñarle el anillo de compromiso y abrazó a su madre, que estaba más que dispuesta a celebrar este momento de alegría. Cuando Mark llegó, Arturo extendió su mano, y él y Mark se abrazaron. Arturo dijo, "Este es un momento muy feliz en la familia de la Vega, y te invitamos a que seas parte de esta familia."

"Gracias, señor," respondió Mark.

Mark y Elena disfrutaron de una celebración tranquila para marcar el comienzo de 1989 y regresaron a la ciudad de Panamá a principios de enero. Elena compartió con entusiasmo la noticia de su compromiso con sus muchas amigas, incluyendo, por supuesto, a Leticia y Esperanza. La planificación de la boda, sin embargo, fue difícil debido a las relaciones severamente deterioradas entre Panamá y los Estados Unidos.

Hablando de este asunto con Elena, dijo Mark, "En el peor de los casos, es posible que tengamos que ir a otro país para casarnos."

"¡Eso significa que mi familia y mis amigos quizás no puedan asistir a la boda!"

"Yo comprendo lo importante que eso es para ti. A mí también me gustaría que mis padres pudieran asistir a la boda, lo que es aún más improbable. No sé si ocurrirá lo peor de los casos, pero tenemos que estar preparados para ello. ¿Tienes un pasaporte?"

Elena respondió, "Sí. De vez en cuando viajo a Zaragoza, España para ver a algunos miembros de la familia que tenemos allí."

"Bueno. Es crucial que tengas tu pasaporte, tu certificado de nacimiento, y tu cédula panameña de identificación listos para que sean fácilmente disponibles para cualquier viaje al extranjero que tengamos que hacer de puro. ¿Puedes pensar en cualquier otra cosa que pueda ser necesaria?"

"Nada viene a la mente."

"Quiero que sepas que nada me gustaría más que eso de tener la boda de tus sueños. Pero dada la amenaza de guerra inminente, es posible que no tengamos el lujo de la boda que tanto te mereces."

Elena respondió, "Comprendo muy bien. Es muy importante que nada ocurra para separarnos, y más importante aún: Que nada ocurra para impedir nuestro matrimonio."

"Eso es muy cierto."

La calma se acaba la tormenta comienza

En mayo, Panamá tuvo elecciones nacionales. CNN informó que Guillermo Endara, entre otros candidatos de la oposición, ganó por una amplia margen. Noriega anuló las elecciones, alegando que hubo interferencia extranjera. Las protestas estallaron de inmediato, y los llamados *Batallones de Dignidad* de Noriega atacaron brutalmente a los manifestantes. Guillermo Endara y sus dos ganadores de la vicepresidencia no escaparon de estos ataques. Mientras la policía panameña observaba, miembros del *Batallón de Dignidad* le atacaron a Guillermo "Billy" Ford, uno de los dos ganadores de la vicepresidencia, y le golpeaban con barras de acero, y luego el mundo entero vio en CNN las imágenes de Guillermo Ford cuando se tropezaba por las calles de Panamá con su guayabera blanca manchada de su propia sangre. El guardaespaldas de Ford murió en este violento encuentro.

La Organización de los Estados Americanos intentó mediar una solución pacífica para lidiar con la crisis en Panamá, pero fracasó después que Noriega nombró a un burócrata desconocido, Francisco Rodríguez, como presidente en septiembre.

En octubre, unos oficiales jóvenes de la fuerza de defensa panameña casi tuvieron éxito en otro intento de golpe, pero las tropas leales al general Noriega prevalecieron, y encarcelaron a los oficiales jóvenes que estaban involucrados y que sobrevivieron.

Dado este aumento en violencia y tensión política, Mark y Elena estaban desesperados. La situación en la capital panameña era cada vez más peligrosa, así que tomaron la difícil decisión de que Elena regresara a Chiriquí para estar con su familia. A través de Pedro y Esperanza, Mark y Elena mantenían un contacto mínimo entre sí, pero nada más por mensajes transmitidos principalmente por medio de Esperanza.

En diciembre, el general Noriega declaró que la República de Panamá estaba en un estado de guerra con los Estados Unidos, y mataron en Panamá a un oficial militar de Estados Unidos, no armado, y vestido de civil. Cuando Elena se enteró de esto, le entró un pánico, preocupada de que podría haber sido Mark. Después de varios intentos frenéticos, finalmente logró comunicarse con Esperanza para pedirle que confirmara, si fuera posible, que el que murió no era Mark. Esperanza logró ponerse en contacto con Mark y confirmó que se encontraba bien. También se requerían varios intentos para volver a comunicarse con Elena, pero Esperanza logró asegurarle a Elena que Mark si estaba bien.

Inmediatamente después de la declaración de guerra de Noriega, el teniente Warner y su equipo núcleo de meteorología, junto con un pelotón del ejército, aterrizaron en San José, Costa Rica para implementar el plan de establecer refugios en la frontera cerca de Río Sereno, Panamá. Allí se reunieron con el embajador estadounidense, Deane Hinton, quien confirmó que el presidente Arias había autorizado su despliegue en la frontera entre Panamá y Costa Rica.

Aprovechando la oportunidad de hablar con el embajador Hinton, el teniente Warner le contaba sobre su compromiso de matrimonio con la Señorita Elena Victoria de la Vega y el peligro en que ella y su familia se encontraban. Luego preguntó, "Si yo logro traer a Elena para Costa Rica, ¿Puede la embajada de Estados Unidos proveernos con la documentación necesaria, para que podamos casarnos y obtener la tarjeta verde que Elena necesitará para obtener la residencia legal en los Estados Unidos?"

Respondió el embajador, "Tráigala aquí, y puedes contar con nuestra ayuda."

Esa respuesta le llenó de alegría y esperanza, y Mark respondió, "Muchas gracias, señor embajador."

Dentro de los próximos tres días, fuerzas militares de Estados Unidos fueron posicionadas en el lado costarricense de la frontera, cerca del puente de Río Sereno. Además de las tropas, también tenían tres helicópteros Blackhawk. Y el teniente Warner y su equipo núcleo de meteorología habían erigido su estación meteorológica.

En el fuerte Clayton, rodeado por más de 20.000 soldados estadounidenses, el señor Guillermo Endara fue juramentado como presidente de la República de Panamá. Y la Operación Just Cause (Causa Justa), que era la misión para capturar al general Noriega, comenzó.

El general Manuel Noriega buscó enseguida asilo en la Nunciatura Apostólica de la Santa Sede en la ciudad de Panamá. Debido a la inmunidad diplomática, la Nunciatura no tenía ninguna obligación legal de entregar al general Noriega en manos de las autoridades panameñas, e inexplicablemente no estaba dispuesta hacerlo. En consecuencia, las tropas estadounidenses rodearon la Nunciatura y comenzaron a tocar música rock and roll estrepitosamente fuerte día y noche para coaccionar a Noriega a entregarse. Ahora estaba atrapado y no iba a escapar. Después de diez días de música rock and roll ensordecedora, el nuncio apostólico (embajador) Monseñor Laboa obligó al general Noriega que se rindiera a los Estados Unidos. Para asegurarse de que el general Noriega no tuviera ninguna manera de huir del país, fuerzas especiales de la marina destruyeron el avión privado de Noriega que estaba estacionado en el Aeropuerto de Punta Paitilla.

Mientras tanto, las tropas estadounidenses combatieron contra las tropas de la Fuerza de Defensa de Panamá, que eran leales a Noriega, en varios lugares de la ciudad de Panamá y en otras áreas, especialmente alrededor de Río Hato y en Chiriquí. Las tropas estadounidenses tomaron control del puente que se encuentra en Río Sereno y que cruza la frontera entre Panamá y Costa Rica. Durante las horas de la mañana en Río Sereno, se formó el sereno que redujo significativamente la visibilidad, de acuerdo con el pronóstico meteorológico del teniente Warner. Así que los miembros panameños de la oposición, que estaban en peligro de ser blancos de las fuerzas leales a Noriega, se aprovechaban de la poca visibilidad para cruzar el puente y refugiarse en Costa Rica.

El teniente Warner esperaba ver a Elena y su familia entre los refugiados. Cuando no aparecían, se dirigió al comandante y le informó que la familia de la Vega se encontraba alta en la lista para la evacuación de refugiados y le instó a enviar helicópteros Blackhawk para rescatarlos. El comandante estaba de acuerdo, y el teniente Warner subió a uno de los tres helicópteros Blackhawk que fueron enviados a la Hacienda de la Vega.

Cuando llegaron a la hacienda, el fuego de ametralladoras estalló de las tropas panameñas que rodeaban la hacienda. El fuego de supresión de los cañones de los helicópteros obligó a las tropas panameñas a buscar refugio. Un helicóptero se aterrizó y los otros dos se quedaron en el aire para proporcionar más fuego de supresión, según fuera necesario. El nivel de amenaza era alarmantemente alto. El estridente *twerp-twerp-twerp* de los tres helicópteros fue fuertemente acentuado por el staccato ensordecedor *Ratatatat* de ametralladoras. El aire se llenó con el olor acre de la pólvora. El teniente Mark Warner, con varias otras tropas, corrieron hacia la casa de la Vega. Con la descarga de adrenalina y su desesperada determinación de rescatar a Elena y su familia, el teniente Warner estaba totalmente inconsciente del fuego de las ametralladoras y todo lo demás en este momento de peligro atrevido. Mark encontró a Elena y la abrazó brevemente.

Las tropas y la familia de la Vega empezaron a correr hacia el helicóptero, mientras que continuaba el fuego de supresión de los otros dos helicópteros con el fin de protegerlos. Sin embargo, las tropas panameñas empezaron a disparar hacia ellos. Todos llegaron al helicóptero, salvo Raúl, que recibió una bala en la pierna. Elma y Elena gritaron con horror al ver a Raúl caerse al suelo. El teniente Warner corrió a buscar a Raúl, mientras que los helicópteros en el aire intensificaron el fuego de supresión para proporcionar más cobertura. Ayudando a Raúl que se cojeaba para llegar al helicóptero, Mark fue rozado por una bala en el brazo, pero lograron llegar al helicóptero. De inmediato se despegaron, y minutos después llegaron los tres helicópteros con seguridad al lado costarricense de la frontera.

Elena, temblando de miedo, se aferró a Mark en un fuerte abrazo. Al aterrizar, todos los soldados aplaudieron mientras los labios de Mark y Elena buscaban la satisfacción apasionada de un beso íntimo.

El teniente Warner necesitaba algo de atención médica menor para su herida. Él y Elena, junto con Arturo y Elma, fueron a ver cómo estaba Raúl. Se necesitaría una cirugía, pero que iba a recuperarse bien.

Raúl le estrechó la mano a Mark y dijo, "Gracias por venir a rescatarme."

"Solo estoy contento de saber que vas a estar bien," respondió Mark.

A partir de ese punto en adelante, serían amigos íntimos.

El general Noriega finalmente se rindió. La música de rock and roll en la Nunciatura se detuvo. Las hostilidades llegaron a su fin. El presidente Guillermo Endara se hizo cargo en Panamá. Todos los refugiados regresaron a sus hogares, excepto la familia de la Vega, que, con Mark, se dirigieron a San José, Costa Rica para una boda.

La boda tuvo lugar en una pequeña capilla íntima, ubicada en un parque agradable, justo en las afueras de San José, Costa Rica. Mark llevaba un traje azul oscuro y esperaba con el pastor en el altar de la capilla. Elma y Raúl y algunos empleados de la embajada de Estados Unidos estaban presentes. Arturo y Elena esperaban a la entrada de la capilla. El órgano comenzaba a tocar el himno de la boda, y Arturo, con orgullo, acompañó a la Señorita Elena Victoria de la Vega al altar de la capilla. Elena vestía un traje elegante, muy tradicional, de color blanco que acentuaba su figura muy femenina. Para Mark, ella estaba cautivadoramente hermosa. Pero lo más importante, contemplaba cómo se acercaba la mujer con quien se enamoró. Elena tomó su lugar al lado de Mark, y mirando a los ojos el uno al otro, pronunciaron sus votos muy tradicionales de la boda. Después de intercambiar anillos,

Mark y Elena fueron declarados con alegría marido y mujer. Mark levantó el velo, y los labios del señor Mark Warner y los de la señora Elena Victoria de la Vega de Warner se unieron para su primer beso como marido y mujer – un beso que era más dulce que una brisa suave de dos mares.

SOBRE EL AUTOR

Michael Wright atribuye su pasión de escribir novelas multiculturales a su servicio militar. Como Capitán Wright, la Fuerza Aérea lo mandó a cinco de los siete continentes del planeta donde conoció a la buena gente de muchas naciones, culturas, razas, y religiones. Pasó seis años trabajando en varios países de América Latina. Dalys, su esposa panameña, y su facilidad con el español le sirvieron bien para escribir esta novela en español. Su otra novela en español, La travesía de Teresa, se encuentra en su sitio de la internet en www.thewrightauthor.com.

~~~
~~~

www.ingramcontent.com/pod-product-compliance
Lightning Source LLC
LaVergne TN
LVHW050616100826
845148LV00011B/1618
* 9 7 8 1 7 3 6 4 1 1 4 2 1 *